我的沉睡王子

The curse of love:
My Sleeping Prince

陌櫻晴/作品

Content / 目錄

楔子　被遺忘的童話

你聽過沉睡王子的故事嗎？

從前從前，在一個遙遠的國度，住著幸福的國王和皇后，以及剛出生的王子。國王和皇后非常愛這個兒子，但是他們太忙了，沒有時間陪伴王子，只好讓住在城堡裡的其他部下陪王子玩。

偌大的城堡裡，大家都圍繞著王子一個人。每個人的目光都集中在王子身上，只要王子開心，國王和皇后也會開心，他們便有好日子過了。被一群人簇擁的王子並不寂寞。

但即便如此，王子最喜歡的，還是每晚睡前皇后為他念的故事。即使再忙，每天晚上皇后一定會來到王子房間，為他念一個睡前故事，看著他安詳地進入夢鄉。對王子來說，那是一天之中最幸福的時光。

平靜的日子一天天過去，在王子七歲那年，死神來到了這個國家。

死神的工作，是在世界各地旅行，挑選適合的人，將他們帶到他所居住的地方。每到一個地方，他都會挑選要帶走的人，將他們的名字寫在筆記本上，一旦選定了就不能更改。

死神來到這裡，看見大家都很喜歡王子，彷彿世界以王子為中心運轉。愛惡作劇的他閃過一個念頭：如果把王子帶走，這個國家一定會天翻地覆。於是，他在筆記本上寫下王子的名字。

但是，大家都待在王子身邊，要怎麼把王子帶走呢？死神在這個國家裡徘徊，等呀等，等呀等，等待好時機出現。

那一天，王子和兩名隨從獨自離開城堡，上山去打獵。但直到太陽下山，他們都沒有回來。

原來，王子和那兩名隨從走散了，在山裡迷了路。兩名隨從因為找不到王子而不敢回去，便躲了起來。

獨自走在深山中的王子，遇見了一隻大熊。這是一隻飢腸轆轆的大熊。死神就站在他們旁邊，滿心期待，等大熊吃掉王子以後，他就可以把王子的靈魂帶走了。

大熊撲向王子，死神的嘴角上揚。

這時，皇后卻突然衝了出來，把王子推開。

跌坐在地的王子，驚惶地看著大熊撲向皇后。

獵槍聲響起，隨後趕到的侍衛將大熊打死了。但是，倒在血泊中的皇后再也不會醒來。她的靈魂已經到達死神的身邊。

死神非常錯愕，他並不想帶走皇后。

「回去吧。」他對皇后說。「我要帶走的不是妳。」

「求求你放過他。」皇后說。「他不能就這麼離開這個世界。讓我代替他走吧。」

「為什麼不能？」死神不解地問。

「因為，」皇后看向王子，但王子並不知道。「這個世界上還有很多愛他的人，也還有很多人等著他去愛。」

死神不明白這句話有什麼意義。

「那妳呢？」

「我已經擁有夠多的愛，也有了所愛的人，這就夠了。」

死神看著皇后堅定的雙眼，思考了半晌。

「好吧。」死神妥協了。「但是有一個條件。」

死神答應讓王子活下去，代價是讓王子得到詛咒。從此刻起，王子將會不定時陷入短暫的沉睡，隨著年紀增長，陷入沉睡的時間越來越長，最後陷入永遠的沉睡。

解開詛咒的方法只有一個，那就是讓王子心愛的人為他死去。

為什麼皇后願意為了王子而死？死神仍不能理解。

他想知道，愛是不是真如皇后所說的那麼偉大，能成為王子活在世上的理由。

於是，王子受到了詛咒，故事也在這裡結束了。

你問王子最後怎麼樣了？我也不知道。打從一開始，這個童話就沒有結局。

因為，這個童話至今仍在持續著。

那麼，你準備好了嗎？親愛的王子。

Chapter 1 王子的祕密

早上六點三十分，陽光穿透雪紡紗窗簾照進室內。韓聖臨走到窗邊，將窗簾拉開，更多光線灑下來，將他細緻的輪廓照得分明。

已經梳洗完畢，穿著簡單的深棕色大學T，搭配灰長褲，韓聖臨關了燈，走出房間時順手帶上了門，穿過迴廊繞到廚房，又順手將客廳和餐廳的燈全開了。

寬敞又豪華的室內，只餘他一人。若關上了燈，一切顯得了無生機，彷彿是無人居住的樣品屋。

他從上層櫃子中拿出馬克杯，又從抽屜裡拿了一包即溶燕麥，倒入杯中再加熱水，拿細湯匙攪拌。

端著泡好的燕麥走到吧檯，韓聖臨面對著餐廳的方向，長型的大理石餐桌一塵不染，反射著光澤，已經許久沒有使用。再過去是空蕩蕩的沙發，另一頭的窗戶也透下溫煦的日光，窗簾的影子輕輕搖曳著，是這棟房子唯一溫暖的角落。

韓聖臨悠閒地喝著燕麥，擱在吧檯桌上的手機螢幕亮了起來，來電顯示「薛弼成」。

他手指輕滑過接聽鍵，按了擴音。

「喂，韓哥你還在家吧？」

「嗯。」

薛弼成聽起來鬆了一口氣。

「呼，嚇死我了。韓哥你千萬要等我，千萬不要自己出門，知道嗎？」

「拒絕。」

「什麼？」薛弼成尾音上揚，嚇得不輕。「別鬧了哥，我保證很快就過去，真的。」

韓聖臨放下馬克杯。「從你家到我家，捷運站距離二十六點八公里，捷運平均時速三十五公里，加上走路路程十分鐘，你到我家的時候會是幾點幾分？」

薛弼成早習慣了突如其來的物理問題，苦笑一聲。「你還有心情考我物理呢……」

韓聖臨瞥了一眼手機時間，補充道：「現在六點四十二分。」

「別以為多給資訊我就算得出來！」

「那先掛了。」

「欸等等等！你別這麼無情嘛……你這樣我要怎麼跟耀叔交代？他把看顧你的重責大任託付給我，我自然是一天也不能怠慢，這麼多年你還不了解嗎？」

薛弼成口中的耀叔，全名韓時耀，耀時集團總裁，韓聖臨的父親。工作十分忙碌，一年下來見不到幾次面，韓聖臨又不願跟陌生人住一塊兒，頂多只能請阿姨定時來家裡做三餐。幸好認識薛弼成這個老實的小子，又因緣際會下讓他欠了人情，便囑託他替自己好好看著兒子。

薛弼成將這道吩咐視為聖旨，自那一刻起貫徹始終，天天伴在韓聖臨左右，一刻也沒落下，就算不在身邊也是一通電話隨傳隨到。

韓聖臨漫不經心用銀湯匙攪著燕麥，每當拿他沒轍的時候，薛弼成總喜歡老調重彈，聽得他都膩了。耳尖的薛弼成聽出不對勁。「那是什麼聲音？韓哥你該不會又拿即溶燕麥當早餐吧？早告訴你這樣營養不足，早餐就該吃豐盛一點，你是沒聽過早餐要吃得好，午餐要吃得飽，晚餐……」

『嘟。』

這道短促又無情的電子音，薛弼成也聽過無數次了。即便如此，他緩緩拿下手機，看向螢幕上的「通話已結束」，心情仍是像被打入冷宮一般。

他無奈嘆了口氣，認命地點開聊天室開始發訊息。

韓聖臨喝完最後一口燕麥，洗了杯子，這才看見薛弼成發來的訊息。

【雪碧】：我出門了，我會全力往你所在的方向奔去，你等著。

【雪碧】：記得吃藥。

韓聖臨退出聊天室，走去倒了杯水，打開櫃子拿出一個白色小圓罐，倒出一顆白色的藥丸吞下。

每天按三餐都要吃藥，從七歲吃到現在早成了習慣，就算想忘也忘不了，但薛弼成這個愛操心的還是三不五時就會提醒一次。

韓聖臨最後看了一眼手機時間，六點五十五分。他拿著手機和藥罐走向玄關，經過餐廳順手拎起掛在椅背上的風衣，披上後將手機放入口袋，又把藥罐塞進前一晚收拾好的背包，換上布鞋，提起背包往肩上一擱便出門了。

今天是大學開學日。

R大物理系，國內首屈一指的大學，當中的理學院更是研究成果傑出、享譽國際，是許多嚮往自然科學的學子心目中的第一志願。

當然對韓聖臨而言，憑著學測滿級分的優異成績，進物理系輕而易舉。

但對薛弼成來說就沒那麼容易了。高中三年跟在韓聖臨身旁寒窗苦讀，好不容易低空飛過物理系的級分門檻，二階面試靠著天花亂墜的口才補足筆試分數的不足，這才給他備取一備上了。

這一切都是為了確保韓聖臨的人身安全。但韓聖臨始終認為他太過小題大作，他這只不過是一點小毛病而已，平時也不妨事，實在不需要二十四小時緊盯著。雖然為了不被人發現，有時確實需要掩護一下，但經過這麼多年的控制，現在一天只會發作一次，會在什麼時候發生，他心裡大概也有個底，沒什麼好擔心的。

韓聖臨抵達捷運站，這個時間只有一些高中生，甚至還不到上班族的通勤時間，車內算是空曠，這是他早出門的原因之一。

韓聖臨上了車，選了靠邊的位子坐下，戴上無線耳機，閉目養神。

新生報到的時候他便算過通勤時間，捷運車程二十分鐘，他在手機設定了定時器，在抵達目的地前一站就會響起，免得出什麼突發狀況讓他來不及下車。

而這次，韓聖臨精準地在定時器響起前睜開眼睛，把它關掉。畢竟這鈴聲是薛弼成選的，還真不是普通地吵。不想聽到鈴聲而提前警覺的動力，比鈴聲本身的作用還要大。

出了捷運站，外頭仍是陽光明媚，天空蔚藍澄澈。想起薛弼成傳來的訊息，應是希望能在捷運出口就與他會合。他環視周遭一圈，沒見到人影，算算時間對方應該還在路上，索性不等了。

他可沒有耐心做毫無意義的等待。

來到馬路口，對面就是R大校門，和他一樣等馬路的零星幾個人應該都是R大的學生，但韓聖臨壓根不想注意他們。望著眼前車轂擊馳，韓聖臨閒來無事，便開始計算從這裡到普通教學館的路程要多久。

小紅人換成了小綠人，韓聖臨和其他人一塊往前，然而快走到馬路中央時，他忽然感覺不太對勁，眼前的景象變得朦朧。

這意識逐漸模糊的感覺他再熟悉不過，大腦告訴他必須立刻加快腳步離開這裡，奈何意識不給他足夠的時間做出反應，直接切斷了開關。

——剛剛是不是有人停下來了？

傅妮妮走路走到一半，突然覺得哪裡不太對，回頭一看，還真的有個人站在馬路中央，垂著頭不曉得在做什麼。

傅妮妮又轉頭看了小綠人的秒數，只剩下五秒。

「嗯？他怎麼了？」傅妮妮有些慌張，原本自己已經快走到底，但人命關天，她趕緊小跑步折返回去，拉著那人的手就往對面跑。

韓聖臨恢復意識的時候，感覺到有一個人正拉著自己用力往前拽。那人跑得很急，害他不得不加快步伐跟上，耳邊傳來陣陣車輛的喇叭聲。

終於跑到對面，傅妮妮扶著膝蓋大口喘氣，暑假兩個月她在家就像坨會呼吸的肉，感覺自己這輩子沒跑這麼快過。

汽車在兩人身後呼嘯而過。

韓聖臨盯著這個氣喘吁吁的女孩，完全明白自己剛剛發生了什麼事——他在馬路中央斷線了。

這是個纏著他十二年的毛病，也是薛弼成會像個老媽子一樣擔心他的原因。不知道確切是從什麼時候開始，只知道是七歲那年，他發現自己偶爾會突然失去意識，就像立刻睡著一樣，持續時間約十秒到一分鐘不等，由於相當短暫，這種情況又被稱作斷線。

只不過他才剛吃過藥，依照長年的經驗來看，藥效可持續至少兩小時，這段期間幾乎不會發作，也因此他可在發作危險期避開通勤等高風險行為。今天這時間相當反常，他不由得擰起眉頭，思考可能的原因。

傅妮妮終於緩過一口氣，抬頭看向方才救下的人，愣了片刻——長得還挺好看，但居然皺眉看著自己。

不是吧，她才剛救了他一命，他臉上怎麼一副寫著「妳多管閒事」的樣子？

算了算了，人家都已經想自殺了，肯定遭遇了什麼負面事件，她傅妮妮大人有大量，就不跟他計較了。

「我說……這位同學，我知道上了 R 大壓力肯定不小，但這才開學第一天，你要不多體驗一下校園生活，別那麼早想不開，很可惜的。」既然都救了就好人做到底，開導他一回。

「……」韓聖臨聞言一愣，本來想說點什麼，話到了嘴邊只餘一聲嘆息。算了，無法解釋。

傅妮妮只當他是在表達對生活的無奈，繼續道：「而且你要選也選好一點的方式，站在路中央被撞到血肉模糊，枉費你生了這張臉啊。」

韓聖臨眉微挑，澈底無言了。

「……謝謝。」也不知道是在謝她救命之恩還是謝她稱讚自己好看，韓聖臨丟下兩個字，繞過傅妮妮逕自往校門口而去。

沒想到對方就這麼走了，傅妮妮有些不知所措，回頭看著那人的背影，喃喃自語道：「哎？為什麼有人能把謝謝兩個字說得這麼沒禮貌啊？」

傅妮妮決定不管他，就當自己積功德了。正好手機通知響起，她拿出手機，點開好友蘇星然傳來的訊息。

此時，站在馬路對面的薛弼成幾乎不敢相信自己看到了什麼。

韓聖臨，跟一個女生搭上了話？

這怎麼可能！認識他這麼多年，他就沒見過韓聖臨跟自己以外的人連續說話超過三句，更何況是個女的。

薛弼成焦急地等待小綠人亮起，然後以跑百米的速度衝了過去。

傅妮妮突然感覺一陣疾風掠過耳畔。

「哥！」

此時仗著腿長優勢，早已走遠的韓聖臨遠遠聽見薛弼成的呼喚，但絲毫沒有放慢步伐。

反正總會追上的。

大概是常常追韓聖臨練出來的心肺能力，薛弼成追上時仍臉不紅氣不喘的，一把搭上韓聖臨的肩。「剛剛怎麼回事？我都看到了。」

「看到了還問。」

「不是，我是看到你跟一個女的說話，說什麼呢？差點以為我出現幻覺了。」

韓聖臨睨了他一眼，沒說話。

♛ ♛ ♛

「什麼——」薛弼成在大講堂裡大喊了一聲，惹得其他同學都朝他們的方向望去。

薛弼成連忙摀住自己的嘴，用氣音道：「你發作了，就在剛剛，馬路上？」

「我不想重複第二遍。」

「我不是提醒你吃藥了嗎？」

「我吃了。要數一遍嗎？」韓聖臨從背包裡抽出藥罐，拋給薛弼成。

薛弼成雙手捧著藥罐，瞧了一眼。「那怎麼回事？這藥沒效了？」

「天知道。」

「不行，今天得再去給葉醫師看一下。」

韓聖臨至今還記得，七歲那年被父親帶去給葉醫師診斷時，他所說的話：

「以目前的情況來看，第二型嗜睡症是最接近的，這類型的嗜睡症會有日間過度嗜睡的問題，晚上也可能會出現睡眠障礙，但是沒有猝倒症狀，符合你兒子的情況。然而比較罕見的是，他睡著的時間遠比一般的嗜睡症患者要來得短，腦波在一瞬間進入快速動眼期，又馬上恢復……」

「……就像斷線一樣。」韓聖臨復述著最後一句話。

「嗯？韓哥你剛剛說了什麼？」

「沒什麼。」

「那就約今天晚上囉，正好有葉醫師的診。」薛弼成一邊操作著手機一邊說。

韓聖臨沒說話，沒說話就是默許。

薛弼成突然想到什麼，放下手機。「這麼說來，那個女生是你的救命恩人？你有留下她的聯絡方式嗎？」

韓聖臨淡淡瞥了他一眼，薛弼成立刻道：「當我沒問。」

以韓聖臨的個性，道個謝都比登天還難。

「那她是什麼系的？叫什麼名字？」

「我怎麼會知道。」

「哎呀，你這樣不行，今天要不是有她，你可能就……」薛弼成說不下去，猛然抓住韓聖臨的手。「你看，我就說要等我吧，沒有我在身邊，出意外該怎麼辦？」

韓聖臨面無表情地看向他。很好，薛弼成又開始發神經了。

薛弼成一臉深情款款：「從今以後你絕對不能離開我身邊，我無法承受失去你的打擊。」

韓聖臨甩掉他的手。「再說一句就封鎖你。」

薛弼成立刻雙手合十。「對不起，韓哥，我錯了。」

見韓聖臨沒生氣，薛弼成又道：「或是那女的有什麼特徵？你好好回想一下，我人在對面看不清楚，只知道她穿一件白色短裙。」

薛弼成仍不放棄，韓聖臨的恩人就是他的恩人。

韓聖臨眉宇輕蹙，回想了一下剛才的情況。

『要選也選好一點的方式，站在路中央被撞到血肉模糊，枉費你生了這張臉啊。』

「……是個怪人。」

「蛤？」韓哥你有資格這樣說人家嗎？

♚　♚　♚

「哈啾！」傅妮妮無故打了個噴嚏。

「妮妮，妳會冷嗎？教室沒開冷氣啊。」好友蘇星然看著她。

傅妮妮吸了吸鼻子。「不知道，突然感到一陣惡寒。」

「少浮誇了。」蘇星然用手肘撞了撞對方。

她倆是在系上迎新時認識的，恰好被分到同一小隊，經過一連串共患難的遊戲關卡後，兩人便熟絡起來。

說起一陣惡寒，傅妮妮腦中驀然浮現剛才那位想不開又沒禮貌的男子。

「我跟妳說，剛剛我來學校的時候……」她把方才的經過描述給蘇星然聽。

「喔？長得挺好看？」蘇星然拍了她的肩。「那妳還真是立了一件大功啊。」

「妳搞錯重點了吧。」

「聯絡方式留了沒？」

「留什麼啊？他好像覺得我壞了他的好事，皺著眉看我呢。」

蘇星然偏頭想了想。「嗯，可以理解，要是我想尋死的時候有人阻止我，我第一時間肯定不會感謝他。」

傅妮妮有種好心沒好報的心酸。「下次要是再遇到他，我就直接把他送心輔中心。」

畢竟才剛進心理系第一天，傅妮妮還沒厲害到可以輔導個案，這種事還是交給專業的來。

上完早八的微積分以後，兩人又接著上三學分的必修課。三節課遠比想像中來得漫長，還沒十二點她的肚子便不爭氣地叫了起來。

終於等到教授宣布下課，教室裡的學生一哄而散，傅妮妮和蘇星然也立刻收拾包包，準備到學生餐廳大吃一頓。早聽說 R 大的學餐CP值很高，傅妮妮入學前便一直期待著。

果不其然，踏入學生餐廳便感受到何為人滿為患。每間商家前都排著長長的隊伍，座位放眼望去更是占滿了人，盛況堪比週年慶時的百貨公司美食街，一位難覓。

「哇……這是學餐嗎，簡直像美食街一樣。」傅妮妮嘆道。

「先找到位子吧，不然也沒辦法吃。」蘇星然率先走入座位區。個子嬌小的傅妮妮走在她身後，引頸盼望著從眾多人頭中發現兩個可入座的坑。

「欸，那邊好像有兩個位子。」傅妮妮拉了拉蘇星然的衣角，指向遠方一張四人桌，一邊坐著兩個人，另一邊則空著。

「那兩個位子都放著包包，大概有人占位了。」蘇星然看得清楚。

「去問問看吧。」傅妮妮拉著蘇星然往那個方向走，既然有一絲希望便不能放過。

♚　♚　♚

三十分鐘前。

「幸好我們早點來了，聽說學生餐廳到了十二點就大爆滿，一位難求。」薛弼成邊說邊朝空位放下背包。

兩人早上的課十點就結束，之後便去圖書館待著，十一點半時薛弼成便提議先到學生餐廳占位。這時間位子還挺多，他們輕輕鬆鬆選到一張空曠的四人桌。

「哥你要吃什麼？現在去點不用排隊。」

「你決定吧。」

這麼多沒吃過的店家，選擇實在太麻煩了。

「喔，好。」薛弼成從背包裡翻出錢包。「那我先去看囉。」

韓聖臨留在座位上，從背包裡拿出一本《近代物理》翻開來看。

「欸，妳看那邊，那個人好帥喔。」

「真的欸。」

兩個在找位子的女生恰巧捕捉到在座位上安靜看書都能美成一幅畫的韓聖臨，興奮地交頭接耳了一番，便朝他走去。

「不好意思，請問這裡有人坐嗎？」

韓聖臨聞聲抬眼，那充滿距離感的眼神並未嚇退對方，反而直擊那兩個女孩的心扉，令她們怦然心動。

韓聖臨的視線淡淡掃過兩人，說了一個字：「有。」便又將視線放回書本上。

兩名女生愣了一下，尷尬道：「這樣啊，謝謝。」

說完便移動到韓聖臨旁邊那桌，還刻意選坐對面好看著他。

不一會兒，薛弼成拿著叫號器回來了。

「我幫你買咖哩飯，可以吧？」

「嗯。」韓聖臨拿出手機，轉了帳給薛弼成。

「這裡真是天堂，我喜歡的咖哩蛋包飯、韓式豆腐鍋，連速食店都有，以後不愁沒有想吃的了。」薛弼成一坐下來便開始話癆。

韓聖臨默默把書闔上。

時間快接近十二點，餐廳內的人也越來越多，眼看空桌一眨眼就幾乎快沒了。

這時又有兩名女生走上前，問他們對面有沒有坐人。

這次薛弼成代表發言：「喔，沒有。」

說完立刻感受到身旁射來一道銳利目光。

那兩名女生開心地坐了下來，薛弼成轉頭看向目光來源，一臉茫。

韓聖臨無意解釋，索性站了起來，拎了背包就走。

「欸……」薛弼成一愣，忙轉頭和對面兩人道：「那個，不好意思啊。」便拿著東西追了上去。

韓聖臨動作極快，快狠準鎖定了為數不多的空桌坐下，並將自己的背包扔到對面。

「哥你幹嘛？這樣我很尷尬。」薛弼成走上前道。

「我不想和陌生人一起吃飯。」韓聖臨答得理所當然。

「那也不算一起吃飯，那只是……」想到韓聖臨難搞也不是一兩天了，索性放棄解釋。「好，我的錯。我們就這樣占著位子，別讓任何人來。」說完也把自己的背包往對面一放。

跟在韓哥身邊，什麼仁義、什麼道德，都給排在後面，韓哥開心就好。

在心裡默念一遍原則之後，呼叫器正好響了。

薛弼成讓韓聖臨留在座位上，自己跑了兩趟把兩人的餐點都拿回來。

餐廳的人潮逐漸增加，已經可說是人聲鼎沸，排隊的人都延伸到用餐區走道來了，韓聖臨只想趕快吃完，趕快離開這裡。

途中有幾個找不到位子的可憐人來詢問，薛弼成這次學乖了，一律答有人。

包括這次也是。

「不好意思，請問……」

「那裡有人了。」薛弼成連頭都沒抬，反射性回答。

「喔？你是那個……」對方突然話鋒一轉，使得韓聖臨和薛弼成都不約而同抬起頭來。

「馬路自殺男？」

傅妮妮說完這句話，一旁的蘇星然沒忍住，噴了一聲笑。

韓聖臨此刻臉已黑一半。

薛弼成呆滯了一下，這才反應過來：「妳不會是今天早上救韓哥的人吧？」

「嗯。」傅妮妮愣愣點頭。

薛弼成一臉欣喜，連忙站起來拿走他和韓聖臨的背包。「請坐請坐，終於有機會見到妳了，幸會幸會。」

傅妮妮和蘇星然對視了一眼，沒想到這麼順利就取得位子。

韓聖臨瞪了薛弼成一眼，又想站起來，薛弼成這次直接抓住他的手，硬是把他壓回位子上。「我們韓哥啊，就是有些彆扭，他沒別的意思。韓哥你說是吧？」

韓聖臨冷冷注視著他，眼神充分傳達三個字：你說呢？

薛弼成轉頭，對上這副略帶威脅的眼神，一慫之下忙鬆開手，清了清喉嚨：「咳咳，還沒自我介紹，我叫薛弼成，綽號雪碧，叫我雪碧就好。」

對面兩名女孩點了點頭。

「呃，我叫傅妮妮。」為什麼只是找個位子就突然開始破冰了？

「蘇星然。」

接著三個人一致看向韓聖臨。

「……」韓聖臨默默吃著飯，不想回答。

「他叫韓聖臨，我都叫他韓哥。」薛弼成替他回答了。

「你們原本就認識了嗎？」蘇星然問。

「嗯，我們是國小同學。」薛弼成點到為止，沒說一路同班到現在。「妳們呢？」

「我們是上大學才認識的。」

「也是新生？」

「對。」

結果變成蘇星然和薛弼成兩人聊了起來。傅妮妮左顧右盼，覺得附近的女生似乎都朝這裡投以敵意的目光，有些坐立難安。再看韓聖臨，安安靜靜吃著飯，旁若無人似的。

後來她們去點了餐，點完後薛弼成和韓聖臨也正好要走了，薛弼成拿出手機朝兩人道：「留個聯絡方式吧？作為答謝，下次我請妳們吃飯。」

「好啊。」蘇星然二話不說就拿出手機掃了 QR code，心想這人可真厚道，連她這個朋友也一起請。

「不用請啦，這也沒什麼，倒是你朋友……」

傅妮妮本想勸薛弼成多關心一下韓聖臨的心理狀況，薛弼成卻道：「我們韓哥早上以為手機不見了，急著在找，沒注意到秒數快沒了，多虧妳才沒出事。我代替他向妳道謝。」

「啊？」原來不是想不開啊……那她早上還對人家說那些話，丟臉死了。

薛弼成微笑，將手機湊近了些：「加嗎？」

加完好友，薛弼成才發現韓聖臨早已消失無影蹤，便急急忙忙地走了。

傅妮妮和蘇星然端著餐點坐下來，終於可以自在吃飯了。要是對著韓聖臨這個周身散發低氣壓的人吃飯，傅妮妮怕是會消化不良。

吃著吃著，蘇星然突然拋出一個問題：「妳覺不覺得他倆互動有戲？」

「什麼戲？」傅妮妮不明所以。

蘇星然眉一挑：「耽美大戲。」

傅妮妮手一鬆，餐具掉回盤子上，哐噹一聲。

頓悟了。

♛　♛　♛

傅妮妮穿著短袖短褲的居家服，從水氣氤氳的浴室走出來，頭上蓋著一條毛巾，胡亂擦著頭髮。

坐到床上，她拿起手機滑開 R 大匿名八卦版，突然看見一條令人瞠目的消息。

發文者：啾啾

今天在校園發現極品帥哥！求系級姓名。

還附上一張坐在圖書館靠窗座位，襯著陽光宛若神仙下凡的一抹側影。因為是偷拍角度，只見到一點點側臉，但這足夠傅妮妮辨識出來——這不就韓聖臨嗎？

底下留言大爆滿，不少人卡位求認識，也有人陸續抖出情報：

【愛吃瓜】：@小小　這是我們在餐廳看見的人吧？

【小小】：就是他，他給人感覺挺冷淡的。

【悠然見南山】：我也看見了，後來有兩個女的和他同桌吃飯，怕不是有主了。

【地表最強電蚊拍】：我看是貼上去的吧，男神身邊蒼蠅多啊。

【啾啾】：嗚嗚，那我是不是沒機會了？

「當然沒機會了，人家喜歡男的，你們哪來機會呢？」傅妮妮一邊滑著留言區，一邊為這些迷妹感到惋惜。

【司馬昭之心】：這個人跟我同高中，但怎麼說，他的風評不是太好。

【地表最強電蚊拍】：此話怎講？

底下留言忽然出現一堆「卡」。

【司馬昭之心】：有一次我看到他把女孩子給他的告白巧克力扔到地上。

【滷豆干】：真假？

【小小】：長得帥就拿翹，不意外。

【啾啾】：你確定是同一個人嗎？

【海獅會害怕】：男神形象崩壞，嗚嗚。

傅妮妮打了個寒顫，八卦版真可怕。

不過仔細想想，韓聖臨這人沒什麼禮貌，今天中午遇到時更是沒聽見他講任何一句話，估計社交技能點為零。傅妮妮想像了一下他扔巧克力的畫面，似乎毫無違和感？

但畢竟是八卦版，謠言不可信，還是看看就好。

傅妮妮正欲放下手機，一抬頭忽然看見她老哥傅辰暘站在房門口，差點沒被嚇死。

「唉唷！哥你幹嘛？」

「我才想問妳不吹頭髮在幹嘛？」傅辰暘手上拿著吹風機，沒好氣地走了進來。

「我等一下再吹就好啦。」傅妮妮說完便拿起蓋在頭上的毛巾搓搓頭髮。

傅辰暘將吹風機插上插頭，又搶過傅妮妮手上的毛巾替她擦頭髮。

「頭髮不馬上吹會感冒，妳剛剛都打哆嗦了還不注意一點。」

那不是被輿論給嚇的嗎……。

傅妮妮眉頭一皺。「你是在我房門口站多久？變態。」

「我在看妳要笑得像個花痴到什麼時候。」

「我哪有！」

「妳每次看手機就在那邊微笑，跟個花痴一樣。」

「傅辰暘！」傅妮妮轉頭怒瞪他。

傅辰暘順手直接將毛巾蓋在她臉上。「好了，快吹。」

傅妮妮忙將毛巾取下，看著傅辰暘走出房間。「都幫我擦頭髮了，難道沒想過順便幫我吹乾嗎？」

「想得美，讓我幫妳擦頭髮已經耗盡妳上輩子累積的福氣了。」

「呿。」傅妮妮早料到他會這麼小氣，認分地打開吹風機。

經過一個晚上，傅妮妮早就把跟韓聖臨有關的傳聞拋諸腦後，反正兩人不同系，跟她也沒什麼關係，以後會不會見到面都不知道。她悠閒地走在林蔭大道上，享受著早晨的柔和陽光，鳥獸蟲鳴交織譜成一曲和諧的樂章。一旁的球場更有籃球隊充滿朝氣的練習，以及一些上體育課的班級。

「現在兩兩一組，練習高手傳球。」傅妮妮聽見某個體育老師這麼說道。

「韓哥，我們一組吧！」嗯？這聲音好熟悉啊。

傅妮妮停下腳步，隔著護欄望向球場，果見韓聖臨和薛弼成在裡面練習傳球。

這兩人成天形影不離，還真怕別人不知道他們多恩愛似的……不過大一的體育課原本就是同系的一起上，就不知道其他課他們是不是也都像這樣黏在一起。

傅妮妮心中萌生了一絲好奇，然而倒也沒有深究的欲望，並未停留太久便離開了。

殊不知，這個問題到了下午便得到了答案。

下午傅妮妮選到一堂通識「日本近代史」，放眼望去教室大概可容納四、五十人，然而要加簽的人早已塞滿教室前後左右所有縫隙，甚至有些人還站在外面走廊上，足見這堂課的熱門程度。幸好傅妮妮來得還算早，才能取得座位。

等老師大致說明完課堂要求，並處理完加簽事宜後，教室裡的人少了一大半。傅妮妮環顧四周想看看有沒有認識的系上同學，卻是韓聖臨那張過分耀眼的帥臉率先自一群陌生臉孔中跳脫出來。

坦白說傅妮妮有些嚇到，她居然和韓聖臨修了同一門通識課，這算是什麼孽緣嗎？

視線再往旁邊挪一些，果然不出所料，薛弼成就坐在韓聖臨旁邊。這下傅妮妮更確定蘇星然昨天的猜測了——他倆關係不單純。

人喜歡美的事物是天性，看見韓聖臨令人賞心悅目的外表本該心情愉悅，但這時候又看見薛弼成，不知為何竟覺有些刺眼——能不能別一直黏在人家身邊？

噓，這段心聲可不能被他聽見。

「那麼我們就先下課，十分鐘後回來。大家可以開始找期中報告的組員了，二到四人一組。」傅妮妮回過神，就聽見老師說了這一段話。

二到四人一組？

她在這門課認識的就只有韓聖臨和薛弼成兩人，要找他們嗎？

老實說她有點害怕韓聖臨，這人總是板著一張臉，彷彿不會笑似的，昨天吃飯時又不講話，陰沉得很，讓人覺得自己好像哪裡得罪了他。

相比之下薛弼成就親民多了，會笑會聊天，還很會看人臉色緩和氣氛，比韓聖臨那個木頭人來得生動又富有人性。剛剛她還在心裡罵他刺眼，真是對不住。

現在是下課時間，大家陸續都開始詢問自己座位附近的人要不要一組，傅妮妮並沒有太多時間可以猶豫，身體便當機立斷做出反應——往韓聖臨和薛弼成的方向走去。

此時傅妮妮的大腦尚無法理解自己為何要這麼做，明明和這兩人才有過一面之緣，也不是很熟，幹嘛一定要找他們？

原先還怕會尷尬而有點緊張，但薛弼成一看見傅妮妮就熱情地打招呼：「嗨，妳也上這堂課？」

傅妮妮頓時因他的友善而放鬆不少：「對，剛好看到你們，想問你們報告要不要一組？」

「當然好啊，多一個人省事，你說對吧，韓哥？」薛弼成轉頭詢問韓聖臨的意見，傅妮妮也同時望向他，卻見他低頭望著桌面，沒有反應。

薛弼成見狀，連忙對傅妮妮道：「啊哈哈，韓哥大概昨晚沒睡好，我就先代替他答應妳了。」

「咦？不用問他的意見嗎？」

「放心，我幫妳說服他。」薛弼成對她拍胸脯掛保證。

「喔……那就謝謝你了。」

「嗯，再聯絡。」薛弼成朝她揮了揮手，不知道是不是錯覺，總感覺薛弼成好像希望她趕快離開。

傅妮妮正要走回座位，忽然瞥見坐在韓聖臨另一邊的女生也要向他搭話，大概也是詢問分組的事。

「那個，請問……」

但見薛弼成馬上對那個同學大喊：「同學！我想問一下妳剛剛有聽到期中報告的繳交期限是什麼時候嗎？」

那個女同學愣了愣。「呃……我記得是十一月十八號，ＰＰＴ上有寫。」

「謝謝。」

「你們是一組的嗎？」女同學順勢問道。

「對，不好意思我們這組已經滿人了。」薛弼成擺出一副愧疚的神情，任誰看了都會買單。

「啊，好的，沒關係。」女同學說完又去問其他人了。

傅妮妮全程看得懵，不是最多四人一組嗎？而且薛弼成的問話方式也太不自然了，難道他是在阻止其他人和韓聖臨說話？

嘖，這占有欲，可怕。

上課鐘聲響起，傅妮妮也不好多問什麼，只好先回到自己的座位。過了一會兒，她又忍不住轉頭朝那兩人望去，此時韓聖臨已經恢復清醒，薛弼成正湊到他旁邊低聲說著什麼。

和這兩人一組，是不是代表她要常常看他們放閃？傅妮妮不禁開始懷疑這是否是個正確的決定。

下課後，傅妮妮收拾好東西，才看見薛弼成給她發了一道訊息：

【雪碧】：我跟韓哥說了，他ok。

真的ok嗎……傅妮妮想起韓聖臨那張皺著眉不說話的臉，怎麼看都不像是這麼隨和的人。不過既然薛弼成都這麼說了，她也相信他有搞定韓聖臨的方法，便愉快地傳了個說謝謝的兔子貼圖給他。

大學生活到目前為止都還挺順遂的，在系上交到朋友、通識課也順利找到組員，傅妮妮不禁對接下來的日子充滿期待。

隔天，傅妮妮痛苦地從早上六點半的鬧鐘聲中醒來，準備去上早八的國文課。

星期一已經有早八微積分了，偏偏又選到星期三的早八國文，原本想著高中都是七點半到校，早八算不了什麼，但從今天早上爬起來的那刻她就後悔了。

意識迷濛下胡亂吃了早餐便出門，到了學校後又聽著教授催眠的語調昏昏欲睡，傅妮妮開始考慮要把這門國文退掉，但大一要選到國文課相當不容易，讓傅妮妮又有些猶豫。

而且上完這堂催眠的國文課後，她又得接著去上普通物理學，號稱比統計學還要硬的必修課，她不禁擔心她的精力是否有辦法負荷。

心理系的普物和普化必修二擇一，大多數人都會選擇只要修一學期的普化，但傅妮妮高中時就被混成軌域搞得很頭疼，上大學後只想遠離化學，想著以前學物理還過得去，便憑著初生之犢的勇氣選了一學年的普物。

傅妮妮花了一番工夫才找到物理系館，在外面兜兜轉轉，精神倒也來了。

此時，韓聖臨和薛弼成剛在系館上完課，正走下樓梯。

薛弼成突然頓步。「哎呀，我把實驗衣忘在教室了，韓哥你等我一下，我馬上回來。」

「我到門口等你。」

薛弼成匆匆跑上樓後，韓聖臨繼續下樓，走到樓梯間，一陣暈眩感猝不及防襲上腦門。又來了。

他立刻靠向距離最近的一面牆，倚著牆讓自己看起來像在閉目小憩，下一秒便失去了意識。

傅妮妮走進物理系館，打開手機確認課表。「306教室是在三樓吧？」

她爬上樓梯，在二樓和三樓的樓梯間瞥見一個人雙手環胸靠在牆邊，本想忽視，但這身影越看越熟悉，她仔細一瞧——怎麼又是韓聖臨？

看這樣子，他是在睡覺嗎？怎麼會在路邊睡？

傅妮妮好奇地湊上前端詳，韓聖臨垂著頭，雙目緊閉，但尚有呼吸，看來是在睡覺沒錯。

她想起昨天通識課好像也看見韓聖臨在打瞌睡，他是多累啊？

這樣近距離瞧他，纖長的睫毛宛如蝶翼般輕輕垂下，高挺的鼻梁，薄唇輕抿，膚質更是好得沒話說，傅妮妮身為一個懶得敷面膜的女孩子都要嫉妒了。先前見面時匆匆一瞥，只是覺得整張臉符合大眾審美標準，現在仔細端詳五官，這才確認了什麼叫神仙顏值。

傅妮妮還沉浸在欣賞之中，韓聖臨突然睜開眼睛。

那雙富有靈氣的眼眸籠罩著一層寒氣，叫人敬而遠之。

傅妮妮嚇得往後大跳一步。

韓聖臨腦中閃過一種生物——兔子。

視線聚焦在對方身上，韓聖臨總算看清她是那天在馬路上拉著他跑的人，腦中頓時閃過關於她的所有資訊——叫傅妮妮，薛弼成未經他同意就答應小組報告同組的人。

被那雙眼睛盯著瞧，傅妮妮眨了眨眼，不自覺全身緊繃，腎上腺素直線飆升，加上盯著人家被抓包的尷尬，讓她只想趕快開溜。

「……嗨，真巧，我先走了。」她僵硬地舉起手，接著趕緊轉身上樓。

孰料韓聖臨竟往前跨一步，站在她面前擋住她的去路。

傅妮妮抬起頭，仰望足足比她高出一顆頭的韓聖臨，沒來由地感受到一股壓迫感。

韓聖臨俯瞰著傅妮妮，這時候才發現，這傢伙長得真矮。

「你、你有什麼事嗎？」傅妮妮抓緊背包的背帶，雙腿發顫。

「……矮怪。」韓聖臨啟唇，只說了這兩個字。

彷彿被這兩個字砸了腦袋，傅妮妮頓時石化。

矮？怪？矮怪？

這是名詞還形容詞啊？

「喔，妮妮？妳怎麼也在這？」薛弼成的聲音此刻宛如神降下的天籟，解救剛被言語攻擊而心態崩毀的傅妮妮。

傅妮妮愣愣轉頭看向樓梯上的薛弼成。「我、我來上普物……」

不知道是不是薛弼成的錯覺，怎麼覺得傅妮妮淚眼汪汪地看向他，眼裡彷彿有無數委屈在打轉。韓哥欺負她了嗎？

「喔，那你們這是……」薛弼成緩緩走下樓，對於兩人站得這麼近感到不解。

韓聖臨顯然沒有要解釋的意思，傅妮妮則看了手錶一眼，忙道：「我上課要來不及了，我先走了！」

「呃，好，掰掰。」完全沒得到答案的薛弼成只得愣愣向傅妮妮揮手。

傅妮妮向薛弼成道別後又順帶瞥了韓聖臨一眼，竟瞥見他唇邊浮現一抹極為不明顯的笑意。

這要是在一般人臉上或許很難察覺，但韓聖臨平時的撲克臉實在是太過陰沉，以至於這僅僅上揚零點一公分，似笑非笑的弧度在他臉上都成了難得的突破，很輕易就能發現。

傅妮妮猛然轉頭想看個清楚，但韓聖臨與薛弼成已經走下樓梯。

雖然只有匆匆一瞥，但搭配上眼神，傅妮妮能感覺到那抹笑充滿了嘲諷意味。

這是怎樣？難道他是在報馬路自殺男的仇嗎？

這人也太小心眼了吧……。

傅妮妮生平第一次被叫矮怪這麼難聽的稱號，想想氣不打一處來，喃喃道：「你才怪，你全家都怪！」

這話自然是不敢當著韓聖臨面前說。

♛ ♛ ♛

自從被韓聖臨叫矮怪以後，傅妮妮對他的好感度便直線下降，原本對他的印象就已經是陰沉、話少又沒禮貌，現在又加上了小心眼這一條，好感度都要掉到負值了。

長得帥、長得高、氣質好又如何？

……好，確實是挺稀有的。但她傅妮妮才不是會被外表矇騙的膚淺女子，況且人家都名草有主了，趁早看清真面目，斷了幻想也好。

幸好她與韓聖臨只有日本近代史的課會見到面，她已經決定以後看到韓聖臨都要閃遠點，免得又平白遭受他的羞辱。至於小組報告，有薛弼成在，應該不會太難熬。

傅妮妮邊咬著筷子邊替自己的未來做打算，一支筷子冷不防戳了她額頭一下。

「在想什麼？筷子都要被妳咬斷了。」

「喔唷，很痛欸。」傅妮妮瞪了老哥一眼。

「妮妮呀，大學第一個禮拜過得怎麼樣？」傅母一邊幫大家盛湯一邊問道。

「很好呀，挺有趣的。」傅妮妮道。

「她都在看帥哥，當然有趣。」傅辰暘插話道。

傅妮妮睨他。「我哪有？」

「喔？帥哥在哪呀？」傅母似乎很有興趣。

「她們這屆好像有一個挺帥的，物理系的。」傅辰暘想想又補了一句：「大概只差我一點。」

傅妮妮無情地冷笑一聲：「呵，你？還是算了吧。」

雖然她老哥顏值的確挺高的，她小時候也覺得全世界她老哥最帥，但自從世面見多了以後，就知道一山還有一山高。傅辰暘大概就是那種痞痞愛玩的模樣，但其實眼光高又潔身自愛，母胎單身至今。若說她老哥帥，韓聖臨大概就是散發聖光的等級，不過僅限外表，個性不予置評。

傅辰暘用筷子頭指著傅妮妮，向傅母告狀：「妳看，馬上護著她那個新歡。」

「誰新歡啊，你別亂說！」

傅妮妮立刻拉下他的手。

傅辰暘笑得頑劣：「妳害羞了。」

「最好啦。」傅妮妮不堪其擾，使出必殺技——戳傅辰暘的肚子，誰讓他肚子最怕癢。

兩個人一陣攻防，直到傅父清了清喉嚨：「咳，飯桌上不要吵吵鬧鬧的。」

傅辰暘和傅妮妮立刻端正坐好。

「不過你怎麼也知道韓聖臨？」傅妮妮扒了一口飯，疑惑道。校園男神的名號傳得這麼快，連大四也知道了？

「不就妳那天邊笑得像花痴邊看的嗎？」

傅妮妮臉色大變：「你偷看我手機！」

傅辰暘不屑地瞥了她一眼：「妳自己螢幕沒關就放在那裡，我隨便瞄一眼就看到了。」

傅母湊向他們，饒富興味道：「在哪，也給我看看？」

「媽，妳別聽哥亂講，沒有什麼帥哥啦。」

「唉唷，真小氣，都不給媽媽看。」傅母故作失望的樣子。

「她害羞，我等等搜尋給妳看。」傅辰暘自作主張道。

就算是帥哥也是個叫她矮怪的帥哥……傅妮妮心如死灰，又不能把這件事說出來，否則肯定被傅辰暘笑話。

傅母突然想到正事。「對了，妮妮妳下午幫我跑一趟超市，該買的東西我寫給妳。」

「為什麼是我？」傅妮妮臉垮了下來，今天星期六，她原本想利用週末下午好好追劇的。

「我要趕畢業論文，而且我上禮拜去過了。」傅辰暘回答。

傅妮妮整個人像洩了氣的皮球，就差沒癱在飯桌上。

「去個超市有這麼痛苦嗎？」傅辰暘在一旁說著風涼話。

「不知道，今天不想出門。」

「妳這身材還不出去動一下。」傅辰暘拍了她的肚子一下。

「你很煩欸。」

背著與她身材不成比例的大型購物袋，傅妮妮出門前往超市。

走了約莫二十分鐘的路程，來到一間規格頗大的超市，傅妮妮推著推車，按照媽媽傳給她的購物清單開始一件一件採買。

經過罐頭區，傅妮妮聽到有人講電話的聲音。

「我知道，你晚點來沒關係。」

這聲音怎麼有點熟悉？

傅妮妮推著推車走出貨架，探頭看見一個穿著米色防風夾克，身形高䠷的男孩背對著她站在冷凍區，剛掛掉電話，將手機收進口袋。

男孩側過身推著推車準備離開，那一瞬間傅妮妮看見他的側顏，立刻縮回推車，躲回貨架走道中間。

她終於知道她今天為什麼不想出門了。

……怎麼有到哪都能遇見韓聖臨的問題？

確認韓聖臨已經走遠，傅妮妮趕緊推車前往下個區域，她今天絕對不要跟韓聖臨碰上。這幾天沒見到韓聖臨，光想到那抹嘲諷的淺笑她就來氣，可不想再看第二次。

傅妮妮按照清單在超市的一排排貨架間穿梭，還要隨時注意韓聖臨有沒有在附近，動作片裡的特務怕都沒這麼累。

後來走到冷藏區，她發現韓聖臨也在那，就決定先繞去其他地方。

剩下的東西都差不多買完了，傅妮妮又繞了回來——他怎麼還在那？

既然只剩這區要買，傅妮妮索性就留在原地等他離開。她躲在兩排貨架中間，透過商品間的縫隙觀察韓聖臨走了沒。

等著等著她忽然覺得不太對勁，韓聖臨好像……靜止不動？

傅妮妮拉著推車稍稍後退來到走道上，從比較空曠的角度觀察。韓聖臨一隻手放在一盒牛奶上，感覺是要拿，但是又遲遲不動作，讓人覺得他好像是在考慮什麼。但再觀察久一點，就會發現他整個人是靜止狀態，宛如擺在超市冰櫃旁的一座雕像。

傅妮妮越看越疑惑，他在幹嘛？

想起之前遇到韓聖臨的幾次情況，傅妮妮腦中浮現一個荒謬的猜測——

不會是又睡著了吧？

但是……怎麼會有人拿牛奶拿到一半睡著？這不是睡著而是生病了吧？

眼看韓聖臨維持這個狀態已經超過兩分鐘，若是從傅妮妮還沒發現時開始算可能更久。出於好奇以及關心，傅妮妮最終還是邁開腳步，直接來到韓聖臨旁邊。

她稍微湊近瞧了瞧，韓聖臨眼睛是閉上的，真的像睡著了一樣。

「那個……韓聖臨？」她試著喚他，但他仍舊沒有反應。

「韓聖臨？」傅妮妮輕輕拍了拍他的肩。「醒醒，韓聖臨？」

傅妮妮拍肩的力道加重了些，韓聖臨猛然睜開雙眼，深吸了一口氣，彷彿剛從惡夢中醒來的人。

「你……還好嗎？」傅妮妮看韓聖臨終於醒過來了，代表剛才真的是睡著，不禁有些擔心他的情況。

韓聖臨又深吸幾口氣，平緩自己的氣息，過了一會兒才緩緩轉頭看向傅妮妮。

傅妮妮看他的表情似乎驚魂未定，眼神仍有些迷茫，不知道恢復清醒了沒。

「你沒事吧？我看你在這邊站了很久，不知道是怎麼了，才想說過來看看……你剛剛是睡著了嗎？」

韓聖臨只是盯著傅妮妮看，沒有回答。

傅妮妮等了一會兒沒等到回答，仔細端詳了一下韓聖臨，實在看不出來他現在的狀態。不過韓聖臨本來就不太理人，他不回答好像也挺正常的。

被這樣一直盯著看，傅妮妮也怪尷尬的，於是道：「呃……你不想說也沒關係，沒事的話我就先走了，再見。」

正準備轉身去拿該買的東西，韓聖臨卻突然抓住她的手。

被一股力道往前拉的同時，韓聖臨也往她身上倒。

「啊！啊！」傅妮妮驚叫出聲，韓聖臨這麼高一個人突然往她身上跌，驚嚇就算了，若不是她反應快，及時穩住重心，恐怕早就被壓垮了。

她用盡全身力氣扶住韓聖臨，他的頭正好抵在她的肩上。正當她的驚呼引來了超市其他客人的注意時，薛弼成突然從某處衝了出來。

「別發出聲音！」薛弼成急忙從背後捂住傅妮妮的嘴。

現在他們三人呈現抱成一團的姿勢，傅妮妮被當成夾心餅乾夾在中間。

……大哥，這樣更引人注目好嗎？

♛　♛　♛

後來的情況也是一片混亂，將韓聖臨接手給薛弼成扛後，不一會兒他便醒了。幸好他醒得早，否則其他顧客差點就要打電話叫救護車。薛弼成就這樣一邊安撫超市內的其他顧客，一邊帶著韓聖臨和傅妮妮離開。

「我們先離開這裡，我再向妳解釋。」薛弼成在傅妮妮耳畔低語。

於是此時，傅妮妮坐在速食店內，身邊擺著一大袋採買物品，對面坐著略顯焦慮而玩著手指的薛弼成，以及雙手環胸、持續板著一張臉望向前方的韓聖臨，三個人面前各擺了一杯飲料。

傅妮妮斜眼瞄了韓聖臨一眼，明明是要向她解釋，他怎麼一副要審問犯人的人樣子？

傅妮妮又將視線移回正對面的薛弼成身上。「所以……要說什麼？」

薛弼成看向韓聖臨，對方沒反應。

他又轉回來，深吸一口氣，似乎難以啟齒：「這個……我們韓哥他……」

「有病。」韓聖臨竟替他接了話，令薛弼成一愣，傅妮妮也驚訝地望向他。

薛弼成乾笑了聲。「就像他說的那樣，他有一種……會突然睡著的病。」

韓聖臨是在罵自己嗎？

「突然睡著？是嗜睡症嗎？」

「稍微不太一樣，因為他睡著的時間很短，通常一分鐘以內就會醒來，醫生說是相當罕見的情況。」

傅妮妮眨了眨眼，又看向韓聖臨，難怪之前見他靠在牆邊睡覺，突然就醒來了。

「妳應該也見過幾次了，在馬路上那次也是。」薛弼成補充。

傅妮妮回想當時的情景，若是將今天這種情況套用在那天，一切便說得通了。「啊，難怪……我還以為你想自殺。」

「想自殺還會跟妳說謝謝嗎？」韓聖臨睨了她一眼，眼神像在看一個笨蛋。

傅妮妮在心裡暗自哼了聲，有必要那麼兇嗎？被叫馬路自殺男是多氣啊？

薛弼成聽到關鍵字，眼神一亮：「韓哥，你竟然說謝謝了？」

謝謝這兩個字，要從韓聖臨口中聽到有多難啊，他一輩子都只聽過三次而已，早就已經不奢求了。

「她的話讓我不得不這麼回。」韓聖臨道。

薛弼成立刻看向傅妮妮，一臉殷切：「妳對韓哥說什麼了？也教教我，我也想收到他的道謝。」

韓聖臨聞言瞥了他一眼，這人有毛病嗎？

傅妮妮一臉尷尬，看韓聖臨一副老神在在的樣子，根本是故意挖坑給她跳。這麼丟臉又順勢稱讚韓聖臨的話，她哪可能說第二次啊。

「我、我早忘了，況且你搞錯重點了吧，現在不是在討論韓聖臨的情況嗎？」傅妮妮趕緊轉移話題矇混過去。

「喔對，總之就是像妳看到的那樣，這次的情況也是……」薛弼成說到一半，突然想到什麼，神情變得有些疑惑，轉頭看向韓聖臨：「韓哥，這次怎麼回事？」

韓聖臨望著桌面，似乎在思考。

傅妮妮看不懂他們在幹嘛。「這次有什麼不一樣嗎？」

薛弼成看向她。「我來得比較晚，不知道前面的經過，妳能說一下嗎？」

傅妮妮便把經過一五一十說了出來。

「妳說三分鐘？這麼久嗎？」薛弼成看起來相當驚訝。

「加起來應該有吧，畢竟我也在那裡站蠻久的。」

「不僅時間變長，還連續斷線兩次？」薛弼成手撐頭，對這情況相當不解。「韓哥，兩次都是斷線嗎？」

韓聖臨想了一下。「……對。」

「那這第二次很不尋常啊，你有感覺到什麼不同嗎？」薛弼成又問。

「我可以問一下是哪裡不尋常嗎？」傅妮妮好奇道。

「雖然不是沒有過一天斷線兩次以上，但這情況相當少見，而且最重要的是，醫生說過韓哥的斷線，是不會猝倒的，可是今天他卻往妳身上倒，這是最奇怪的地方。」薛弼成仔細地向她解釋。

這麼說有道理，傅妮妮想起之前她碰到的幾次情況，韓聖臨都是靜止不動的，只有這最後一次快把她魂嚇飛了。

「我也不知道為什麼，就是突然放鬆下來。」韓聖臨道。

薛弼成想了想：「所以，妮妮讓你感到放鬆？」

韓聖臨身子頓時一僵。

傅妮妮臉頰莫名一陣熱，這話怎麼聽起來這麼奇怪？

但薛弼成渾然不覺有何怪異之處，續道：「對了，妳說妳去叫醒韓哥，韓哥醒來後又斷線了一次，會不會當中的關鍵就是妳把他叫醒了？」

「啊？所以不能叫醒嗎？」難道她犯了什麼大忌？

「我也曾試著叫過他，但他從來沒被我叫醒過，都要等他自己醒來。」

三人陷入一陣沉默，對於諸多不尋常的疑點難以下結論。

「雖然不太清楚原因，但妮妮妳似乎有能力影響韓哥，我說的對吧？」薛弼成轉頭望向韓聖臨，但韓聖臨皺著眉頭，似乎陷入沉思。

「韓哥？」薛弼成又喚了一次。

韓聖臨回過神，愣道：「喔，你說什麼？」

薛弼成鬆了口氣。「我還以為你又斷線了。想什麼想到出神？」

韓聖臨頓了半晌，才道：「沒什麼。」

薛弼成嘆氣。「下禮拜回診時再問問葉醫師吧。但總覺得這些症狀，醫學上也找不出什麼根據。」

上次回診時，葉醫師又替韓聖臨做了檢查，但沒發現任何異樣，只能繼續觀察。

對著一籌莫展的兩人，傅妮妮突然插話了：「那個……我能再問個問題嗎？」

「問吧，既然都被妳發現了，也沒什麼事好瞞的。」薛弼成說完，拿起面前的雪碧喝了起來。

傅妮妮身子湊近了些，滿臉笑容問道：「你們在一起了嗎？」

「噗咳、咳咳、咳……」薛弼成這一下被嗆得不輕。

傅妮妮也嚇了一跳，看向他身旁的韓聖臨，但他顯然沒有要管薛弼成的死活，倒是盯著自己的目光似乎越發寒冷。

韓聖臨這無情的傢伙一點也不可靠，傅妮妮趕緊站起來幫薛弼成拍了拍背。「你小心點，別喝太快。」

薛弼成咳了好一會兒，好不容易緩過來，猛然站起身，雙手搭上傅妮妮的肩膀，一臉莊嚴：「妳怎麼會有這樣的誤會？我雖然沒有韓哥那樣帥，但少說也是風流瀟灑，女人緣不錯的類型，怎麼看也不像gay吧？」

傅妮妮愣了愣，還真是第一次聽見有人這樣誇自己。

「呃……我是看你們一天到晚都黏在一起，互動又挺親密的，很難不讓人誤會……」

「互動親密？冤枉啊，像韓哥這麼潔身自愛，連隻手都不給碰，哪來互動親密啊？」薛弼成兩手撐在桌子上，快崩潰的樣子。

「果然只有兔子的智商。」韓聖臨補了一句。

傅妮妮朝他看去，這人怎麼平時不開口，一開口就損人？還有兔子又是哪冒出來的？他怎麼知道她喜歡兔子啊？

「妳知道我為什麼一天到晚跟韓哥在一起嗎？」薛弼成眼神失焦地盯著桌面，悠悠開口，聲音沒什麼起伏，看來受到不小的打擊。

「……為什麼？」此時略顯陰沉的薛弼成看起來有些恐怖。

薛弼成緩緩抬頭看向傅妮妮，一臉壯烈：「因為我要照顧他。」

「他自願的，和我沒關係。」韓聖臨無情地補充。

薛弼成猛然轉頭。「韓聖臨，你說這是人話嗎？我跟在你身邊這麼多年，把你服侍得好好的，怕你斷線遇到危險，不讓你一個人出門；在你斷線時幫你轉移大家的注意力，大家都覺得我愛出風頭，這都沒關係，我心甘情願。知道你經常一個人住，把你叫到我家吃飯、替你注意三餐、替你約診，就差沒住在你家當管家了。這樣你跟我說和你沒關係？」

傅妮妮聽完這段話，感動到差點落下淚來。這麼好的朋友上哪找？

韓聖臨平靜地望向薛弼成，對上他的眼。「這些我都知道，我的意思是，不是我要綁住你的。」

薛弼成微愣，看見韓聖臨眼裡的認真，以及悲傷。

可以的話，他也想當個正常人，想生活在完整的家庭，想過平凡的日子。他不想連累這位風流瀟灑的朋友，讓本該有大好前程的他和自己綁在一塊，讓一向熱愛歷史的他，為了自己來讀物理系。

這一切，不是他願意的。

他從來沒有開口留他，甚至偶爾對他無情，都是希望他能不再管他，別對他這麼好。

薛弼成讀懂了那道眼神。十二年的默契，他怎麼會不懂。

薛弼成忽然笑了出來，這笑是用扯出來的，有點像苦笑。他將視線別向一旁。「對，是我自願的。我就是個濫好人，我就希望你好，你就這樣想就行了。」

傅妮妮注視著薛弼成，他的表情，好像有點想哭。

「但是……」薛弼成很快收拾好情緒，重新坐了下來，一把搭上韓聖臨的肩。「韓哥，你把我的桃花都擋光了，這該怎麼補償我？」

一樣的笑容，一樣開玩笑的語氣。這是薛弼成一貫的體貼。

韓聖臨愣看著他那雙澄淨的眸子，又移開視線，有時候實在不知道該怎麼回應他的溫柔。

他太溫柔了。

自己完全不值得被這樣對待。

「你不怕繼續被誤會？」他僅是冷冷地回了這句。

薛弼成立刻意識到他在說什麼，拿開手，無奈微笑。「行，我的問題，我安分點。」

此時薛弼成放在桌上的另一隻手忽然被抓住，傅妮妮朝他道：「我幫你吧。」

薛弼成看向被她抓住的手，眼睛驀地瞪大，又迎向傅妮妮熾熱的雙眸，不明所以。

「你一個人照顧他太辛苦了，我幫你一起照顧他。」聽完薛弼成那番感人肺腑的話，讓傅妮妮覺得知情的自己也該做些什麼。

薛弼成完全沒料到會有這種情況，張口卻不知道該說什麼，轉頭看了韓聖臨一眼，愣道：「可是……妳要怎麼幫？」

「我可以替你注意他，就像那天在馬路上一樣啊。」

薛弼成聽見這話有些心動。「妳真的可以嗎？韓哥常常不等我就亂跑，搞得我很困擾。」

「別把我說得像你的寵物。」

傅妮妮堅定地點頭。「況且你不是說我有能力影響他嗎？我多待在他身邊，應該也有助於了解病情？」

「意思是……妳要當韓哥的朋友？」薛弼成挑眉。

傅妮妮愣了下，自己怎麼就沒想到，這種關係就叫朋友，就這麼簡單。

「對，就是這樣。」

薛弼成靠向椅背，想了想。「有道理，我被說服了。韓哥除了我以外沒別的朋友，我早就想讓他拓展交際，又不能讓這個祕密被發現，現在既然妳都知道了，那就無所謂了。韓哥你說呢？」

傅妮妮堆起笑容，滿心期待望向韓聖臨。

「我不需要一隻矮怪當朋友。」韓聖臨雙手環胸，冷著臉回答。

「矮怪？」薛弼成沒聽過這詞。

傅妮妮的笑臉垮了下來，覺得這人真是身在福中不知福，態度強勢了些：「沒跟你計較你還囂張起來了？什麼矮怪，我可是你救命恩人，你說話尊重點。」

韓聖臨沒回答，反倒盯著某處看。傅妮妮順著他的視線，發現他一直注視著她抓著薛弼成的那隻手。

……剛剛講得太熱切，完全忘了自己一直抓著人家。傅妮妮連忙收回手。

這時韓聖臨才終於正眼瞧她。

而薛弼成完全沒注意到剛剛發生的一連串視線交流，甚至連傅妮妮什麼時候收回手也沒注意。「就是說啊，矮怪到底是什麼？」

「她。」韓聖臨看著傅妮妮說。

傅妮妮翻了個白眼。行，愛怎麼叫就怎麼叫，她不想管了。

幼稚鬼。

薛弼成來回看了兩人幾遍，笑著湊到傅妮妮耳旁道：「我現在教妳照顧韓哥的第一條守則——不重要的事順著他，他開心就好。」

傅妮妮忍不住笑出來，聽起來就像在照顧一個三歲小孩嘛。

韓聖臨看著兩人說悄悄話說得開心，不動聲色抬起腿，朝薛弼成的鞋子重重踩下。

「喔！你幹嘛？」莫名遭受攻擊的薛弼成哭喪著臉。

「腿太長。」韓聖臨語氣淡然。

薛弼成深吸一口氣，閉上眼，在心裡默念：

修身養性、修身養性……。

隨後又突然想起重要的事，驀然張開眼睛，拿出手機開始打訊息。

傅妮妮的手機響起通知。打開一看，是坐在對面的薛弼成傳來的，就只有四個字：修身養性。

底下又多了一行字：

【雪碧】：守則第二條：時常默念這四字心經。

傅妮妮抬頭，用同情的眼神望著薛弼成。跟在這個沒禮貌又討人厭的幼稚鬼身邊，辛苦他了。

韓聖臨將身子傾向薛弼成，想看他的訊息內容。

薛弼成一轉頭，韓聖臨立刻端正身子，若無其事。

薛弼成將傅妮妮的聯絡人畫面湊到韓聖臨面前，笑得燦爛：「以後就是好同學兼好朋友了，加一下吧？」

經過薛弼成的循循善誘，韓聖臨手機裡的聯絡人除了爸爸與薛弼成以外，終於新增了第三位。

韓聖臨點開聯絡人名稱的欄位，敲了幾下鍵盤，按下儲存。

——兔子智商的矮怪。

Chapter 2 王子的過去

韓聖臨在一間便利商店裡。

他面前站著一個身穿白色羊毛針織衫及綠白格紋長裙的女人，此時正背對著他，淺棕色的長髮用髮圈隨意紮成了低馬尾。

她回過頭，用溫柔的聲音道：「聖臨，選好了嗎？」

是母親。在記憶中，母親是需要抬頭仰望才看得見的。

韓聖臨低頭看了眼他手裡拿的零食，朝母親點點頭，舉起手把零食交給她。

母親帶著他來到櫃檯結帳，韓聖臨滿心期待地等待著，隱約聽見店員和母親談論著他，興許是些稱讚的話，他未曾注意。

結完帳，他一手牽著母親，一手拿著零食，愉快地走出便利商店。他看了小綠人上的秒數一眼，判斷可以過之後便往前走。就在這時，母親牽著他的手鬆開了。

可是他並未回頭。走到一半，他才發現一件事，母親並未跟上來。

他轉身看著空無一人的身後，愣愣站在原地，不知道該怎麼辦才好。

他就這樣盯著便利商店的門口，終於看見母親現身在玻璃門後，一顆懸著的心終於放下來。

但隨後，他看見的是母親驚慌的神情，奮不顧身奔向自己，耳邊傳來陣陣尖銳的汽車喇叭聲，他腦中一片空白，母親的叫喊在他耳中格外分明。

「聖臨——」

韓聖臨猛然睜開眼，看見昏暗的天花板。

他深呼吸一口氣，告訴自己這裡是現實，順勢讓頭腦清醒些。他緩緩坐起身，扶著還有些暈眩的頭，轉頭看向床頭的鬧鐘，正好六點。秒針移動一格所發出規律的滴答聲，在靜謐的臥室內格外清晰。

每隔幾天，他就會在這場夢中醒來。有時醒來的時間是半夜，有時則是現在，不論哪一種，都造成他晚上的睡眠時間無法維持太久，就算再次入睡也相當淺眠。因此，他從以前便習慣早起。

縱使有睡眠障礙，對他平時的精神倒沒有造成太大的影響，大概斷線也是種補眠吧。

韓聖臨盥洗完畢，簡單泡了麥片當早餐，便收到薛弼成已經在樓下的訊息。

自從那天發生馬路事件後，薛弼成每天早上都算準韓聖臨的出門時間到他家樓下報到。其實從以前就一直是如此，但那天薛弼成睡過頭，實在趕不上，從此以後鬧鐘往前多設了五個，為的就是準時出現在韓聖臨家門口堵人。

韓聖臨換好鞋子，背上背包，打開大門，站在眼前的卻不是薛弼成。

「早啊，韓聖臨！」傅妮妮充滿元氣地向他打招呼，同時揮舞著雙手。

「……妳還真的來了。」韓聖臨蹙起眉，一臉嫌棄。

那天晚上回去後，「兔子智商的矮怪」就發了好幾通訊息給韓聖臨。

【兔子智商的矮怪】：嗨，朋友！

【兔子智商的矮怪】：以後請多多指教囉！

【兔子智商的矮怪】：（兔子揮手貼圖）

接下來每天也都可以看見「兔子智商的矮怪」傳訊息向他打招呼，韓聖臨一律已讀。

傅妮妮被已讀倒也不氣餒，反正早在預料之中，甚至還覺得這樣一直鬧韓聖臨挺有趣的，今天便果斷出現在他家門口，打算用熱情淹沒他。

「妮妮既然成為你的朋友，以後也有可能陪你上下學，我就問她要不要一起來了。」薛弼成從一旁走了出來，讓韓聖臨鬆了一口氣。要是讓他和這個完全不熟的矮怪單獨一起走，他寧可不出門。

韓聖臨看向薛弼成，發現他眼下多了兩道黑眼圈。

這都要歸因於韓聖臨起床的時間特別早，又喜歡搭少人的捷運，早八的課還沒七點就會出門，薛弼成要趁韓聖臨還沒出門前趕到他家，勢必要更早起來，無疑是極耗精神的一件事。韓聖臨看著薛弼成連續早起一個禮拜後就顯現的黑眼圈，實在不知該說什麼，即使拒絕，他也不會乖乖聽話。

再看旁邊這隻矮怪，從他們去同一間超市來判斷，兩人的家距離應該不遠，不過早起這種事不是每個人都能持之以恆，這隻矮怪看起來就是平時懶散的類型，肯定撐不了多久。

在腦中快速替兩人做了分析，韓聖臨關上大門，旁若無人似地逕自離去。

薛弼成朝傅妮妮做了個手勢：「跟上吧。」

兩人並肩跟在韓聖臨後面走了一段路，互相交換一道眼神，薛弼成便開口：「韓哥，今天午餐也跟妮妮他們一起吃如何？」

「不要。」韓聖臨毫不猶豫。

薛弼成早料到會是這樣，又朝傅妮妮使了一道眼色。

傅妮妮小跑步來到韓聖臨旁邊。「你就答應吧，有我們占著位子，就不會有一堆人來問你們位子有沒有人了，一直有人來問也挺煩的，不是嗎？」

——是沒錯。

這次韓聖臨沒說話。

傅妮妮轉頭看向薛弼成，只見他朝她點頭又挑眉，示意她加把勁。

於是傅妮妮拉住韓聖臨的手臂。「這樣我們不怕沒位子，你也不怕有人打擾，一舉兩得，好不好嘛？」

傅妮妮仰起臉，漾起期待的笑容，望著韓聖臨的雙眼閃爍著殷切光芒，又拉了拉他的手。

薛弼成在後面看得嘆為觀止，敢這樣直接碰韓聖臨的人不多，這決心，佩服。

韓聖臨轉頭，視線徑直落在被抓住的手，對傅妮妮閃亮亮的笑容可謂不屑一顧。

韓聖臨那鋒芒般的視線掃來，傅妮妮連忙識相地鬆開手，臉上還是努力維持著自認超可愛的笑容，等待韓聖臨的回應。

可以快點嗎，都快笑僵了！

韓聖臨總算抬眼瞧她，眉宇輕蹙，又將視線移回前方才開口：「……隨便妳。」

傅妮妮鬆了口氣，總算是同意了。現在她也沒心情細想韓聖臨為何又要皺眉，這麼愛皺就去皺吧，老了長皺紋也不干她的事。

「那就這麼說定囉！」傅妮妮說完又轉頭看向後方的薛弼成，只見他對她比了一個讚。

終於不用吃一頓飯良心不安八百次了。

♛ ♛ ♛

傅妮妮並沒有告訴蘇星然有關韓聖臨的祕密。所以當她向蘇星然提起中午和韓聖臨他們約好一起吃午餐時，僅是以小組報告同組而熟絡起來這個理由含糊帶過。

蘇星然從頭到尾都露出不相信的眼神，甚至一臉姨母笑地問：「妳是不是中毒啦？」

「蛤？中什麼毒啊？」蘇星然突如其來的問題經常令傅妮妮難以理解。

「中了韓聖臨這個蠱啊。」

傅妮妮覺得荒唐似地笑了出聲。「拜託，妳別妄想了，怎麼可能。」

雖然慢慢接近韓聖臨後，開始覺得他並沒有表面那麼陰沉可怕，也敢正面和他對上幾句，但根據他始終不離口的矮怪稱呼這點，他在傅妮妮心中仍舊是個不知感恩、沒禮貌又小心眼的傢伙，形象極為負面，送她當禮物都不要，還中蠱呢。

「不過我得提醒妳，陷進去之前還是先多了解這個人。八卦版那則貼文妳也看見了吧？雖說謠言就只是謠言，可妳難道都不好奇嗎？」

「唔，那個啊……」雖然之前滑到的時候覺得和自己沒什麼關係，但現在既然說要成為韓聖臨的朋友，說不在意是騙人的。「是有一點好奇……」

「好奇的話就直接去問他吧。」蘇星然誠心地給了建議。

「欸？這樣好嗎？」

「本來就是啊，與其自己胡亂臆測，直接問本人不是最清楚嗎？又能省去不必要的誤會。」

說的是挺有道理，但像韓聖臨這種跟他講五句話才會回一句的人，願不願意跟她說或許是個比較大的問題……。

「好了，我先去上課啦，妳自己好好想想吧。」蘇星然拾起背包，臨走之前拍了拍傅妮妮的肩膀，笑道：「加油。」

傅妮妮愣了愣，哪裡需要加油啊？

下午傅妮妮沒課，原本打算吃完午餐直接回家，卻在這時突然收到一則訊息。

【雪碧】：妳有空嗎？緊急狀況，在圖書館。

傅妮妮看到緊急狀況四個字就緊張起來，連忙抓起隨身物品趕往圖書館。

根據薛弼成描述的位置搭電梯上了四樓，傅妮妮在書架間左彎右拐，來到最底部角落的位置，果然看見薛弼成朝她揮手。

這是一張相連的長型兩人桌，對面也併著一張一模一樣的，但兩張桌子中間隔著高高的隔板，不會互相望見。此處又位於角落，是絕佳的隱蔽地點，薛弼成還真是會選位置，知道哪裡最不會引人注意。

傅妮妮朝他走去。「怎麼了？」

薛弼成用下巴努了努坐在靠窗位子的韓聖臨。「我們讀書讀到一半，他就變成這樣了，都過了快十分鐘還是沒醒，第一次遇到這種情況。」

傅妮妮望向韓聖臨，他桌上放著一本厚重的原文書以及一本筆記本，低頭拿著筆呈現寫字的姿勢，看起來就像讀書讀到一半開始打瞌睡的人。

「我下一節還有課，又不放心把他一個人留在這，所以想問妳能不能暫時幫我看著他？」薛弼成雙手合十，看起來相當歉疚。

傅妮妮看向薛弼成，又瞄了韓聖臨一眼。「當然沒問題，你快去吧。」

「那就麻煩妳了，抱歉。他第一次斷線這麼久，我也不知道怎麼回事，要是有狀況就聯絡我。」薛弼成一邊收拾東西一邊道。

傅妮妮點頭。「我知道了。」

薛弼成離開後，傅妮妮便坐在他的位置上，側過身，一手托腮盯著韓聖臨看。

他的雙眼闔上，從側面看，睫毛似乎更加纖長，鼻梁也更俊挺，這張臉還真是百看不膩。呼吸起伏相當規律，彷彿真的陷入沉睡。

像這樣維持著原本的姿勢，突然睡著到底是什麼感覺？

傅妮妮將視線移向筆記本，上頭用工整的字跡寫著密密麻麻的算式，她一行也看不懂，倒是不得不承認韓聖臨的字相當秀麗，簡直像印上去的。

她注意到他筆跡停頓的地方，似乎因為斷線的影響而向下頓了一筆，而那一處便因為筆尖一直停留著而使墨跡稍稍暈開。

她伸出手，悄悄地把他手中的筆取走，一邊注意著他的動靜。

她將筆輕輕放在桌面上，就在此時，韓聖臨原本握筆的手動了一下，竟捉住她的手。

傅妮妮倒抽一口氣，以為韓聖臨醒了，轉頭一看，卻見他仍是那副熟睡的面容。

……這人確定不是裝睡嗎？

傅妮妮想抽開手，然而韓聖臨的頭卻在此時往前傾倒。

傅妮妮心一驚，怕他頭敲到桌面，連忙用另一隻手扶住他的頭，小心翼翼地將他的頭以一個比較正常的趴睡姿勢安放在桌面上。

看來是和超市那時候一樣，抓住她以後就放鬆下來了？

傅妮妮嘗試動了一下被握住的左手，發現無法輕易抽開。

她就這樣無奈地看了韓聖臨一會兒，突然瞥見他椅背後掛的卡其色風衣。她從座位上站起來，用僅存的右手拎起風衣，費了一番工夫披到韓聖臨身上，這才重新坐下來。

看韓聖臨此刻的樣子，似乎比方才睡得更熟、更安穩，像是真正的睡著。

傅妮妮索性也趴下來看他。窗外的陽光斜照進來，映在他清俊的輪廓上，一吸一吐間，那道微光似乎變得柔軟。

仔細一看，他睡著的時候可愛多了。至少和成天板著臉皺眉、動不動就叫她矮怪的時候比起來。

薛弼成說，韓聖臨斷線的祕密，她是第五個知道的人。

除了韓聖臨和薛弼成，剩下知情的就只有韓聖臨的爸爸，以及他的醫生。

「那他的媽媽呢？」傅妮妮很自然便想到這個問題。

薛弼成臉色有些僵。「他媽媽……在他還很小的時候去世了。」

這是今天早上他們在韓聖臨家門口等他時的對話。

在那之後，兩人都沒再談論這件事，但傅妮妮腦中卻跑過千思萬緒。

難怪韓聖臨會一個人住那麼大的房子。

他從很小的時候就過著這樣的生活嗎？

「斷線……是什麼時候開始的？」

「七歲。好像是在他媽媽過世之後。」

傅妮妮望著此刻趴在桌上熟睡的韓聖臨，想像他七歲時就要飽受斷線的困擾，並承受母親離開的傷痛。

他究竟……是怎麼長大的呢？

……。

韓聖臨睜開眼時，看見的是趴在他身旁睡著的傅妮妮。

隨後，他很快注意到兩人交握的手。

他撐起身子，感覺到肩後有東西滑落，回頭一看，是他的風衣。

他將注意力重新放回那隻手上，試圖喚起相關的記憶。

這……是他主動的嗎？

那天在超市，他斷線恢復後，意識朦朧之下抓住傅妮妮的手，這他還有印象；可現下這回，他半點印象也無。

他轉頭看向傅妮妮安穩的睡顏，一手撐頭，就這麼盯著她瞧，並未抽開握著她的手。

縱使不記得握手的過程，可他很清楚，這中間有一件事改變了。

他並未跟任何人說過，斷線的時候，他偶爾也會看見那個夢境。

即使斷線的時間相當短暫，夢中的場景仍舊歷歷在目，就像是要讓他一次又一次，反覆經歷那場意外。過了這麼多年，那場意外仍如一場惡夢，陰魂不散地糾纏著他。每一次經歷，都是讓恐懼與絕望滲入肌膚、沁入骨髓。罪惡的藤蔓纏滿全身，將他牢牢禁錮在原地，感受徹頭徹尾、由裡透到外的瘆人冷寒。

而在超市那次，是他第一次經歷比平時更長時間的斷線，夢裡那些他不願回想的細節被放大，更加赤裸地呈現在眼前。直到傅妮妮的聲音出現在耳畔，那場惡夢才戛然而止。

今天，他的惡夢也突然消失了。並不是從斷線中醒來，反而像是有一道溫暖的光迎面而來，輕柔包覆住他，遮擋住不斷啃蝕他的駭人畫面，讓他免於惡夢的侵擾，陷入沒有任何恐懼的、安穩的睡眠。

他已經很久沒有睡得這麼沉了。如同眼前的傅妮妮睡得香甜，唇邊掛著微微笑意，彷彿做著什麼好夢。

韓聖臨再度看向彼此相握的手。難道這隻手有什麼魔力嗎？

這世界上，或許真的有一些事無法用物理解釋。

♛ ♛ ♛

傅妮妮在圖書館悠悠轉醒，先是意識到自己手麻了。

她昏沉沉地爬起來，不得不說圖書館安靜的環境加上舒適宜人的空調、配置柔軟椅墊的座位，誘惑力大概僅次於家裡的床鋪，一不小心就睡著了。

她伸了個懶腰，忽然注意到身後披著一件衣服。

拉到眼前一瞧，這是……韓聖臨的風衣？

對了，韓聖臨呢？

傅妮妮猛然轉頭，隔壁的座位上沒了人，但背包還擺在一旁。桌上的筆記本已經闔上，和原文書疊在一起。

傅妮妮心頭一緊，韓聖臨去哪了？

她答應薛弼成要好好看著他的，總不能把人看丟了吧？

東張西望了一會兒，傅妮妮著急地站起身，在圖書館內兜兜轉轉找人。

此刻她還將韓聖臨的風衣外套披在身上，嬌小的她被長長的風衣包裹著，看起來就好像披著斗篷的魔法師。

傅妮妮走過一排排書架，這裡是圖書館又不能大喊姓名，左看右看，就是不見韓聖臨的人影。

「跑去哪裡了，真是的……」雖然她急到根本沒在管路線，但有的地方都經過好幾次了，估計已經把這層樓翻過一遍，難道他去了其他樓層？

傅妮妮轉身想去找電梯，沒想到一轉身，身後就站著一個人。

「唔！」傅妮妮差點沒尖叫，意識到這裡是圖書館趕緊壓低音量。她仰頭望見韓聖臨的臉，一顆懸著的心總算放下，呼了口長氣。「你要把我嚇死啊。」

「緊張什麼？」韓聖臨只是問。

「你不知道跑哪去了，我能不緊張嗎？找你好久都找不著，到底躲在哪……」傅妮妮不滿地嘀咕著。

「我一直跟在妳後面，看妳慌得像隻小兔子。」韓聖臨臉上看不出情緒。

傅妮妮沒想到事情的真相是如此，瞪大了眼，一臉不敢置信。「捉弄我很好玩嗎？你這人真是……」話還沒說完，頭上突然多了一股重量──韓聖臨將他手上的書往她頭上一放。

「妳走太快，我攔不上妳。」傅妮妮在一陣茫然中聽到韓聖臨這麼說。

這是在向她解釋嗎？解釋就解釋幹嘛拿書壓人家頭啊？

「我不會亂跑，所以妳不必這麼慌張。」韓聖臨說完，總算又把書拿起來，還不忘看著她補一句：「膽子跟兔子一樣小。」

「明明是你讓我找不到，怎麼找到以後變成你一直罵我啊……」就算話語的本質不算是在罵人，被韓聖臨用那張冷淡的撲克臉以及毫無溫度的語調說出口，聽起來就跟被罵沒兩樣。

韓聖臨垂眸靜靜盯著她。

傅妮妮迎上他幽深的黑瞳，以為他又要說什麼話打擊她的自尊心。

半晌，一隻大掌驀地壓上傅妮妮的頭。韓聖臨微俯下身，在傅妮妮耳畔輕道：「別緊張，沒事的。」

那道沉穩又富磁性的嗓音宛如一顆石子，筆直墜入她的心湖中，漾開漣漪。

短短六個字，卻讓傅妮妮心跳漏了一拍。

那隻大掌很快又拿開，她抬頭看向韓聖臨，只見他說完後逕自繞過她離去。

傅妮妮看著他的背影，愣愣摸著頭頂。

剛剛那確實也是韓聖臨的聲音，但怎麼好像……特別溫柔？彷彿撫平了心中的雜亂與不安，又不經意地撩撥心弦。

這聲音是有毒嗎？

韓聖臨的一連串舉動已經超過她腦容量的負荷，她甩開腦中雜念，趕緊跟上他。

走回座位，薛弼成也正好迎面而來，手上拿著一張像是傳單的東西。

「韓哥還好吧？」薛弼成一見到他們便問。

「好得很。」傅妮妮沒好氣道。

韓聖臨正悠哉地收拾東西，看起來心情不錯。

三人一同往電梯的方向走去，傅妮妮注意到薛弼成手上的傳單。「你拿的是什麼？」

「這個啊，吉他社的迎新傳單。我在路上遇到高中社團學長，他塞給我的。」

「你以前是吉他社的？」

「對，看不出來嗎？」薛弼成笑得有些靦腆。

傅妮妮搖了搖頭。「不會，很像你的風格。」

薛弼成平時打扮率性休閒，原本就頗有音樂人的架勢，現在又加上會彈吉他，魅力值再上升了一個檔次。

「真的？」薛弼成笑逐顏開，將這話當作讚美。

傅妮妮點頭，又看向韓聖臨。「那韓聖臨以前是什麼社團？」

「電影欣賞社。」

……對一個隨時會睡著的人來說確實挺合適的。

傅妮妮拿過薛弼成手中的傳單看了看。「備有精美茶點、憑截角可兌換小禮物，現場還有抽獎……感覺很好玩耶！我都想去了。」

「是啊，但我應該不會去。還是妳要代替我去？」

「咦？為什麼？」傅妮妮驚訝地望向他。

薛弼成瞥了韓聖臨一眼，有些猶豫。「因為……這是晚上，韓哥要回家。」

傅妮妮馬上聽明白了，他是不能讓韓聖臨一個人回家。

「你去吧，韓聖臨交給我。」傅妮妮十分義氣地道。

薛弼成驚愣。「這……太麻煩妳了，而且妳不是也想去？」

「我算什麼，我又不會彈吉他，還是你去吧，我沒問題的。」傅妮妮給他一個安心的笑容，可隨後又想到一件更重要的事——她沒問題，不代表韓聖臨沒問題，說不定他根本就不想和她一起回家？

她小心翼翼地往韓聖臨的方向看去，韓聖臨瞥了她一眼，伸手拿過薛弼成的傳單來瞧。「不就是兩個小時的活動？有什麼好不去的。」說完又將傳單遞給他。

薛弼成有些疑惑。「你的意思是……」

「我也去。」韓聖臨毫不猶豫道。

傅妮妮展顏，開心地跳起來。「太好了，這樣就可以一起去了！」

薛弼成不可置信地摀住嘴，感動得眼眶泛淚。「韓哥竟然為了我……」

韓聖臨頓時覺得他身邊跟了一隻兔子、一隻戲精。

搭電梯到一樓，韓聖臨說要去借書，讓傅妮妮和薛弼成先到門口等。薛弼成利用時間去了廁所，傅妮妮便在入口大廳處閒晃。

忽然有一個女孩朝她走來，手上拿著一疊傳單，抽出一張遞給她：「流行音樂社歡迎妳。」

傅妮妮禮貌地朝她點頭，接過傳單，上面同樣寫著迎新茶會的時間、地點，右上角還用釘書針釘了一塊獨立包裝的巧克力。

她將巧克力摘下來瞧了瞧。看來最近是社團招募新成員的時候，各個社團都在辦迎新做宣傳，流行音樂社還大手筆附了巧克力在傳單上。

薛弼成走了過來，好奇道：「妳在看什麼？」

傅妮妮展示給他看。「流行音樂社的傳單。」

薛弼成卻驀然斂起笑容：「這巧克力哪來的？」

「他們傳單附的，怎麼了嗎？」

薛弼成神色緊張地望了借書櫃檯一眼，湊近傅妮妮悄聲道：「快收起來，別被韓哥看到。」

「蛤？為什麼？」傅妮妮鮮少見到薛弼成神色如此凝重，也跟著緊張起來，連忙將巧克力塞進口袋。

薛弼成一面注意著韓聖臨來了沒，一面道：「韓哥他……對巧克力有點陰影。」

傅妮妮一愣，腦中驀地浮現八卦版上的留言內容。

——有一次我看到他把女孩子給他的告白巧克力扔到地上。

她抓住薛弼成的手臂，「是怎麼回事，你說清楚點。」

薛弼成神色有些為難，「這個……」

傅妮妮乾脆從背包裡拿出手機，順便把傳單塞進去，翻到那則八卦版的貼文，將螢幕秀給薛弼成看。「這裡，跟這則留言有關嗎？」

薛弼成拿起手機仔細看完，臉色變得有些難看。「這什麼啊？怎麼會有人在討論這種事？」

「所以是謠言？還是真的？」

薛弼成對上傅妮妮迫切的眼神，一陣欲言又止，半晌後嘆了口氣。「妳還是直接去問韓哥吧，說不定他會告訴妳。」
傅妮妮自然也知道薛弼成有他的苦衷，畢竟事關韓聖臨的個人隱私，只是她實在對真相太過好奇，才會急著問他。
傅妮妮垂眸，輕嘆口氣：「我知道了。」
「不過這些人怎麼這麼口無遮攔？談論別人的隱私不夠，還人身攻擊？看我去舉報這些傢伙。」薛弼成一邊滑留言，一邊氣憤地對著螢幕罵道。
傅妮妮看見韓聖臨抱著書本走來，連忙拍了拍薛弼成：「韓聖臨來了。」
薛弼成立刻將手機還給她，對韓聖臨露出笑容。「走吧。」
「你們剛剛在做什麼？」
薛弼成頓了一秒，韓哥平常是這麼愛管閒事的人嗎？
但這一秒足夠他編織理由。「我們在討論去迎新那天晚餐要吃什麼，妮妮剛剛給我看了一家餐廳，對吧？」
傅妮妮連忙點頭附和。「對，你要看嗎？」
「不用。」
韓聖臨將書收到背包裡，三人一同走出圖書館大門，韓聖臨驀然頓步，轉頭望向傅妮妮。「妳想繼續當魔法師嗎？」
「啊？」傅妮妮一臉懵。
注意到韓聖臨的視線落在自己身上，傅妮妮低頭一看，驚訝地倒抽一口氣，這才發現她在急著找韓聖臨的時候，順手就套上了披在她身上的風衣，還渾然不覺。

「噗哈，韓哥這形容還真到位，難怪我一直覺得妳今天造型挺獨特的。」薛弼成忍不住噴笑。

「對……對不起，我不是故意穿著它的……」傅妮妮立刻脫下風衣還給韓聖臨。

她會不會被當成一個霸占別人衣服的變態？真想給自己挖個洞鑽進去。

「我知道，不小心就當上魔法師了，天賦異稟。」韓聖臨單手接過風衣，一邊面無表情地損人。

傅妮妮翻了個白眼，剛才的羞恥感瞬間被這句話一掃而空。他這張嘴就不能收斂點嗎？

「我倒覺得這樣也挺可愛的。」薛弼成發表自己的想法。

韓聖臨聞言，睨了他一眼，在薛弼成眼中那更像是一記瞪視。

……我說了什麼嗎？幹嘛瞪我？

韓聖臨將風衣重新套上，理了理衣領及袖口，頎長的身段將那件卡其色風衣襯得俐落挺拔，簡直像是代言那件外套的模特兒似的，令傅妮妮看得目瞪口呆。

剛剛套在她身上的時候，長度似乎是到小腿吧？她到底是把那件衣服穿成什麼樣啊……。

韓聖臨轉頭朝她道：「走吧。」

傅妮妮還在盯著現場時裝秀發愣，韓聖臨已經離開她的視線範圍，取而代之的是莫名其妙被瞪而一頭霧水的薛弼成。兩個人對上眼後，默契地快步跟了上去。

這還是第一次和這兩人一起搭捷運回家。就跟早上一樣，一路上薛弼成的話匣子幾乎沒停過，大概是怕尷尬想炒熱氣氛，傅妮妮也配合地和他聊，至於韓聖臨只有在被問到問題，或是要損她的時候才會開口。

「欸對了，好像還沒問過，妮妮妳以前參加什麼社團？」在月台候車時，興許是想到吉他社的事，薛弼成問道。

說起傅妮妮高中的社團，她便忍不住得意地勾起嘴角，畢竟以前在社團混得挺出色，在校內甚至小有名氣。「我是話劇社的，看不出來吧？」

薛弼成露出佩服的笑容。「妳會演戲？好厲害啊。」

其實薛弼成也挺有演戲天分，從上次委婉拒絕別人的分組詢問可見一斑。

傅妮妮不太好意思地撥頭髮。「也沒有很厲害啦，就是期末展演的時候當過一次主演。」

「妳演什麼？」薛弼成問。

「是一個童話故事，你們可以猜猜看。」

「《白雪公主》裡的矮人？」韓聖臨在這種時候答得比誰都快。

傅妮妮再度翻了個白眼。「這位先生，我當的是主演！」

「矮人不能當主角嗎？現在不是流行改編？」韓聖臨反問。

傅妮妮被他的神邏輯打敗了。

「我猜小紅帽？」薛弼成道。

「錯，是灰姑娘！」

「合理，灰姑娘比她的姊姊們矮。」韓聖臨道。

「你怎麼知道？」傅妮妮不服氣地瞪他。無憑無據的事情，根本是為了針對她而隨口胡謅的。

韓聖臨睨了她一眼，像是覺得她問了個愚蠢的問題：「她的姊姊們都穿不下她的鞋子。」

……行，邏輯滿分，一級棒。傅妮妮差點要給他拍手了。

薛弼成在一旁忍俊不禁。雖然自己也聽韓聖臨毒舌慣了，但以前沒聽韓聖臨跟別人聊天過，想不到砲火如此猛烈，比起和他聊天時更勝一籌，他算是對韓聖臨刮目相看了。

捷運總算是來了，再繼續這個話題，傅妮妮怕是要折壽個幾年。

薛弼成的家在三站後就要轉車。平時他都會送韓聖臨到家門口，自己再搭車回家，這次由於有傅妮妮同行，而傅妮妮家和韓聖臨家只差一站，她便自願接下送韓聖臨回家的任務，讓薛弼成不必大費周章繞遠路。

薛弼成和傅妮妮再三確認過沒問題後，才依依不捨地下車。看他這模樣，傅妮妮對於他們兩人之間的清白仍舊半信半疑。莫非是單戀？不對，薛弼成被誤會的時候簡直快崩潰了。

轉個方向想，這若不是愛情，就是像家人一般的情感吧。

這一站還挺多人下車，於是她和韓聖臨一起找到了座位。仔細想想，除了圖書館那段短暫的對話，這似乎是第一次在兩人都清醒的狀態下和韓聖臨單獨相處，傅妮妮竟難得有些緊張。

不過也沒什麼好緊張的，只見韓聖臨拿出無線耳機戴上，雙手抱胸，閉目養神，直接省去一切交流的可能。早上在捷運上他也是這麼做，彷彿是習慣動作。

傅妮妮的手機在此時響起，來電人顯示「妳的帥歐巴」。

……傅辰暘這傢伙又給她亂改名稱，找個時間一定要把它改回來。

「喂？」

『妳在哪？為什麼還沒回來，下午不是沒課嗎？』

「我今天在圖書館待比較晚，現在在捷運上了。」

『圖書館？妳這藉口也太爛了吧，在外面偷約會的小朋友都說自己在圖書館。』

「我真的在圖書館啦！」

『好啦不說了，快回來。』

「嗯，知道了。」

傅妮妮掛掉電話，一旁的韓聖臨忽然道：「妳到 C 站就下車。」

傅妮妮嚇了一跳，轉頭看韓聖臨，只見他仍閉著眼睛，維持相同的姿勢。不是戴耳機了嗎？怎麼還聽得到她講電話？

C站是傅妮妮家的站名，比韓聖臨家早一站。

「可是你……」

「我一個人沒問題。」韓聖臨睜眼，瞥向她。「今天已經斷線過了。」

傅妮妮猶豫了一會兒。「呃……這樣我會不會被薛弼成罵？」

想來薛弼成剛剛跟她再三叮囑過路線，還不斷問這樣會不會太麻煩她，彷彿託付了一個重責大任，讓她壓力都大了。

韓聖臨重新閉上眼。「我不會告訴他。」

……你們這對情如兄弟的朋友能不能別那麼多祕密啊？

「你確定？我真的會丟下你一個人喔？」傅妮妮還是有點不放心，可要是她晚回去，傅辰暘肯定又會問東問西。

「嗯。」韓聖臨聽起來根本不痛不癢的。

雖然擔心過韓聖臨可能會不想和她獨處，但照現在的情況看來，他好像是聽到她講電話的內容，才讓她早點回家的。

韓聖臨其實還……蠻貼心的？

這麼說來今天那件風衣為什麼會跑到她身上？莫非是韓聖臨幫她披上的？

傅妮妮瞧著韓聖臨閉目養神的模樣，說話和行為差這麼多，這個人心裡到底都在想什麼啊……。

回想起今天在圖書館發生的事，不免就想到他超乎預期的斷線時長，據薛弼成所言，韓聖臨原本只會斷線一分鐘，那天在超市是三分鐘，今天卻直接拉長為十分鐘，有越來越長的跡象。

傅妮妮垂眸思忖半晌，開口道：「韓聖臨，我能問個問題嗎？」

「嗯。」

「你那個斷線延長的現象，有診斷出原因嗎？」

韓聖臨睜開雙眼，過了一會兒才道：「沒有。」

「那有沒有什麼治療方法？可以縮短斷線時間之類的？」

韓聖臨瞥向她。「怎麼，我斷線給妳帶來困擾？」

「那倒不是，我只是覺得你這體質本來就夠特殊了，現在斷線時間又越來越長，有點替你擔心。」

韓聖臨垂眸，望向前方的地面，靜默了一陣子。

傅妮妮還想再多問些什麼，只聽他忽然啟口：「為什麼做這些多餘的事？」

傅妮妮一愣。「什麼？」

「這個病跟妳沒有任何關係，妳現在做的一切都是不必要的。」

「當然有關係了，我也是你的朋友啊。」

「就是這個。」韓聖臨轉頭，望進她一片澄淨如湖的眼眸。「這也是妳自願的，不是嗎？」

傅妮妮定定望向他，腦中驀然想起那句話。

——『他自願的，和我沒關係。』

啊……好像稍微可以理解薛弼成的心情了。

「是……這麼說沒錯……」傅妮妮想了想該如何回答。「其實我也不知道那天怎麼會突然提出這個要求，硬要說原因的話……」

「因為同情？」傅妮妮遲遲答不上來，韓聖臨便幫她接了。

除了這個，他想不到別的可能。

傅妮妮有些驚訝。「才不是！」

起初是好奇。或許在還沒得知他斷線的祕密時，她便已經對這個人產生好奇；隨著一步步接近，逐漸撥開圍繞在他周身的迷霧，她變得越來越想靠近他，越想看清他真實的樣貌。

「不知道為什麼，就是放不下你。」傅妮妮轉過頭，閃爍著晶瑩光澤的眼眸直直對上那雙幽暗的眸子。

韓聖臨明顯愣了一下。沉潭般的雙眸倒映著她眼中的斑斕光輝。

在她望向自己的瞬間，周遭的一切彷彿都慢下速度。

這不合理，在同一節車廂內理應沒有相對速度。

捷運車廂內開始廣播 C 站的站名，傅妮妮意識到自己快要下車。

「啊……果然還是有點不放心。」傅妮妮拿起手機操作了一下，韓聖臨的手機忽然響起一聲通知。

他打開一看，是傅妮妮傳的貼圖。

「就是這樣，以後不管我傳什麼，你看到都要馬上已讀喔，不用回覆，就已讀就好！這樣我至少能即時確認你的安全，知道了嗎？」傅妮妮一臉認真地叮囑道。

韓聖臨沒有馬上回答，傅妮妮有些著急，伸出小指到他面前：「打勾勾。」

韓聖臨看見她的手，疑惑地皺起眉。

「這樣我才確定你會遵守。」

「……無聊。」

「快點啦！」傅妮妮又將手抬高了些。

到站的廣播再次響起，韓聖臨不情願地效仿傅妮妮的動作，舉起右手小指。

傅妮妮將手指勾了上去。「約好囉！掰掰。」

車門開啟，傅妮妮起身下車。

她離開後，韓聖臨盯著自己的右手，半晌後才放下，輕笑。

約莫十分鐘後，他順利回到住處。

韓聖臨用鑰匙打開大門，重新進入這一片死寂的家中，第一件事便是打開電燈。

有時他覺得這棟房子雖大，卻像是一座披著城堡外皮的牢籠，沒有人跡、毫無溫度。長年被囚禁在這裡與自己獨處，連感官也逐漸麻木。

將門重新上鎖後，韓聖臨卸下背包及鞋子，看了一眼手機時間，四點十八分。

他把手機擱在桌上，將身上的風衣褪下，掛上衣帽架前順手掏了掏口袋，卻摸到一個不尋常的東西。

打開手掌一看，是一包巧克力。

♛ ♛ ♛

傅妮妮回到家後被傅辰暘叨念了一番，大意是晚回家要懂得先報備什麼的，傅妮妮被他念得煩，洗了手後便趕緊溜回房間。

她拉開背包拉鍊，將手機錢包等東西拿出來，又從裡面挖出被胡亂塞進去的流行音樂社傳單。

傅妮妮又看了一眼上面的資訊，然後注意到右上角被撕下了一角，是原本釘巧克力的地方。

對了，巧克力呢？

傅妮妮翻了翻背包，沒找著，隨後浮上腦海的記憶帶她還原真相。

——在薛弼成面色凝重地叮囑她時，她便慌忙把巧克力塞進口袋裡。口袋……。

傅妮妮猛然倒抽一口氣。

完了！她怎麼好死不死就把巧克力放進韓聖臨的風衣口袋？

這下慘了，她罪該萬死，她要成為千古罪人了……。

等等，說不定韓聖臨還沒發現？

雖然不知道讓韓聖臨看到巧克力究竟會發生什麼事，但薛弼成的反應令傅妮妮相當不安，立刻拿起手機發送訊息。

【兔子智商的矮怪】：韓聖臨，你到家了嗎？

【兔子智商的矮怪】：到的話回我一下吧。

等了一會兒，韓聖臨都沒有已讀。傅妮妮抓起外套和錢包，慌慌張張地衝出房門。

不管韓聖臨發現了沒，她都得去找他一趟。要是還沒發現，就找個藉口拿回來；要是發現了，她更要去關心他的情況。

傅妮妮跑到大門前，立刻被沙發上的傅辰暘喊住：「欸，妳又要去哪？」

傅妮妮頓了頓。「我……有東西忘記還我朋友了，她很急，我現在要去找她。」

「找她？多遠？」

「很近，捷運一站而已，我晚餐前會回來！」傅妮妮簡單交代後便關上了門。

「真是……老是冒冒失失的。」傅辰暘在傅妮妮走後仍喃喃自語地數落著。

傅妮妮全程用跑的到捷運站，只能說腎上腺素的威力著實驚人，平常上學快遲到她也從來沒跑過，這次卻感覺雙腳裝了馬達一樣停不下來。

但停下來後，她仍喘得跟牛似的，側腹也隱隱作痛，看來心肺功能真的該鍛鍊了。

她點開韓聖臨的聊天室，他還是沒有讀訊息。

「什麼啊，不是跟他說看到就要讀嗎？」若是韓聖臨懂得遵守約定，那他此時出狀況的可能性就更高了。

傅妮妮心急如焚，直接點了上方的通話鍵撥過去。

「叮咚」。

桌上的手機響起通知音，跳出幾則訊息。

韓聖臨就站在手機旁，靜靜望著手中的巧克力，他的手微微顫抖。恍惚間，似乎聞到血的氣味。

始終糾纏著他的那場夢境，還存在著一些總是被他刻意忽略的細節。

『聖臨，選好了嗎？』

七歲的韓聖臨雙手捧著他最喜歡的巧克力，朝母親用力點頭。

那天，他要求母親在上學前帶他去買巧克力。因為他知道，母親明天就要和父親飛出國談一場重要的生意，下個禮拜才能再見到面。他想利用這個機會，和母親有多一點相處時間。

為了有時間能去買巧克力，他自己調了起床的鬧鐘，起得再早也不覺得辛苦。

對他而言，一手拿著巧克力，一手被母親牽著，即使短暫，也是最滿足幸福的時刻。

可是那天，他卻鬆開了牽著母親的手。

母親似乎是遺忘了重要物品，而被店員叫住。他以為母親很快會跟上來，就這麼走上了綠燈秒數將盡的斑馬線。

當他回頭而沒看見母親時，思緒全然被恐懼占據，一片空白。

他最後看見母親的模樣，是她驚恐的表情。

她衝過來抱住自己，韓聖臨感受到一股強烈的撞擊力道，在地上翻了好幾圈，分不清東南西北，但沒感覺到痛，因為母親緊緊抱著他，將他護在懷中。

他自驚魂中回過神、爬起身，卻被眼前景象所震懾。

母親的臉上、身上，好多血。

他低下頭，看見自己手上也沾了溫熱、鮮紅色的血。攤開掌心，被他緊握在手中的巧克力，同樣沾滿了血跡。

那隻浸染鮮血的手，和眼前這隻手頓時重疊。血的腥味漫溢至鼻腔，恐懼如浪潮般襲捲而上，伴隨當時的一幕幕畫面直衝腦門。

當時的他還沒意識到，那是死亡的氣味。是摯愛之人在自己面前死去的氣味。

母親因布滿血而模糊的五官，從未自他的記憶中淡去。

韓聖臨的手顫抖得越來越厲害，巧克力墜落至地面。

他兩手撐在桌面，急促地喘著氣。

『就因為這東西，你害死了你媽媽！』

在醫院，爸爸看見他手裡緊握著那包巧克力，對他大吼。而他只是瞪著眼直視前方，像一具沒有靈魂的空殼坐在椅子上，沒有反應。

那上面有母親的血，他不想扔掉。

『你知道媽媽是為了保護你而死的吧？』

那之後有好一段時間，爸爸總是會不經意提起這件事。沒有任何惱怒或怨懟，就只是平淡地向他敘述事實。在茶餘飯後的閒談中，一次又一次提醒著他，彷彿要將這件事刻進他腦子裡。

甚至在他被發現有斷線症狀時，爸爸帶他去看診，並這麼告訴他：

『你媽媽是因為你才死的，照顧好自己，不要辜負了她。』

是，他非常清楚，是他害死自己的母親。

如果那天他沒有要求母親帶他去買巧克力，就不會發生這種事。

如果時間能重來，他希望母親永遠待在便利商店的玻璃門後，不要走出來，這樣被撞死的就是他自己。

他多希望死的是自己。

『你知道是你害死了媽媽吧？』爸爸的聲音不斷縈繞在耳畔。

韓聖臨蹲下來，無助地坐在地上，盯著地面失神了好一會兒。

知道，他都知道。

屋子裡一片沉寂，只餘手機發出的嗡嗡震動聲。

傅妮妮掛掉電話，走下捷運後又開始小跑步。

電話也沒接，訊息也沒讀，真夠讓人擔心的。

跑了一會兒，前方一棟豪宅就是韓聖臨家，傅妮妮再度打開聊天室——韓聖臨已讀了！

她一顆懸著的心總算放下一半，至少代表他平安無事。

她來到韓聖臨家門口，繼續打訊息。

【兔子智商的矮怪】：我有事情要找你，現在在你家門口，你能開個門嗎？

發送訊息後，她便按了電鈴。

等了半晌，沒有人應門。傅妮妮打開手機，訊息還沒被讀。

「要再按一次嗎？」傅妮妮猶豫了片刻，再度按下電鈴。

她繼續注意著聊天室，心想要是韓聖臨還沒讀的話可能在忙，她多等一下也無妨。

過了一會兒，門開了。

傅妮妮抬起頭，正要叫他的名字，但在看到他的模樣後，到嘴邊的話便停住了。

他的身影有一半被隱沒在門之後，神情看起來有些憔悴，黯淡的眼眸中摻雜了害怕與絕望，眼角有著淚痕。

雖然臉上仍舊不帶情緒，但那副眼神就洩漏了一切。

傅妮妮愣愣看著他，腦中閃過直覺──他看到了。

她什麼話也不想對他說，只是走上前兩步，張開手臂輕輕抱住他。

「對不起，我自作主張，但我覺得你現在需要這個。」傅妮妮的頭靠在他胸膛，輕聲說道。

韓聖臨腦中一片空白，半晌後緩緩舉起手，理智告訴他應該把她推開。

然而他的手最終垂了下來。

他現在沒有推開她的力氣。

真的好累。

不知時光推移了多久，傅妮妮發現韓聖臨並未如預料中推開她，抬起頭，緩緩鬆開手，覺得自己應該說些什麼。「那個，我……」

韓聖臨手插口袋。「妳坐一下，把門關上。」

他轉身走進廚房。

傅妮妮的視線追隨他的背影，隨後在餐桌旁的地板發現那包巧克力，立刻輕手輕腳移步過去，偷偷撿起來，再走回客廳。

光是客廳大概就是傅妮妮家的四倍大。米白色的絲絨沙發排成ㄇ字型，上方擺著數個古典金絲繡花抱枕；茶几的中央擺有雕工精細、看來要價不菲的歐式花瓶，瓶身繪了典雅的花鳥，幾株紫羅蘭在瓶中綻放；大理石電視牆氣派壯闊，周圍的黑色拋光鏡面電視櫃展示了各種古董，呈現低調奢華的美感。

傅妮妮看著宛如樣品屋一般毫無皺褶的完美沙發，竟不知從何坐起。

韓聖臨端著兩杯水走過來。「想罰站？」

「呃……沒有。」見韓聖臨坐下，她才敢坐。

韓聖臨注視著面前的水。「找我什麼事？」

傅妮妮話到嘴邊，咀嚼再三，不知該如何提起。「其實……我有個東西忘了拿……」

「那個，是妳放的？」韓聖臨打斷了她。

傅妮妮心中一凜，倏然站起身，朝他九十度鞠躬。「對不起，你想怎麼罰我都行。」

「坐好。」韓聖臨只說了這句。

傅妮妮又乖乖地坐下來。這句話翻成文言文應該就叫平身？

「妳是怎麼知道的？」韓聖臨淡淡望著她。

傅妮妮腦袋轉了轉，馬上明白他在問什麼。「雪碧看到我拿著那個，就警告我不能讓你看見，但他沒告訴我原因。我發現自己做的蠢事後，很擔心你……就來了。」

韓聖臨垂眸，看向自己的手，沒說話。

傅妮妮連忙朝他搖了搖手。「你不用說沒關係的，雖然我是很好奇，但你不必勉強自己。何況這禍是我闖的，我也沒資格問什麼。」

「是我的錯。」韓聖臨突然道。

「嗯？」傅妮妮不明白他的意思。

韓聖臨深吸口氣。「我媽在我七歲時出車禍死了。」他抬眼望向她，眼底是無盡的淒然，聲音輕得幾乎不是自己的：

「我害死了她。」

傅妮妮怔忡。

「要是當時我沒有讓她帶我去買巧克力，她就不會死。」他努力維持語調的平靜，似在說別人的事，卻連呼吸都在顫抖。「都是我的錯。」

傅妮妮蹲到他身邊，握住他的雙手。「這不是你的錯。」

韓聖臨低下頭，一聲自嘲般的輕笑從唇角洩出。「斷線的毛病也是那時候開始的，是她給我的懲罰。」

「……懲罰？」

他閉上雙眼。「要讓我永遠記得那個畫面。在夢裡，不斷重複經歷相同的場景。」

傅妮妮想起那時在超市，韓聖臨看起來像從惡夢中醒來，原來是這個原因。

「……不會的。」傅妮妮堅定地道：「沒有父母會不原諒自己的孩子。」

韓聖臨睜眼，緩緩望向她，眸子宛如一潭幽深的池水，此刻池面黯淡無光。他輕揚起一抹淒楚的微笑，撥開她的手。「不是每個人都和妳一樣，有等妳回家的家人。」

傅妮妮被撥開的手愣在半空中，想起傅辰暘的那通電話。她老是嫌他煩，卻不曾想過這對某些人而言，是種奢望。

韓聖臨拿起面前的水杯喝了一口，突然發現自己好像一不小心和傅妮妮說了太多。

「妳想知道的我都說了，還有事嗎？」韓聖臨的態度又回到平時的冷漠。

傅妮妮聞言，熾熱的眼神掃向他，彷彿下了某種決心，不氣餒地再次抓住他的手：「你沒有家人等你回家，但你有我啊！」

韓聖臨被她突如其來加大的音量嚇了一跳。

「我會等……也不算等，我會關心你回家了沒，而且我們有個約定，你看到訊息要馬上讀，不是嗎？」

傅妮妮打開她和韓聖臨的聊天室，將畫面湊到他眼前。「這個聊天室，一直有人在等你。」

韓聖臨愣了愣，那一刻，自己的心跳聲似乎變得清晰。

忽然，門邊傳來門鎖轉動的聲響。

傅妮妮沒料到還會有人來，來不及做任何反應，只能愣在原地。

只見一個中年婦女提著大包小包的菜走進來，傅妮妮放下高舉的手機，愣愣與之對視。

中年婦女看見傅妮妮顯然也嚇了一跳，但臉上竟添了幾分欣喜，笑著朝傅妮妮點頭。

傅妮妮笑得尷尬，連忙瞥向韓聖臨。

「我爸請來做飯的阿姨。」韓聖臨簡單解釋。

「妳好，敝姓汪。」中年婦女率先與傅妮妮自我介紹。

傅妮妮連忙站起來。「汪阿姨好。」

「妳是……」

傅妮妮還沒回答，韓聖臨便道：「同學，她馬上就走。」

要趕人也不用這麼無情的吧……

傅妮妮點頭附和：「對，打擾了。」

「不會不會，有空歡迎留下來吃飯，阿姨做飯很好吃的。」汪阿姨親切地道。

坐在沙發上的韓聖臨清了清喉嚨。

「哎呀，我先去忙，不打擾你們了。」侍奉少爺也不是一、兩天了，汪阿姨熟知韓聖臨的脾性，立刻識相地溜進廚房。

傅妮妮轉身拿起放在沙發上的隨身物品，突然想到汪阿姨剛進門時，自己蹲在韓聖臨旁邊，還抓他的手，看起來簡直跟求婚沒兩樣。

丟臉死了……傅妮妮拿錢包往自己額頭上一拍。

她轉過身，發現韓聖臨雙手環胸，以異樣眼光盯著自己。

傅妮妮紅了臉，侷促道：「看什麼看，我要走了。」

她邁步往前，韓聖臨卻在此時伸手拿水杯，擋住她的去路。

他故意的是不是……。

韓聖臨悠悠拿起水，有意無意地瞥了傅妮妮一眼。

傅妮妮總算可以通過，走了幾步後想到什麼，又轉過身：「我還是覺得，你媽媽不會怪你，更不會懲罰你。斷線的原因，我會陪你一起找出來的。」

韓聖臨靜靜坐在沙發上喝著水，並未回頭。

傅妮妮就當他聽見了。

走到門口，她又回頭望了客廳一眼。韓聖臨隻身坐在如此寬廣的客廳內，那些多餘的空間除了昏黃的光線充斥，餘下的都是淒涼。他的背影在那樣華美的布置簇擁下，寂寞得叫人心疼。

——『不是每個人都和妳一樣，有等妳回家的家人。』

她將這幅畫面刻印下來，收進心底，轉身走出大門。

從口袋裡掏出掉在地板上的那包巧克力，傅妮妮垂頭看著，掌心逐漸收攏。

要是能守護他，讓他不再孤獨就好了。

Chapter 3　王子的替身

早晨的空氣透著濡溼的黏膩，天空流淌著介於藍與灰之間的抑鬱小調，雲層裊裊，像恣意揮過的筆刷，抬手一拂便讓都市的日常如一張張照片翻掀，乘著疾風無情掠過。

一名少年手插口袋，漫無目的地在街上遊蕩。他深吸一口氣，又用嘴巴呼出，潮溼的空氣總讓他鼻塞。

少年名叫李言修，約莫十七、八歲，穿著一件寬鬆的軍綠鋪棉夾克與牛仔褲，左手手腕繫著一條細紅繩手環。與趕著上班上課的行人相比，悠哉晃蕩的他顯得有些突兀。

車輛在馬路上馳騁，他看見迎面而來，一位西裝筆挺的男子，快步迎上前去：「不好意思……」男子步伐匆忙地走過，瞧都沒瞧他一眼。

李言修有些挫敗地嘆了口氣。

旁邊又有一位媽媽牽著背書包的小女孩走過，李言修立刻湊了上去。「那個，請問一下……」

「等一下上學要乖乖的，知道嗎？」

「嗯！」

那位媽媽自顧自和小女孩說著話，對李言修視若無睹。

李言修無助地看著母女倆離去的背影。這已經是不曉得第幾次被無視了。

都市裡的人就和馬路上那些車子一樣，自顧自地趕路，對周遭的一切漠不關心。要是在他老家那裡，絕對不可能有這種事。

李言修繼續在街上走著，走一走驀然停下腳步，抬頭望著灰茫茫的天色，幾近崩潰地嘆了口長氣。

「啊——這裡到底是哪裡啊？」

♛ ♛ ♛

明天日本近代史的課後要留下來討論小組報告，傅妮妮坐在房間內，打開電腦，打算先查一些資料。

那天到過韓聖臨家以後，傅妮妮總是不時想起韓聖臨冷淡外表下脆弱的一面，變得更加熱情地在他身邊打轉。雖然韓聖臨還是只會已讀訊息，但都讀得挺快。

兩個禮拜過去，這段時間韓聖臨的斷線頻率大概都還維持在一天一次，但是斷線的時間明顯變長了，平均至少要三到五分鐘，久的話甚至會到十分鐘，就像圖書館那次。雖然在醫學上這就更符合嗜睡症的診斷，但為何直到最近才開始有延長的跡象，仍舊是個謎。

傅妮妮回過神，才發現她在搜尋欄打了「斷線」兩字。

跑出來是一堆不相干的資料，畢竟斷線只是個代稱，韓聖臨又是特殊情況，根本不可能查出什麼。

傅妮妮看著搜尋頁面，既然都查了，一不做二不休，索性試試看能不能查到些相關資料。傅妮妮思考了一會兒，打上「突然睡著」四字。

不出所料，跑出來的都是有關嗜睡症的資訊。在發現韓聖臨斷線的祕密後，她其實就上網查過有關嗜睡症的資料，對這個疾病大致熟悉。

還有什麼關鍵字可以查的？

傅妮妮努力思索，把「突然睡著」刪掉，改成「陷入沉睡」。

搜尋結果第一條：「陷入沉睡的英文怎麼說？」

傅妮妮又插入兩個字，改成「陷入短暫沉睡」。

這次跑出來的東西就比較有趣了，有遊戲裡的技能效果介紹，也有關於昏迷的科普文章，甚至還有卡通台詞。

滑著滑著，一則標題吸引了傅妮妮的注意。

這則標題寫著「沉睡王子－童話小站」，點到搜尋結果第二頁才出現，看起來點擊率不是太高。

傅妮妮按下滑鼠點了進去，跳出一個類似部落格的網站，背景全黑，網站名稱「童話小站」四個字則用著彩度極高的鮮豔色彩，混雜著螢光粉、螢光黃、螢光藍之類的，搭配上兩旁有點陽春的閃圖，讓人直覺這網站大概是十幾二十年前的產物。

連結直接帶傅妮妮來到名為〈沉睡王子〉的那篇文章，頭一行字就寫著：

『你聽過沉睡王子的故事嗎？』

傅妮妮繼續往下滑，便是一個以「從前從前」作為開頭的標準童話故事。

但在她印象中，並沒有一個叫做〈沉睡王子〉的故事，頂多只聽過睡美人。

在好奇心驅使之下，傅妮妮開始閱讀這則童話。

一開始是一個溫馨的故事，但到了後面，出現了死神。死神原先想帶走王子，但卻陰錯陽差帶走了皇后，也就是王子的母親。

看到故事的倒數幾行，傅妮妮驀然一愣，握著滑鼠的手微微顫抖。

『死神答應讓王子活下去，代價是讓王子得到詛咒。從此刻起，王子將會不定時陷入短暫的沉睡，隨著年紀增長，陷入沉睡的時間越來越長，最後陷入永遠的沉睡。』

故事中王子的情況，跟韓聖臨一樣。不僅如此，連皇后為王子而死的情節，也與韓聖臨的境遇高度地相似，甚至連年齡都吻合。

她的視線移到下一行：

『解開詛咒的方法只有一個，那就是讓王子心愛的人為他死去。』

這是什麼爛方法？這樣不是讓王子更傷心嗎？

傅妮妮繼續看下去，然而在滑到『從此以後，王子便活在詛咒之中。』這行字之後，便沒有下一行了。

就這樣沒了？

剛剛吐槽解開詛咒的爛方法還不夠，現在這個結尾更是值得被砲轟一頓，不，這根本算不上結尾吧？王子心愛的人去哪了？

不知道這則童話到底是誰寫的，一點故事架構的概念都沒有，居然莫名其妙爛尾，難怪默默無聞，她來寫都寫得比作者好。

傅妮妮被這則爛童話搞得相當生氣，正準備關掉網頁，挪著滑鼠的手又突然停了下來。

這則童話有點奇怪。

故事裡的王子，和韓聖臨實在太像了。

是巧合嗎？

傅妮妮又將網頁滑到最下面，然而這次，底下竟比剛才多了兩行字，傅妮妮立刻用力眨了眨眼，湊近電腦螢幕確認自己沒眼花。

『你問王子最後怎麼樣了？我也不知道。打從一開始，這個童話就沒有結局。』

『因為，這個童話至今仍在持續著。』

奇怪，剛剛明明沒看見這兩行字，是見鬼了嗎……。

那兩行字就像聽見傅妮妮心中的腹誹，在回答她的問題似的，讓她一陣毛骨悚然。

諸多詭異的現象令傅妮妮越來越覺得不對勁，她嘗試滑上滑下網頁好幾次，但並沒有再多出任何的句子。

她仔細盯著最後一行字。

仍在持續著……是什麼意思？

♚ ♚ ♚

「這個童話至今仍在持續著……」薛弼成複誦著文章的最後一句話，打了個哆嗦，雙手抱臂摩擦取暖。「我怎麼覺得有點冷？這到底是鬼故事還是童話故事啊？」

隔天，傅妮妮一整天都按捺著告訴他們的衝動，一直到小組報告討論結束後，才鄭重地告知兩人她有事情要說，將存在電腦裡的部落格網頁給他們看。

「我也有一樣的感覺……」傅妮妮沒把那兩行字是後來才浮現的這件事說出來，否則討論室裡的溫度大概會更低。

薛弼成將文章滑到最頂端，重新閱讀一遍，若有所思地扶著下巴。

「這則童話的內容……好像真的有點……」薛弼成邊說邊轉頭望向韓聖臨。

韓聖臨沒說話，只是靜靜看著內容。

「如果這則童話說的真的是韓哥的話。」薛弼成將其中一行字反白。「這裡寫『解開詛咒的方法只有一個，那就是讓王子心愛的人為他死去。』那就表示你必須先找到一個心愛的人，而且這個人還必須為你而死……」

薛弼成說到一半停頓，戲劇化地摀住嘴。

「哇天啊，這太殘忍了吧，兄弟，我都不曉得你該怎麼辦了。」

韓聖臨一愣，放在桌上的手默默收緊拳頭。

傅妮妮注意到他細微的動作，肯定是薛弼成的話讓他想起母親的事，連忙道：「但這只是個童話，幹嘛那麼認真？童話都是人編出來的。」說完在桌子底下踢了薛弼成一腳。

薛弼成也馬上察覺到異樣，暗罵自己神經大條，忙著附和：「就是說啊，怎麼可能有什麼詛咒？我剛剛是入戲太深了，不是有一句歌詞怎麼唱來著……『你哭著對我說，童話裡都是騙人的……』」

薛弼成突然即興演出，還唱得有模有樣。

「對對，騙人的，巧合罷了。」傅妮妮接過電腦，準備關掉。

「你們不必這樣，我沒事。」韓聖臨淡然打斷他們，抬眸望向傅妮妮。「把那個網頁傳給我。」

其餘兩個人都一愣，薛弼成道：「韓哥，你信這個？」

韓聖臨悠然靠向椅背，雙手環胸。「某個人說要幫我找出斷線的原因，既然有線索，看看也無妨。」

薛弼成不知道傅妮妮跑到韓聖臨家時說了什麼，似懂非懂地應了聲。「但我還是希望沒關聯的好，畢竟要是真像裡面寫的那樣，也太恐怖了。」

討論室的租借只到五點，看時間差不多了，薛弼成邊說邊收拾東西。

傅妮妮將網址傳給韓聖臨，闔上電腦。「我傳了，你看看。」

她朝韓聖臨放在桌上的手機望了一眼，正好瞥見通知跳出來，然而上面寫的一長串名字讓她忍不住又湊近多看了一眼。

不看還好，一看便傻眼。

「『兔子智商的矮怪』？韓聖臨，你給我取這種名字？」傅妮妮音調提高，不可置信地問。

韓聖臨將手機拿走，抬眼睨她。「怎麼了嗎？」

「不是……這名字怎麼湊出來的啊？」名稱太怪，傅妮妮都不曉得該從哪裡吐槽起了。

「幫矮怪加上一個貼切的形容詞而已。」韓聖臨滑著手機，語氣淡然。

「哪裡貼切了？」傅妮妮不服氣。什麼兔子智商，是在罵她笨吧？

薛弼成背起背包和吉他，瞄了韓聖臨的手機螢幕一眼，對傅妮妮道：「其實我還挺羨慕妳的，妳也知道韓哥自帶不知哪來的偶包，就是不叫我雪碧，我的聯絡人名稱在他手機裡也是本名，妳卻有一個這麼用心的綽號，地位直接完勝我這多年好友。」

傅妮妮扯開嘴角，皮笑肉不笑。「要不我跟你交換，讓韓聖臨叫你矮怪如何？」

薛弼成一頓，乾笑道：「呵呵，我還是當我的薛弼成吧。」

韓聖臨聽見他們的對話，走到門口頓步回頭：「這麼不滿我叫妳矮怪？」

「不滿。」傅妮妮想都不想就回答。

韓聖臨轉過身，雙手環胸俯瞰著她。「要不兔子、矮怪，妳選一個？」

傅妮妮一愣，之前被韓聖臨用矮怪打壓太久，此時忽然有種被格外開恩、受寵若驚之感。

「那當然是兔子好一點……」傅妮妮順著想法脫口而出。

韓聖臨輕笑。「走吧，矮怪。」

韓聖臨轉身走出門，留下傅妮妮滿頭問號。

敢情又被耍了？

傅妮妮立刻追了上去。「喂，那你剛剛叫我選是什麼意思？」

「我叫妳選，沒說我要改。」

傅妮妮最後一根理智線斷裂，一掌往韓聖臨背上打下去。

韓聖臨瞥她一眼，面不改色：「改成暴力矮怪。」

「好啊，我讓你見識什麼叫真暴力……」傅妮妮撩起袖子，朝韓聖臨身上揮拳。

韓聖臨躲閃了幾次，臉上浮起一絲悠然笑意，最後直接伸手接下傅妮妮的拳頭，勾起嘴角：「這招叫兔子拳嗎？」

傅妮妮愣了愣，沒想到這麼容易被接下，看來該去練身體了。

站在兩人身後的薛弼成目睹全程，簡直不敢相信自己的眼睛。

韓聖臨那個萬年撲克臉居然笑了？

不只現在，從剛剛開始笑了不只一次吧？

傅妮妮有些難為情地收回手，正好注意到一旁的薛弼成，只見他一臉目瞪口呆地盯著他們。

韓聖臨也朝他望去。

意識到兩人的目光而回過神，薛弼成馬上單手摀住自己的雙眼。「噢，我的眼睛！怎麼只看得到一片白光？這裡太刺眼了，我先走了。」

薛弼成一邊伸手揮舞一邊閃躲著走遠，好像真的在擋光似的。

這演技，服了。

兩人目送薛弼成離去，無語了一會兒，又互相對望。

「……等我去練拳擊，到時候把你打趴在地上求饒。」傅妮妮落下狠話，轉身往反方向走。

韓聖臨邁步跟上。「我期待妳的成果。」

參加吉他社迎新後，薛弼成正式加入吉他社，星期二晚上要參加社課，因此這一天傅妮妮固定和韓聖臨一同搭車回家，恰好他們下午上同一堂課，順理成章。

兩人走在綠樹庇蔭、細碎陽光鋪墊的道路上，傅妮妮剛開始放空，那則童話又自動浮現在腦海。

老實說，她也對最後那句「這則童話至今仍在持續著。」頗為在意。就好像是在說這則故事還沒有結束，隨時可能發生在生活周遭似的。

「……韓聖臨。」傅妮妮喚了聲。「你相信那則童話嗎？」

「為什麼不信？」韓聖臨反問。

「我的意思是，你覺得這有可能發生在現實嗎？」傅妮妮望向他。

韓聖臨沉默了片刻。「隨時陷入沉睡的毛病，已經發生了不是嗎？」

傅妮妮一愣。確實，現下就有一件不合常理的事擺在眼前。

而且就像童話說的，韓聖臨斷線的時間越來越長。雖然這是最近才開始的，但若一切真如童話所預言，那麼韓聖臨斷線的時間可能會繼續拉長，最後陷入永遠的沉睡。

想到這裡，傅妮妮驀然停下腳步，一陣莫名的不安與恐懼襲上心頭。

韓聖臨頓步，回頭。「怎麼了？」

傅妮妮不打算讓他知道她的擔憂，繼續邁開步伐。「沒什麼。我只是驚訝你這個凡事講求科學根據的物理學家，竟然也會相信童話。」

「大概是遇見妳這個魔法師，讓我腦子開始不正常了，才會相信一些物理無法解釋的超自然現象。」韓聖臨悠然道。

「……你能不能好好說話？」連這個都能損她，他腦子到底什麼做的？

韓聖臨瞧她。「妳希望我說什麼？」

傅妮妮回望他透著興味的眼眸。「什麼都別說，你睡著的時候可愛多了。」

這下輪到韓聖臨停下腳步。

「……妳好像對我有很多誤會？」

「我？有嗎？」傅妮妮回頭，不覺得她剛才說錯了什麼。

韓聖臨忽然朝她走近，一下子過於靠近的距離讓傅妮妮不自覺後退。

「先是覺得我想自殺，後來又說我喜歡男的，現在還用可愛形容我。」韓聖臨纖長的睫毛半垂下，隱隱閃著碎光的深邃眼眸似會勾人，低頭俯瞰著她，邊說邊步步朝她逼近。

「我在妳心裡的形象到底是歪成什麼樣？」他的聲音很輕，語調夾雜著半分疑惑。

傅妮妮不斷後退，最後靠上一棵樹。

不知道是太過靠近的壓迫感作祟，還是那雙盯著自己的眼眸讓人心慌意亂，傅妮妮感覺心跳異常地快。

她迎上韓聖臨的目光，故作鎮定：「誇你可愛你還不滿意？難不成要說你陰沉兇狠、冷漠無禮？」

韓聖臨勾起嘴角，一手撐上傅妮妮身後的樹幹，微俯下身，又靠她更近了些。

「還有什麼形容詞，說來聽聽？」

傅妮妮瞥了眼他按在她肩旁的手，再看他似笑非笑的嘴角擒著一抹玩味，腦中閃過一個最適切的形容——

「……流氓。」

她都不知道像韓聖臨這樣氣質高貴的富家公子，其實本質是個流氓？

韓聖臨定睛凝視著她，唇畔的笑意逐漸消失。

傅妮妮愣看著他，說流氓太過分了嗎？

收起笑意的他看起來認真許多，只見他的臉緩緩朝自己湊近，傅妮妮心頭一緊。

等等……現在是什麼情況？難不成被她說流氓，他就要坐實這個稱號嗎？

傅妮妮心跳擂鼓，腦中一片混亂，正在思考這時候應該做何反應，然而他的臉並未如預期般湊上來，而是整個頭在她面前垂下。

傅妮妮先是嚇了一跳，隨後解除心中警報，整個人鬆了一口氣。

幸好只是斷線……。

傅妮妮歪頭端詳他的臉龐。「……韓聖臨？」

真的睡著了。沒想到維持這種姿勢也能睡啊……。

傅妮妮尷尬地思考著接下來該怎麼辦。現在的她相當於是被韓聖臨「樹咚」的狀態，路上往來的人雖不多但還是有，若是留在原地等他醒來，恐怕會引來許多路人的目光。

可這裡是外面，她擔心要是移動韓聖臨，他又直接倒下來，肯定會引起更大的騷動。

想了想，傅妮妮還是留在原地，輕輕呼喚著韓聖臨，希望他這次不要斷線太久。要是有人看他們，她就把臉遮住就行了。

一個母親牽著小男孩走過那條路，小男孩正吃著一根香蕉，一邊轉頭往他們的方向看去。

小弟弟，不要看，吃你的香蕉……傅妮妮在心中默想。

走著走著，小男孩吃完了香蕉，手一鬆，香蕉皮便掉到地上，正在講電話的母親完全沒發覺。

♚　♚　♚

李言修手插褲兜，悠悠漫步在午後的街道。

不知道究竟走了多久的他，漸漸體會到何謂心如死灰，甚至開始懷疑自己是否要永遠在這座城市上遊蕩。

他不記得自己是怎麼來到這裡。聽起來很荒謬，但事實就是如此，彷彿一睜開眼就身處在完全陌生的城市裡。對於過去的記憶，他只記得他位在鄉下的老家、他與阿嬤相依為命、他考上了全縣第二好的高中，後來又考到外縣市的大學，但他不想去念，因為不放心阿嬤一個人。

再後來的事，他就沒印象了。

阿嬤……對了，他要趕快回去找阿嬤，所以拚命地想問出回去的路，但放眼望去，這座城市似乎沒有一個人可當他的支柱。

李言修茫然望著地面，一手抓起額前瀏海。

難道……。

此時，他敏銳地察覺到有人注視自己的目光。他朝那道視線望去，看見一位母親牽著一個小男孩，小男孩正望著他的方向。

「小弟弟，你看得到我嗎？」實在是太久沒有被人注視過，李言修像是收到天上掉下來的禮物，急切地問小男孩。

但小男孩只是與他擦身而過，拉了拉他母親的手，伸手指著李言修身後的雕像。

「媽媽你看，有個好奇怪的雕像！」

李言修順著他指的方向回頭望去，看見一個鳥頭人身的彩繪雕像高高豎立，鳥的眼睛是由藍色和黑色兩個一大一小的同心圓組成，此刻彷彿在嘲笑李言修似的斜視著他。

再次體驗到挫敗的滋味，李言修此時只覺那顆毫無靈魂的眼珠裡盛滿了嘲諷。

「哎，真是！」李言修不耐煩地深吸了一口氣，走過去狠狠踢了那雕像一腳。自己居然連一個醜不拉嘰的雕像也不如。

吁了口氣，他繼續往前走，孰料踩到香蕉皮，腳一滑，整個人往前踉蹌。

那一剎那，一股奇怪的引力猛然將他往前吸。彷彿前方開了一台超大型抽風機，抽真空一般瞬間拉走他，整趟過程宛若流星趕月，耗時不到一秒。

李言修還沒反應過來發生了什麼事，就看到眼前站了一個女孩。

他距離她僅咫尺之遙，女孩的臉在眼前放大，皮膚白皙，內彎的頭髮披肩，水靈的大眼直勾勾望向他。

——好像洋娃娃一樣。

「喔，韓聖臨，你醒啦？」那個女孩看著他這麼說。

「嗯？」腦子還無法釐清情況，李言修只是愣愣地「嗯」一聲。

傅妮妮鬆了口氣。「幸好這次沒有斷線太久，我站在路邊快尷尬死了。」

李言修聽了她的話，注意一下周遭環境，這才發現自己的左手撐在樹幹上，連忙收回手，退開一步距離。

傅妮妮總算是能離開那棵樹，往前站了一步，仰頭望著韓聖臨。「你沒事吧？沒事我們就回家吧。」

李言修愣看著她，沒想到會從她口中聽見他一直想聽到的詞。「……回家？」

「嗯？你不回家嗎？」傅妮妮問。

「妳是誰？」李言修脫口便問。

傅妮妮愣怔。

他是在開玩笑耍人？還是斷線後突然失憶了？以前有發生過這種情況嗎？

「我是傅妮妮啊？怎麼了這是，還沒清醒嗎？」傅妮妮又上前一步，踮起腳，對著他的臉左瞧右瞧，又抓起他的雙手，幾乎將他從頭到尾都看了遍。

如果韓聖臨仍然意識模糊的話，按照過往的經驗，她碰了他之後有可能會讓他直接睡著。但此刻韓聖臨仍好端端地站在她面前，什麼事也沒發生。

李言修靜靜地站在原地，像個靜止的娃娃任她擺布。第一次有人主動和他說了這麼多話，甚至碰到他。幸福來得太突然，他愣了好一會兒才理清思緒，開口道：「妳……看得到我？」

「你到底在說什麼啊，韓聖臨？」傅妮妮伸出手，將手背貼上他的額頭。「發燒了嗎？」

李言修對她的舉動毫不在意，只是問：「……妳叫我什麼？」

傅妮妮愣了一下，一度懷疑自己叫錯，又重複了遍：「韓聖臨？」

「我……」李言修低頭看看自己的手，再看身上的衣服，是一件黑色夾克。

他抓起自己的衣領瞧，這不是他的衣服。

這怎麼回事？他變成另一個人了？

傅妮妮看著韓聖臨不斷檢查自己身上的衣物，一臉驚懼疑惑，與平時的他大相徑庭，越看越困惑。「你到底怎麼了？」

李言修對上傅妮妮既擔心又疑惑的眼神，一時之間不知該如何開口，腦袋大當機。

他自己也不明白他怎麼了。這世界的一切他都無法理解。

「我……」李言修還在琢磨該如何說明現在的情況，忽然又有一股力量從右方將他猛然一推，使他重心不穩直接跌在地上。

×的，這到底是怎樣？

在他跌倒的那一瞬間，傅妮妮也發出一聲驚叫。

雖是重重跌在地上，但絲毫未感受到疼痛。李言修坐起身，抬頭望去，只見那裡除了傅妮妮以外還多了一個男生，那人身穿黑色棉質夾克與灰色九分褲，正是他剛剛發現「自己」身上的穿著。

他趕緊低頭查看自己的衣物，他的軍綠外套又回來了。

傅妮妮摀住嘴，視線在他們兩人身上來回游移。

韓聖臨看著她，輕蹙眉宇：「怎麼了？」

傅妮妮伸出食指，顫巍巍地指著跌坐在地的李言修。「有……有個人從你身上彈出來……」

韓聖臨順著她指的方向望去，也看見了呆坐在地上望向他們的李言修。

……「彈」出來是什麼意思？

一次被兩個人注目著，李言修反倒有些不好意思，畢竟已經很久沒像這樣被盯著看了。現在看來這兩個人似乎都看得見他，雖然完全不明白是什麼情況，他還是秉持著禮貌舉起手，尷尬微笑：「嗨。」

三人之間的空氣仿若凝結。

「……走吧。」韓聖臨直接把對方當空氣，轉身要走。

「啊？可、可是……」傅妮妮才剛剛目睹那人從韓聖臨身上「彈」出來的詭異現象，現在要放著那人不管總覺得相當不安。

李言修見他們要走，趕忙從地上爬起來追了上去。「欸，等等，你們別走！」

傅妮妮回頭，一臉驚恐：「啊！他追過來了！」

韓聖臨頓步，轉過身，神情宛若籠罩一層寒氣，眼神透著若有似無的冷冽，讓李言修在那一剎那猛然頓住步伐，不敢貿然前進。

「有事？」韓聖臨不只表情冷，連話也讓人吹了一臉北風。

但李言修哪管得了冷不冷，該說的還是得說。「有，當然有！我好不容易找到可以說話的人，你們幫幫我吧。」

「幫你？」韓聖臨打量了他一番，覺得這人是個瘋子。「我有什麼義務幫你？」

李言修無奈地嘆口氣，自己都覺得荒謬地笑了。「我知道這聽起來很扯，但是我，」他拍著胸口，又指向韓聖臨。「剛剛跑進了你的身體裡。她可以作證。」說到最後一句，他的手指移向傅妮妮，對方反射性縮了縮身子。

韓聖臨回頭看向傅妮妮。

傅妮妮眼珠子轉了轉，想了想開口道：「你剛剛突然斷線，醒來後確實有點奇怪，還問我是誰，我差點以為你失憶了……後來就看到那個人從你身上彈出來。」說完，傅妮妮又往韓聖臨身後站了一步，警戒地看著李言修。

「看吧，我沒騙人，我真的跑到你身體裡了，還穿著你的衣服！」有人幫忙作證，李言修態度也更理直氣壯了些。

韓聖臨又望向李言修。「你是怎麼到我身體裡的？」

聽完傅妮妮說的話，韓聖臨開始覺得有那麼點可信度，因為他並沒有印象自己有問「你是誰」這句話。他醒來後，聽見的便是傅妮妮的尖叫。

李言修一愣，回想了一番。「我……我好像踩到什麼滑了一跤，莫名其妙就進去了。」

韓聖臨蹙起眉頭。

這說法連李言修自己都感覺像在胡扯，可他真的不明白自己是怎麼辦到的。

怕對方又不相信自己，李言修急忙替自己辯護：「我說的是真的，要不現在再試一次？」

說完他便朝韓聖臨伸出手。

傅妮妮立刻把韓聖臨往後拉，然而李言修的手仍然掃過韓聖臨的手臂。什麼也沒碰到。

正確來說，李言修的手直接穿透過去。

韓聖臨和傅妮妮也清楚看見了這一幕。

李言修伸出去的手就這麼舉在半空中，整個人愣在原地，看起來比他們還驚訝。

「啊！」傅妮妮率先發出尖叫，緊抓著韓聖臨的衣服，整個人瑟縮在他背後。「他、他到底是什麼東西？」

李言修愣愣看著自己的手，過了好一會兒才喃喃道：「啊……原來我真的死了啊……」

早在他流浪於這座不知名的城市，被所有人無視的時候，他便隱約懷疑過這件事，只是自己始終不願承認。

畢竟連自己怎麼死的都不記得，誰又會想承認這件事呢？

而現在確認自己已死，倒也沒有預想中來得打擊。相反地，他的感受相當平淡，死或沒死對他而言彷彿沒有太大差別。

只是死後為什麼會獨自在陌生的地方流浪？每個死去的人都是這樣嗎？

這裡也不像死後的世界。

韓聖臨感覺到有人躲在他背後發抖，微微轉過身，輕拍了一下傅妮妮的頭：「別慌。」

傅妮妮抬眼瞧他，那道聲音就和那天在圖書館一樣，平靜沉穩，予人安定的力量。

他怎麼都不會害怕？他是神嗎？

午後的斜陽掛在天際，朝樹影投下幾縷燦漫，他的臉逆著柔煦的光，金曦在他身後璀璨，宛若天降的神仙。

「在這裡等。」韓聖臨再度開口，說完朝著李言修走去。

傅妮妮有些緊張，躊躇著是否該跟上。

李言修正陷入對自身的沉思，直到韓聖臨走近才驀然回過神。

只見韓聖臨從口袋拿出手機，操作了一下，手電筒的燈亮起，他冷不防對著李言修一照。

李言修以為是什麼具殺傷力的東西，反射舉起兩隻手擋在臉前，隨後才發現只是手電筒的光。

「……這是幹嘛？」李言修將臉從雙手後方稍稍探出來，不解地問。

韓聖臨不理會他，拿著手機的手不動，人走到他身旁，往他身後探頭瞧了瞧。

傅妮妮也看得一頭霧水，一時忘了害怕，走上前問：「韓聖臨，你在做什麼？」

「目測靈魂透光率。」韓聖臨回答。

傅妮妮和李言修對視了一眼，頭上同時浮出一個大問號。

韓聖臨轉頭，示意傅妮妮上前。

「妳看，光照到我的手，和照在這傢伙身上，影子的深淺不一樣。」

韓聖臨一邊移動手電筒一邊說明，李言修就這麼站在原地當個稱職的實驗材料。

傅妮妮仔細一瞧，李言修的影子明顯淺了一些。

「這表示雖然肉眼分辨不出來，但他其實是半透明物質，只要知道他身前和身後的光強度，就可以算出透光率。」韓聖臨關掉手電筒，將手機放回口袋。

傅妮妮愣愣望向韓聖臨。「……然後呢？」

「沒有，只是想用科學方法確定他是幽靈。」韓聖臨平靜回答。

傅妮妮傻了眼。沒聽說過有人遇到幽靈，第一件事是先測人家的透光率。

……她錯了，他不是神，只是怪人。

李言修也聽得一臉懵。「呃所以……現在……我該高興得知自己是半透明嗎？」

韓聖臨瞥他。「可惜樣本太大，不然可以丟進分光光度計試試。」

李言修忽然感到一陣寒意直竄。那分光什麼計的，聽起來相當不妙。

韓聖臨又用探究的目光盯著李言修一會兒，開口道：「妳先回去吧，我有事要問這傢伙。」

傅妮妮倒抽一口氣，下意識就挽住韓聖臨的手臂。「那怎麼行，我不能丟下你一個人。」

「妳是怕被丟下吧……」李言修忍不住吐槽。

傅妮妮瞪他一眼。一個幽靈，話怎麼那麼多？

韓聖臨轉頭看她。「不害怕了？」

傅妮妮挺起胸膛。「你都不怕了，我有什麼好怕的。」老實說，剛剛測透光率那齣，讓她的恐懼消散了一大半，而且這個人看上去就像個普通的學生，應該不會有什麼危險吧……

「那好，走吧。」韓聖臨邁步往學校的方向走。

「你要帶我去哪？不會又要去做什麼實驗吧？」李言修一邊跟上一邊問。

「以後再說。」

……突然覺得跟在這兩人身邊也不是什麼明智的選擇。

在群智教學館的開放座位區，兩人一鬼圍著一張圓桌而坐，韓聖臨依然雙手環胸，擺出一副審問犯人的姿態；李言修則雙腿開開像個小朋友一樣，還不時東張西望，一臉新奇；傅妮妮坐得端正，雖說不害怕，神經仍緊繃著。

「你叫什麼名字，為什麼在這裡？」韓聖臨率先開口，這台詞一出，更像審問犯人的刑警了。

聽見韓聖臨的問題，李言修才將注意力重新放回他身上，將自己的姓名、來歷等等所有知道的事全說了出來。

「你……原本不知道自己死了？」傅妮妮對這點相當訝異。

「畢竟我連自己為什麼在這裡都不知道，自然也不記得怎麼死的。」李言修換了個坐姿，雙手放在桌上，嘆了口氣。「知道自己死了，這感覺還真新鮮啊。」

「但你看起來好像不怎麼難過？」傅妮妮問。

李言修抬眼瞧她。

「難過？」他輕笑了一下。「我也不知道，可能死後感覺不到難過吧。」

難過有用嗎？死都死了。

「那……你有沒有什麼掛念的事？還是未完成的心願？你剛剛不是說要我們幫你嗎？是什麼事？」

韓聖臨無聲睨了傅妮妮一眼。不是剛剛還很害怕，怎麼現在又殷勤地想幫忙？

被傅妮妮這麼一問，李言修驀然想起他唯一想做的事。「對，我想回去看我阿嬤。」

「你阿嬤在哪裡？」傅妮妮追問。

「在台南。我爸媽過世後，一直都是我和她兩個人生活，現在我離開了，我很擔心她一個人。」李言修說完，突然想到什麼。「話說回來，這裡到底是哪裡？」

「台北。」韓聖臨回答。

「啊……看來我得想辦法回去……」李言修思索了一番，忽然愣了神，緩緩看向自己的雙手，自嘲般地一笑。「但我現在這樣，回去也沒用吧。」

傅妮妮朝韓聖臨耳語：「要不要幫他？我看漫畫裡只要幫鬼魂完成心願，就可以讓他們安心離開。」

韓聖臨睨向她。「妳是想讓他離開才要幫他的？」

「那當然，不然你要讓他一直跟著我們嗎？」

「我比較好奇他為什麼能附身到我身上。」韓聖臨說出想法。

傅妮妮輕抽一口氣，驀然瞪大眼，光是看見幽靈這件離奇的事就讓她一片混亂，完全忘記李言修一開始附身的事。

「你覺得跟斷線有關嗎？」

「不無可能。」

「那個……不好意思，你們小窗開得有點久啊。」李言修神情不悅地打斷他們。

然而傅妮妮正思索著重要的事，壓根沒理他。說到斷線，自然而然就想到不久前才和他們討論過的那則童話。

那則童話……裡面有提到附身嗎……？

傅妮妮腦中的齒輪加速運轉著，忽然靈光乍現，倒抽一口長氣。「喔！」

她這一聲喊讓在場一人一鬼都嚇了一跳，雙雙望向她。

傅妮妮用手指著李言修。「你……你你你該不會是死神吧？」

李言修表情一臉呆滯地看著她，過了半晌才困惑地發出一聲：「蛤？」

「因為……那個童話裡面，不是人的就只有死神了……」總不可能是要把王子吃掉的大熊吧？

「什麼童話？」李言修忽然前傾身子，饒富興味地看著傅妮妮。「這位小姑娘，妳是三歲小孩還是中二病發作？居然連童話都想到了。」

一旁的韓聖臨默默壓下傅妮妮的手。「她本來就想像力豐富，不必太在意。」

傅妮妮看向他，想要辯駁，卻見他壓低聲音對她道：「別急，我還要觀察一下。」

傅妮妮一愣，難道韓聖臨已經想到對策了？

只見韓聖臨悠然望向李言修：「我們能幫你，但是有條件。」

「什麼條件？」

「既然你說自己能附身到我身上，那我得先觀察看看你是否真能做到，又能做到多少程度。要是我評估後認為沒有危險，我就讓你和你阿嬤見面。」

李言修垂眸思忖了一下。他能附身是剛剛突發的意外，之後想再嘗試也失敗了，究竟能否做到他自己也說不準。

「你要怎麼讓我見到我阿嬤？」

「雖然你自己或許有辦法回到老家，但要是你真的能附身在我身上，就能透過我的身體跟你阿嬤溝通，我說的沒錯吧？」韓聖臨直勾勾盯著他，彷彿已做好一切打算。

聽了他的話，李言修驀然頓悟，自己確實沒想到這點，這是個好機會，或許也是唯一的機會。

「行，我該做什麼？」

韓聖臨身子向後靠上椅背。「我推測，你的附身只有在特殊情境下才辦得到，所以我會把你留在身邊觀察。至於是什麼情況，等你取得我的信任再說。」

「好，沒問題。」李言修很爽快地答應了。

傅妮妮拉了拉韓聖臨的衣角。「你確定嗎？這有點冒險。」

韓聖臨現在做的事，就是讓一個鬼魂有機會附身在自己身上，用想的就覺得相當危險。

「我有一些想搞清楚的事。」韓聖臨轉頭瞧她，嘴角輕揚。「沒事的。」

傅妮妮看見他那抹淡笑，又愣神了。

他居然對她笑了？

「既然這樣，有些規則需要你遵守。」韓聖臨繼續對李言修說道。

李言修一聽到規則二字就擺出嫌棄的臉，身子後靠，舉起雙手枕在腦後，仰頭望天嘆息。「我最討厭什麼狗屁規則。」

韓聖臨不管他，逕自說下去。「一、待在學校。我們能碰面的地方只有學校，其他時間不准跟著我。」

李言修猛然坐挺，差點沒從椅子上跌下來。「你要我一直留在這裡？」

「這裡很大，夠你活動了。況且你應該不需要飲食跟睡眠。」

李言修崩潰的吁了口氣。「要我整天待在學校，還不如殺了我……不對，現在連這種玩笑都開不成，我還真可悲。」

「這不剛好嗎？你已經死了。」韓聖臨無情地落井下石。

李言修睨向說風涼話的那位，拍桌。「喂，我也曾是人，我也想住在舒舒服服的房子裡不行嗎？」

「行，但不會是我的房子。」韓聖臨果斷回答。

又被吹了一臉北風，李言修索性看向他身旁的傅妮妮，一臉笑咪咪：「小姑娘，不如讓我借住妳家吧？」

傅妮妮反射性抓住韓聖臨的手臂。「你你你你別靠近我！」

李言修的笑容僵在臉上，差點沒流下一把辛酸淚。搞什麼東西，他原本只是個帥氣十八歲少年，為什麼現在女孩子看到他像看到變態一樣？

「我才剛說第一條規則你就遵守不了？」韓聖臨挑眉，此刻的眼神彷彿颳起了暴風雪。

李言修對上他冷冽的眼眸，拿出學生時期叛逆欠揍的本性：「我要是不遵守又怎樣？你管得到我嗎？」

韓聖臨並未被他惹惱，只是露出一抹輕蔑的笑，垂眸思索片刻，忽然站起身，拎起背包擱在肩上。「矮怪，走吧。」

傅妮妮一臉問號，連忙起身跟上他。

李言修見狀馬上追了上去。「欸，去哪呢？」

韓聖臨不理他。

「什麼情況，我們不是還沒說完嗎？」李言修又問。

「矮怪，妳有聽見有人說話嗎？」韓聖臨問。

傅妮妮明白韓聖臨想幹嘛，配合道：「沒有啊。」

「欸，小姑娘，妳背信棄義啊！」李言修喊道。

傅妮妮裝沒聽到。

李言修又嘗試說了些什麼，甚至直接站在韓聖臨面前，然而韓聖臨直接穿透他走過去，對他視若無睹。

李言修深吸了一口氣，這種被忽視的滋味他實在不想再經歷了。

「……大哥，我錯了，規則什麼的我通通都遵守。」李言修默默走回韓聖臨身旁，低聲下氣地道歉。

他李言修這輩子還沒做過這種事，實在是太傷尊嚴了。

韓聖臨終於停下步伐，睨向他：「全部遵守？」

「全部。」李言修重複道。

韓聖臨滿意點頭。「很好，現在回到你該待的地方，明天早上八點到物理系館405教室，建議你先把學校地圖背熟。」

莫名其妙就被下指令的李言修：「啊？」

「規則二，我說什麼你就照做。」韓聖臨扔下這句話，便又邁步揚長而去，留下愣在原地的李言修。

傅妮妮回頭望了李言修一眼，朝韓聖臨道：「你居然能讓他乖乖聽話，怎麼辦到的？」

韓聖臨只用一句話回答：「叛逆期的小屁孩就是欠關注。」

傅妮妮一面消化這句話一面點了點頭，挺有道理的。

這時，李言修仍呆站在原地注視著兩人漸行漸遠的背影。

這個叫韓聖臨的傢伙……怎麼讓人這麼想揍他一拳？

♛ ♛ ♛

經過一番波折終於回到家，傅妮妮躺在床上，覺得今日所經歷的一切就像一場夢。

別的先不說，她居然莫名其妙就看得到鬼魂了？

說看得到鬼魂好像也不太對，精確來說是看見李言修這個鬼。

況且早上才剛討論過有些詭異的童話故事，下午就遇到李言修，實在很難不將兩者做些連結。

那則童話故事會是真的嗎……如果是，李言修和故事的關係又是什麼？

傅妮妮翻了個身，將臉埋在枕頭內。

太多事搞得她一片混亂，明天再思考。

隔天，傅妮妮一大早就起來。她已經退掉星期三早八的國文，但在上普物之前，她必須先趕往學校一趟。

昨天傍晚回家的路上，韓聖臨向她叮囑：

「這事先別和薛弼成說。」

「咦？為什麼？」

「他這人神經兮兮的，我擔心他一時無法接受。」

「但總不可能一直瞞著吧？」薛弼成和韓聖臨幾乎形影不離，有個韓聖臨看得見的鬼魂在旁邊，又隨時可能附他的身，不發現也難。

「等他自己發現吧。」

韓聖臨會做這樣的決定也是合情合理，畢竟這種事要是沒有親眼目睹，真的很難相信，被當成瘋子的機率還比較高。

韓聖臨和薛弼成今天早上在物理系館上必修課，照理說李言修也會在場，如果在那時候又發生附身之類的意外，至少傅妮妮能幫忙解釋一下，不用讓薛弼成獨自面對。

想了這麼多，她其實就是不放心韓聖臨和那個可疑的李言修待在一起。如果薛弼成能早點知情，她也比較安心。

為此，她提前半小時出門，匆匆趕到物理系館，爬著樓梯上到四樓，找到他們上課的教室。

中年的男教授在講台上口沫橫飛，底下幾乎坐滿了人，傅妮妮躲在靠近教室後門的牆外，從窗戶望進去，試圖搜尋兩人的身影。

然而根本不用費工夫搜尋，因為李言修就背對著黑板大剌剌地坐在桌上，位於桌邊靠走道的地方，而那個座位正坐著薛弼成，韓聖臨在他旁邊。

他一大個人坐在桌上理應擋到不少人的視線，但由於沒人看得見他，大家都安安靜靜地上著課，連離他最近的薛弼成也渾然不覺，這讓清楚看見他的傅妮妮感到相當詭異。

說起來韓聖臨也絲毫不受他影響，專心上著課，彷彿此人不存在似的，著實佩服他的定性。

李言修翹著二郎腿望向窗外發愣，很快注意到躲在窗外的傅妮妮，對她招了招手。

傅妮妮下意識怕被發現，反射動作蹲了下來，緊張地喘口氣，這才想到根本不用擔心，反正其他人又看不見李言修，會發現她的也只有韓聖臨吧。

於是，傅妮妮又緩緩自底下探起頭來，像個偷窺狂一樣看向教室內。

然後她以為自己眼花。

——李言修不見了。

第一時間她以為自己終於不再看得見幽靈、做回一個正常人而有那麼一瞬間感到欣喜，但下一秒她就看見韓聖臨回過頭，看向她的眼神充滿徬徨無助。

……不會吧，又附身了？

傅妮妮連忙朝他搖了搖手，示意他不要隨便回頭，食指和中指比了比雙眼，又指向前方。

這時薛弼成注意到韓聖臨回頭，也朝同一個方向看去，但什麼也沒見到。

「韓哥，看什麼呢？」薛弼成低聲問。

「沒、沒什麼。」李言修回答，連忙轉回前方盯著老師。

傅妮妮背靠著牆蹲了下來，感覺心臟快跳出來了，幸好躲得快。

怎麼這麼剛好，她才來沒多久就又附身？這下要不要告訴薛弼成呢……？

昨天傅妮妮是親眼見到李言修從韓聖臨身上「彈」出來，說不定薛弼成也會目睹一樣的情況，從此看得見李言修？

也不知道附身什麼時候結束，若是上課途中讓他看見一個人從韓聖臨身上彈出來，那就難收拾了。

傅妮妮腦中開始自動延伸許多戲劇化的情節，不禁為他們捏一把冷汗。

就這樣在外面等待了二十分鐘，下課鐘聲響起，並沒有發生任何傅妮妮擔心的混亂情況。

教室裡的學生陸續起身，傅妮妮也站起來移動據點到對面的牆邊，讓自己看起來像在等人而非一個偷窺變態。

此刻在教室，好不容易撐了二十分鐘聽課沒有睡著的李言修煩躁地闔上課本，想著這次附身到底何時才會結束。

他有聽那個欠揍科學家說這件事暫時不要讓他朋友知道，難道他現在是要扮演欠揍科學家的角色嗎？他才剛見到這位朋友兩節課的時間，上課時又幾乎沒互動，根本不知道兩人平常的相處模式如何，怎麼演？

陷入苦惱的李言修很快被薛弼成的呼喚喚回神：「韓哥，我們等等吃什麼？」

吃什麼？他怎麼知道科學家喜歡吃什麼？

「隨便，都行。」他只好給出最敷衍的答案。

「我前幾天看新開那家火鍋生意不錯，趁今天時間多去試試吧？」薛弼成自然地接了話，似乎沒發現問題，看來模稜兩可的答案是最好過關的。

李言修點了點頭。韓聖臨給人感覺冷得要命，他盡量少說話就行。

兩人收拾好東西走出教室，就看到在牆邊來回踱步的傅妮妮。

李言修看到傅妮妮彷彿看到一根救命稻草，差點脫口喊出：「小……」

「妮妮？妳怎麼在這？」幸好薛弼成率先出聲，打斷了李言修。

傅妮妮看向李言修，神情有些尷尬。「那個……我想借韓聖臨兩分鐘。」

薛弼成一愣，雖然不知道是什麼事，但還是道：「嗯，好。」

傅妮妮連忙把李言修拉到走廊盡頭。

「你怎麼又附身了？」傅妮妮蹙著眉困惑地問。

「我怎麼會知道，我也很徬徨好嗎？」

「你難道不能自己出來嗎？鬼應該可以自由進出吧？」

「可以的話我還會繼續待在裡面嗎？誰想演一個欠揍科學家？」李言修被這神祕機制搞到快發瘋，而他現在在韓聖臨身體裡，從外觀上看是韓聖臨用快崩潰的語氣在說話，實在是違和到不行。

眼看上課時間快到了，一時之間也不知該如何對薛弼成開口，傅妮妮決定還是先聽韓聖臨的話，讓李言修想辦法矇混過去。

「我等等就要上課了，看起來薛弼成沒發現不對，你就暫時扮演一下韓聖臨，等他回來吧。」傅妮妮安撫道。

李言修臉垮了下來，眼神委屈巴巴，像隻被拋棄的小狗。「小姑娘，妳不是來解救我的啊？」

「我得去上課才行，不然薛弼成會起疑的。」傅妮妮邊說邊將李言修推了回去。「我相信韓聖臨很快就回來，你再撐一下。還有情緒起伏不要太大，沒事別亂笑，能不說話就不說話，不然很快就穿幫的。」

順口交代了扮演韓聖臨的重點，傳妮妮將裝著李言修的韓聖臨還給薛弼成，自己下樓上課去了。

「韓哥，你們剛剛聊什麼？這麼神祕。」兩人並肩走下樓梯，薛弼成開口問。

「不關你的事。」李言修面如死灰，語調更是毫無生氣。這完全是他自己的狀態，不是演出來的，他對於現下無奈的窘況相當心累。

「你們這麼快就背著我有祕密了？這不太對吧？」薛弼成半開玩笑地說著，但李言修總覺得他雖然笑著，語氣聽上去卻不是很開心。

「我們沒什麼祕密，到時候自然會讓你知道。」李言修這話也是毫無虛假，事實上他希望現在就讓對方知道一切，省得怕被發現還要綁手綁腳的，只是他自己也不知該如何解釋。

「沒關係，我理解，到時候發喜帖記得發給我就行。」想不到薛弼成接了一句震撼彈。

李言修走樓梯走到一半突然停下腳步，差點沒跌倒。「你說什麼？我……跟那小姑娘？」

薛弼成此時已經走到平地，停步回望，一臉驚訝：「韓哥，你剛叫她什麼？」

李言修上一秒快跌倒，下一秒直接僵在原地。

完了完了完了，他怎麼會敗在這裡！這是套路嗎？

冷靜點，李言修，別被看破手腳，你可以的！

李言修清了清喉嚨，板著臉道：「你別亂說話。」

他邊說邊若無其事地走過薛弼成身旁，薛弼成湊了上去，挨到他旁邊：「不是，韓哥你別轉移話題，我剛剛聽見你叫妮妮小姑娘？你終於願意改暱稱了？」

「你聽錯了。」

兩人走出物理系館，薛弼成也不再窮追不捨，點了點頭：「我就說，韓哥還是叫妮妮矮子合適，叫小姑娘總覺得怪肉麻的，渾身不舒服。」

原來韓聖臨都叫她矮子……李言修突然想起昨天好像有聽韓聖臨叫過一個奇怪的綽號，下次得注意點。

薛弼成看了看手錶。「先去圖書館，晚點再去火鍋店吧？」

李言修應了聲，跟著薛弼成彎進系館旁長滿青草的一條小路。反正圖書館在哪裡他也不知道，全靠薛弼成領路。

走到一半，薛弼成突然停下腳步。

「幹嘛停下來？」李言修問。

只見薛弼成轉過身，看著李言修的眼神毫無溫度，啟唇吐出的字句宛若冰珠：「你不是韓哥，對吧？」

李言修此刻的狀態只有四個字能形容——寒毛直豎。

「你說什麼瘋話？」儘管心涼了一半，李言修仍然鞠躬盡瘁，要演就演到最後一刻。

薛弼成不慌不忙，一步步朝他逼近。「我看到你的走路姿勢就覺得不對勁，故意說發喜帖來試探你，結果你的反應也完全不像韓哥，甚至還叫妮妮小姑娘。更重要的是——」

薛弼成直接把李言修逼退到系館外牆上，湊到他耳邊悄聲道：「韓哥都叫妮妮矮怪，他絕對會糾正我。」

最後一句刻意降低音量，讓人不寒而慄。

李言修聽完這一連串推論，不敢相信薛弼成打從一開始就在懷疑他，還是從走路姿勢開始，甚至後面還若無其事挖了一堆坑給他跳。

「……靠，真的假的？」實在太過震驚，乾脆不演了。這超乎常人的敏銳度，他真的盡力了。

薛弼成聽見那聲語助詞，一方面更加確定眼前這人不是韓聖臨，另一方面對於這個取代韓聖臨的傢伙感到更加憤怒。他深吸口氣，似在隱忍什麼，邊從背包裡掏出某樣東西邊道：「我跟韓哥國中的時候，曾被綁架集團盯上，當然是盯上韓哥不是我。為了讓我們防身，背包裡放些小刀什麼的很正常，放到現在也成習慣了。」

李言修還沒意會過來他說這些話的用意，薛弼成倏然抓住他的肩膀，將他翻身，反折他的右手使他動彈不得，動作流暢毫無反擊的餘地。

李言修震驚的同時也覺得有些荒謬地好笑，欠揍科學家的朋友看似天真無害，想不到是個狠角色，是他大意了。

一個硬物抵上他的後頸，薛弼成的語氣陰冷：「說，你是誰，你把韓哥怎麼了？」

李言修延續剛剛發自內心的笑意笑出了聲：「這可是你好朋友的身體，勸你還是別傷害得好。」

「我不是沒想過這個可能，所以我拿的是電擊棒，這樣被電暈的就是你了吧？」

……算他狠。一個欠揍科學家恐怖就算了，他的朋友怎麼也這副德性？

「你冷靜點，這件事說來話長，我相信你朋友很快就回來了，你要是想聽我解釋就先放開我。」

「我要怎麼相信你？說不定你只是個長得跟韓哥一模一樣的人，不曉得把韓哥帶去哪裡了，這個推測合理多了吧？」薛弼成語氣幽幽地問。

李言修萬般無奈地嘆了一口長氣，巴不得韓聖臨現在立刻取回他的身體。身為遊魂能夠擁有肉身固然很好，但此刻他一點也不想待在這副鬼身體裡，還要慘兮兮被人誤會。

「我只是個已經死去的鄉下純樸少年，你這樣找我麻煩像話嗎？不信你去問那個小姑娘！我們昨天才碰面的。」

「你說妮妮見過你？」薛弼成瞇起眼。

「不然呢！她把我拉去祕密談話就是叫我扮演你朋友，因為他們不知道怎麼向你解釋這個鬼情況！」李言修簡直快精神崩潰，心中的煩躁令他怒氣直竄，大吼著。

薛弼成垂眸沉思了一會兒。

♛ ♛ ♛

課堂剛開始沒多久，傅妮妮就收到一則訊息。

【雪碧】：中午碰個面吧。

傅妮妮看著那行字，突然有不好的預感。難道薛弼成已經發現了？

這個李言修也太沒用了吧……！

下課後，傅妮妮前往物理系館旁的綠蔭小徑，看到韓聖臨，不對，是李言修坐在一張公園石椅上，薛弼成則焦躁地在他面前走來走去。

「喔，小姑娘來了。」李言修率先發現了她。

薛弼成轉頭，立刻迎了上去，面色凝重。「這到底是怎麼回事？」

傅妮妮瞥了李言修一眼，問：「你還沒離開啊？」

李言修兩手一攤，完美詮釋他的無奈。

傅妮妮又迎上薛弼成的目光，深吸口氣。「邊走邊說吧。」

三個人前往中午吃飯的地方，傅妮妮一邊和薛弼成娓娓道來昨天的遭遇，李言修也配合地重新說了一遍自己的來歷。到了火鍋店，一切大致都交代完畢。

「終於可以吃飯了，坐在那邊晒了這麼久太陽，又熱又餓的。」李言修一坐下來便摩拳擦掌，對這裡的餐點躍躍欲試。

對面的薛弼成雙手環胸，用充滿敵意的眼光瞪視著李言修。

「你到底什麼時候要離開韓哥的身體？」

「我說了，可以的話我早離開了。」搭配上李言修看著菜單雙眼發光的樣子，這句話實在是相當沒說服力。

「而且你既然是幽靈，哪需要吃東西？」薛弼成點出最實際的疑問。

李言修的目光自菜單上抬起來飄向薛弼成，又馬上黏回菜單上。「我現在在科學家身體裡，他會餓我當然也會餓了。」

薛弼成扶額，在心裡祈禱韓聖臨快點回來，否則在不知韓聖臨安全與否的情況下，他根本吃不下飯。

這時服務生拿著點餐單走了過來：「請問要點餐了嗎？」

「那我要……」李言修話說到一半，忽然又被人猛推了一下，直接從椅子上跌下來。

李言修深吸口氣，閉上眼睛，他真的受夠跌倒了。

抬起頭一看，韓聖臨果然還好端端坐在位子上，跌下來的只有他。

「先生，您要什麼？」服務生又問了一次。

韓聖臨愣看著自己手裡拿的菜單，抬頭看了服務生一眼，又看向面前的薛弼成和傅妮妮，只見薛弼成冷漠地看著自己，傅妮妮則一副驚訝的表情。

「……就這個吧。」韓聖臨隨意指了其中一種套餐。

替另外兩人也點好餐，服務生離開後，坐在地上的李言修不滿地道：「欸，你要回來就回來，別那麼粗魯行不行？」

韓聖臨轉頭對著地面道：「我做了什麼？」

薛弼成看著這副奇景，皺眉。

「你還問？你把我推倒兩次了，就算不會痛，還是讓人心情很差。」李言修氣呼呼地朝他比了個二。

「那不是我幹的，我只是醒來而已。」韓聖臨平靜地道。

李言修還想說什麼，薛弼成忽然喊了聲：「韓哥？」

韓聖臨轉頭看向薛弼成，一句話都還沒說，就看見他深情款款注視自己，眼眶裡似有淚水在打轉，一副要哭的模樣，但嘴角又在笑。

「韓哥，真的是你？你回來了！」薛弼成不顧店內其他客人的眼光大聲喊著，甚至一把離開座位衝到韓聖臨身邊抱住他。

「你發什麼神經？快滾開。」韓聖臨斂起眉想掙脫。

「我不放！你不知道我有多擔心你，要是你再也回不來怎麼辦？」薛弼成一邊說一邊哇哇大哭，惹得周圍的人都紛紛看向他們。

李言修坐在地上看著這一幕，下巴都快掉下來。他看向傅妮妮，用手指了指薛弼成，又比出頭殼壞掉的手勢。

傅妮妮對他搖了搖頭。薛弼成的心情，她可以理解。自己最親近的人突然被另一人所取代，不知何時會回來的那種不安與恐懼，是難以承受的。

韓聖臨一邊安撫他自己沒事，一邊警告他不想引人注目就快滾，軟硬兼施之下好不容易才讓薛弼成安靜回到座位。

「那個混帳李言修去哪了?」薛弼成警戒地望向四周。

「喂,我還在這!」李言修氣得大喊。

「你看不見他嗎?他就坐在那裡。」傅妮妮指著走道的地板。

薛弼成望向空無一物的地板,心底一陣毛,緩緩轉頭望向傅妮妮。「……妳沒跟我開玩笑?」

「沒有,我也看見了。」韓聖臨作證。

薛弼成又不信邪地再看了一次,看得特別用力,都快把地板望穿了,還是什麼也沒看到。

他眨了幾次眼,深吸一口氣。「行,不是你們瘋了就是我瘋了。」

「眼不見為淨,這樣也好,他其實挺吵的。」傅妮妮安慰道。

「我聽到了,小姑娘。」

「所以真的有一個……」薛弼成頓了頓,不敢輕易說出那兩個字。「那為什麼你們看得見?」

「我也想知道為什麼。」傅妮妮無奈道。

「也許我跟小姑娘就是命中註定要相遇?」李言修不知何時趴上桌面,手撐頭笑看著她。

一道冷冽目光登時掃向他:「下去。」

李言修瞥韓聖臨一眼,沒好氣地啐了一口,默默坐回地板。

「老天,他剛剛幹嘛了?」薛弼成見韓聖臨對著空氣講話,一臉驚恐。

「這就是我一開始不打算告訴你的原因。」韓聖臨看向他。「你之後得慢慢習慣這種現象。」

薛弼成嘆了口長氣。「韓哥,到底為什麼會有……有附身這種事,你有頭緒嗎?」

韓聖臨垂眸,思忖片刻才開口:「是在我斷線的時候。」

薛弼成愣了愣。「你是說……你從早上斷線到剛剛?」

不愧是薛弼成，見微知著，聽一句馬上知道意思。

韓聖臨點頭。「我的記憶停留在早上的課，醒來後就在這裡，這中間……不斷重複著同一場夢。」

薛弼成身子前傾。「是你跟我說過的夢嗎？」

他知道韓聖臨長期做著和那場意外有關的惡夢，但並不知道那場夢在斷線時也會出現。

「嗯。」

「兩個小時，這是怎麼回事？」韓聖臨從來不曾斷線這麼長時間，薛弼成垂眸思索，面色凝重。「該不會是那混蛋搞的鬼吧？」

坐在地面的李言修舉起雙手。「冤枉，我是被迫進去的，我在裡面什麼也沒做。倒是你們剛剛在說什麼斷線？」

「我不知道李言修是不是真的被迫附身，但目前看來是等我醒來，他就會自動被趕走。」韓聖臨無視李言修的提問，說出他的觀察。

「但這時間真的太久了，這很不正常……」薛弼成忽然想到什麼，睜大眼看向傅妮妮。「妳覺不覺得這有點像我們昨天看到的童話？」

「『隨著年紀增長，陷入沉睡的時間越來越長』？」傅妮妮不斷重複閱讀那則童話，都快背起來了。

兩個人愣愣對視了一會兒，不自覺起了雞皮疙瘩，不知接下來該如何開口。

陷入沉睡的時間，真的越來越長了。

然而童話沒有提到的是，在沉睡期間會有一個幽靈來附身。

「那那個人……該不會……」薛弼成嚥了口口水，說出他的猜測：「是死神吧？」

李言修聞言，覺得荒謬地笑了聲：「怎麼又一個說我是死神？你們看我像嗎？」

傅妮妮看向地上8＋9坐姿、兩手一攤的李言修，確實難以將他跟死神聯想在一塊。「是不太像……」

「我也希望我是死神，這樣就不會遇上這些荒謬事，連自己為什麼能附身都不曉得。」李言修自嘲道。

由於薛弼成聽不見靈魂狀態的李言修說話，傅妮妮便負責傳話給他聽。

薛弼成沉默了一陣。就算李言修不是什麼死神，他的出現也確實跟韓聖臨的斷線有密切關聯，甚至有可能是使斷線延長的因素。

只要是可能對韓聖臨造成危險的因子，他都要擋在前方將之排除。跟在韓聖臨身邊這麼久，他的原則一向是如此。不光是因對耀叔的承諾，也是因為要守護這份珍貴的友情。

因此，薛弼成提出他認為最合適的做法：「不如趕緊把他送走吧。」

在場三人都看向他。

薛弼成望向傅妮妮。「不是說什麼他的心願是回去找他阿嬤？趕快替他完成，他應該就會離開了吧？」

傅妮妮點點頭，用讚賞的眼光看著薛弼成。「英雄所見略同啊。」

「好！」薛弼成士氣高昂地拍了一下桌子。「妳說他阿嬤在哪？」

「台南。」

薛弼成拿出手機。「我現在就訂台南的高鐵票。」

傅妮妮愣了愣。這麼行動派嗎？

雖然看見這群人積極地想替他完成心願，李言修是該感動，但一想到他們的目的是想把他趕走，心情便有種說不上來的微妙。

沉且他們從剛剛就開始開小窗一股腦兒地討論，他完全不懂他們到底在說什麼。

在他們興致勃勃討論出發日期時，李言修弱弱地插了句話：

「……那個，有人可以跟我科普一下什麼夢、什麼斷線、什麼童話的嗎？」

♛　♛　♛

在薛弼成積極安排之下，三個人加上李言修在這週六搭上了前往台南的高鐵。傅妮妮以小組報告需要實地考察為由，取得了此次出遠門的允許。

上次在火鍋店，他們已經將韓聖臨的斷線情況，以及那則童話的內容都告訴了李言修。加上這幾天的觀察，韓聖臨的推測似乎沒錯——李言修只有在韓聖臨斷線時可以附他的身，也只有在他醒來時才能出去。李言修本人也已經清楚理解了這一點。

傅妮妮坐在三人座的靠窗位置，韓聖臨在中間，薛弼成靠走道。由於車上沒什麼乘客，李言修也隔著走道坐在另一邊的靠窗位置，稀奇的是平時他總愛嘮嘮叨叨講一堆話，此刻卻安靜在座位上望著窗外，一句話也沒說。

到台南站，三個人坐上一台計程車，將李言修給他們的地址報給司機。

約莫開了三十分鐘，中途上了一段高速公路，沿途景色從招牌林立的鬧市轉為平坦的矮房，放眼望去可見山林環繞，應是山腳下的某處村落。

車停在一條巷口，一下車便受到頭頂熾熱陽光的洗禮，傅妮妮因強光不自覺瞇起眼，慶幸自己戴了遮陽帽。

「就在前面。」李言修手插褲兜，朝前方努了努下巴後便逕自往前走。

三人並肩跟在他身後，傅妮妮望著李言修的背影，他看起來一副滿不在乎的模樣，就像是在一個稀鬆平常的日子裡放學回家的少年，讓人看不透他的真實心情。

該有的激動、緊張或是近鄉情怯，在他身上都沒看見。

李言修在一間雜貨店前停下腳步，佇立在門口靜靜望著店內。

「就是這裡嗎？」傅妮妮問。

李言修點頭，跨步走了進去。

店內光線略微昏暗，狹小的空間內陳列幾排貨架，堆著琳瑯滿目的零食，以及瓶瓶罐罐各種民生用品。

櫃檯位於左手邊的角落，一位白髮阿嬤坐在裡頭，旁邊擺著一台直立電風扇正吹著，盯著擺在桌上的傳統映像管電視機，畫面上正在播報新聞。

「阿嬤。」李言修站在櫃檯前，喚了聲。

李奶奶注意到同樣站在櫃檯前的三個人，從椅子上站起來。「恁欲買啥？」

「阿嬤您好，我們是李言修的朋友，您是他的阿嬤對吧？」傅妮妮朝李奶奶鞠了個躬，用台語問。

李奶奶來回看了看他們三人，挪步從櫃檯內緩緩走出來。「阿修喔？」

「是。」傅妮妮點頭。

李奶奶慢慢走到韓聖臨面前，仰頭端詳韓聖臨的臉，臉上浮起的笑容加深了皺紋：「你是阿修齁？」

韓聖臨一愣，還來不及回答，李奶奶便拾起他的手，包覆在自己的掌中。

「阿修，你回來啦。」李奶奶拍了拍他的手，笑得慈祥。

站在李奶奶身旁的李言修輕笑了一下，卻將臉轉向另一側。

韓聖臨實在不知該如何回應才好。「我……」

「阿嬤，伊不是啦，伊叫韓聖臨，我們是同學。」傅妮妮出面幫忙解釋。

「好、好。」李奶奶笑著點點頭，也不知有沒有聽進去，隨後轉頭朝掛在牆上的門簾喊道：「阿梅啊，阿修的朋友來了！」

過了一會兒，只見一個綁馬尾的阿姨掀開門簾走出來，同樣用台語問他們：「恁是來看阿修的嗎？」

「嗯，聽說他阿嬤在這，也想來看看阿嬤。」傅妮妮回答。

「你們真有心。我是阿修的姑姑，你們可以跟阿修一樣叫我姑姑。」李玉梅看見是三個年輕人，自動切換成中文模式，自我介紹完，便掀起門簾招呼他們進來。「進來坐吧，阿嬤煮了麥茶。」

「打擾了。」三人低聲說道，跟著李玉梅進入雜貨店後方的一條狹窄走道，廊上共有三扇木門，走道盡頭往右拐便是客廳，幾張木製客廳椅圍著長型木製茶几，椅上鋪著草蓆墊。

李奶奶也跟在他們後面進了客廳。「先坐，我來去倒茶。」

「媽，我來就好。」

三個人加上李言修並排坐在客廳椅上。

「原來現在是姑姑在照顧她，那可以放心了。」李言修看著那兩人在廚房忙碌的身影說道。

傅妮妮想起李言修之前曾說過，他和阿嬤兩個人住，因此不放心阿嬤一個人。

韓聖臨猶豫了一下，開口道：「還是得提醒你，斷線不是我能控制的，所以你……」

「我知道，隨緣吧。這樣也挺好的。」李言修語調輕鬆，似乎不甚在意。

李玉梅給他們端來了三杯麥茶。「這是阿嬤自己煮的，阿修從小就喝這味，你們嚐嚐。」說完自己也坐了下來。

「你們和阿修是怎麼認識的？」

傅妮妮把事先演練好的說詞搬出來。「我們是台北的學生，和李言修是高中暑假參加營隊認識的。」

「啊，你們是說美術營對吧？那孩子讀書不好，就喜歡打籃球跟畫畫。」

幸好李言修還依稀記得自己曾參加過營隊的事。

「我們阿修畫圖很厲害，得過不少獎，後來還考上建築系。」李奶奶踱步過來，一邊誇耀自己的孫子。

「是啊。」李玉梅垂眸，臉上盡是惋惜。「這孩子，將來應該有很好的前途。」

傅妮妮看見李玉梅的神情，忍不住有些鼻酸。

「這裡只有阿姨您跟阿嬤住嗎？」韓聖臨難得開口說話，巧妙地換了個話題。

「是啊，阿修的父母在他很小的時候就走了，是阿嬤養大的。今年六月他離開後，我怕阿嬤一個人顧店太吃力，就暫時辭掉台中的工作回來幫她。」

同樣的疑問在三人心中閃過——李言修是怎麼死的？

「其實我們也是最近才知道這個消息，想說一定要來看看他。」薛弼成拋磚引玉。

李玉梅接收到訊息，望了對面的李奶奶一眼，道：「你們要不要看看阿修的房間？等你們見過他後我帶你們去吧。」

「好。」三人點點頭。

「麥仔茶有好喝無？趁熱緊喝，喝完擱有。」李奶奶殷切地看著他們，彷彿在看自己的孫子一般。

「有，很好喝。」韓聖臨和薛弼成異口同聲。

李奶奶看著他們點點頭，露出滿足的笑容。

隨意聊了一會兒，李玉梅又領著他們到祖先廳祭拜李言修。在起身前，韓聖臨將杯中麥茶一飲而盡。

李言修和阿嬤留在客廳裡，畢竟看著一群人祭拜自己的感覺實在不是尷尬兩字可以形容的。等到李玉梅又領著他們前往李言修的房間，他才跟上。

李玉梅打開上面貼有ＮＢＡ球星海報的房門，裡頭簡單陳設著一張床、一張書桌與一個衣櫃，就幾乎占滿了所有空間。地板上散亂著一些衣物，書桌上擺著高中課本，還有一本攤開的數學講義，自動鉛筆就擱在旁邊，像是一直都有人在使用，保留了所有生活的痕跡。

「抱歉，有點亂。」李玉梅先不好意思地笑了笑。「因為阿嬤總說阿修有一天會回來，叫我不要整理他的房間。」

這一番話又讓三個人一陣鼻酸。傅妮妮看向李言修，只見他倚在房門口，雙手抱胸，低頭看著自己的腳尖，似乎踟躕著該不該進去。

「隨意看看吧，這裡很久沒有人來了，阿修會很高興的。」李玉梅道。

三人走入李言修的房間，看見牆上掛了許多幅素描畫作，其中有張畫的是他和阿嬤的合影，畫得栩栩如生。書桌上也有一本素描簿。

床頭櫃上則擺滿了漫畫，牆角有一顆籃球。

李言修深吸一口氣，終於踏入自己的房間。

打從踏入雜貨店的那一刻，回憶就如浪潮般陣陣拍打著思緒。他逐漸憶起昔日和阿嬤在此生活的點點滴滴。而這種記憶一瞬間湧現的感覺，在進入房間後更加鮮明。原本只剩粗略輪廓的記憶，漸次添上了光影、深淺等細節，一如牆上的素描那般，在他的腦海中顯影。

傅妮妮注意到書桌上擺著一張相片，是李言修跟另一個同齡的男生。

「這張相片裡的人是誰？」

「那是阿修跟他的死黨阿強。」李玉梅似乎想起什麼，莞爾道：「我們阿修很有正義感，就是性格太衝動，在學校看到阿強被欺負，就衝上去教訓那群小混混，兩個人因為這樣變成好朋友。」

李言修注視著那張相片，許多片段的畫面快速閃過腦海。

「但也因為這樣惹上學校那群小混混，經常打架鬧事，後來在外面不曉得被什麼人堵上，才會發生那種事。」說到這裡，李玉梅有些哽咽。

三人互相對視了一眼，有些錯愕。薛弼成道：「他是因為跟人打架才……」

李玉梅深吸口氣。「聽警察說，那一帶發生聚眾鬥毆，我們阿修是被刀刺中腹部才死的。」

傅妮妮聽完輕抽了口氣。

清晰的畫面宛如跑馬燈快速掠過，李言修感覺頭一陣劇痛，耳邊響起嗡嗡耳鳴。

月黑風高的夜晚、偏僻的暗巷、一群渾身帶疤的壯漢包圍著他。他拚命抵抗，一心想著要離開這裡，卻一個不慎被身後的人持刀捅向右腹。

刀身的冰冷以及尖銳的痛楚蔓延全身，他意識變得模糊，感覺自己在一個漆黑的無底洞不斷下墜、下墜、再下墜……。

那充斥腦海的耳鳴霎時混雜著一道低沉的男音，但他聽不清對方在說什麼，只覺所有雜音像要震破他的耳膜那般迴盪著，又像彈力球似的不斷來回撞擊他的腦殼，從一端撞向另一端，一陣陣混亂的痛楚彷彿要炸開他的腦門。

「兇手抓到了嗎？」薛弼成問。

李玉梅點了點頭。「他阿嬤好不容易才接受阿修離開的事實，但有時候又會把其他人認成阿修，好像一直在等他回來，所以剛剛才不在她面前說這些事。」

李言修倏然跌坐在地，抱著劇烈疼痛的頭，痛苦地喘著氣。

唯一聽見動靜的傅妮妮和韓聖臨同時往李言修的方向望去，傅妮妮驚訝地倒抽一口氣：「你……」

她差點要蹲下去關心，但又想起李言修的姑姑還在這，不知所措地望了韓聖臨一眼。

韓聖臨斂起眉，盯著李言修的眼神透著擔憂。

薛弼成看這兩人神情緊張地望著相同方向，就知道一定有什麼狀況，立刻移動到他們目光聚焦之處，抱著肚子蹲了下來：「喔！我的胃好痛……」說完還朝兩人使了眼色。

傅妮妮連忙蹲下來，看似對著薛弼成實則對著他身邊的李言修道：「你怎麼了？還好嗎？」

韓聖臨也跟在傅妮妮身旁蹲了下來。

李言修的面容因痛苦而扭曲著，強忍著痛楚對他們搖了搖頭。

「怎麼了？胃痛嗎？」李玉梅也趕忙上前關心。

「有一點。」薛弼成只好做出痛苦的表情繼續演下去。

「我去拿胃藥，你在這裡等一下喔。」李玉梅急急忙忙走了出去。

韓聖臨拍了下薛弼成的背。「你不錯。」

「那個……有什麼是我們能做的嗎？」傅妮妮看李言修難受的模樣，又不知道可以怎麼幫他，心裡相當焦急。

李言修深呼吸幾口氣，腦內繁雜的噪音似乎逐漸遠去，越來越微弱。他緩緩抬起頭，腦門內如擊鼓般的陣陣劇痛尚未停歇，眼前的傅妮妮似乎分出幾個殘影，又合而為一。

意識朦朧間，李言修不由自主地朝她緩緩伸出手。

傅妮妮愣看著他朝自己伸過來的手，似乎想抓住她。

但他不是碰不到她嗎？

傅妮妮還在疑惑這個問題，一隻手便搶先覆在她的手上，擺明是要阻止李言修的觸碰。

傅妮妮睜大眼，望向手的主人。

只見韓聖臨平靜注視著李言修，眼裡卻蘊藏一股不容侵犯的氣場。

然而李言修的手仍然持續往前伸，在碰到韓聖臨的那一剎那，他忽然消失了。

傅妮妮看見韓聖臨闔上眼，又緩緩睜開眼睛。

「……李言修？」傅妮妮試探性地喊。

「不會吧……」薛弼成也清楚目睹韓聖臨斷線又馬上醒來的過程。雖然前兩天也都有出現附身的情況，但他每日都暗自祈禱韓聖臨能恢復以前不被附身的狀態。每看見一次附身，就是再一次打碎他的美夢。

李言修轉頭望向傅妮妮，又瞟向自己覆在她手上的手，便釐清了現在的情況。他扶著額角試圖讓自己清醒些，腦門的疼痛似乎逐漸消失了。

那道聲音……到底想說什麼？

「李言修，你……還好嗎？」傅妮妮又問了一次。

「你怎麼又來了？雖然這樣我才能跟你說話，但我一點也不想跟你說話。」薛弼成沒好氣道。

李言修方從未知的痛苦中緩過來，仍在試著平順呼吸，只是簡單對傅妮妮點了點頭。

這時李玉梅端著水及胃藥走了進來，蹲下身對薛弼成道：

「來，吃這個會舒服一點。」

薛弼成恭敬地接過。「謝謝姑姑。」

李言修看見李玉梅，突然想到什麼，爬起身便跑出房門外。

「欸，他要去哪？」李玉梅愣愣看著他如風一般離去的身影。

「喔……他好像有些話想跟阿嬤說。」傅妮妮連忙替他解釋。

李言修穿過走廊，在客廳內沒看到人，又跑到雜貨店內，果然看見李奶奶站在光影交界的店門口，準備把剛送來的貨搬進去，屋外的陽光斜照在她佝僂的身軀，打下一抹燦爛。

「阿嬤，我來幫妳！」李言修以流利的台語喊道。

李奶奶聞言，轉頭看著「韓聖臨」走過來，擺了擺手。「毋免啦，你去坐著就好，這裡我來。」

「沒有啦，妳腰不好，不要常常搬這些重的，要找其他人幫忙，知道嗎？」李言修一邊用台語叮囑，一邊流暢地搬起一箱貨往店內走。

「喔，這你也知道喔。」李奶奶愣看著李言修走進去，語氣有些佩服。

「因為我的阿嬤也是這樣。」李言修將兩箱貨熟練地般進店內，拿起美工刀將紙箱割開，裡面是一瓶瓶礦泉水。

「這些要放上去的。」李奶奶走過來道。

李言修將紙箱拖到擺礦泉水的貨架前方，蹲下身：「阿嬤，我拿給妳，妳替我擺。」

以前他們祖孫倆共同經營這間店，補貨時便有個默契：拿貨或是擺下層貨架的商品交給李言修，李奶奶負責擺上層商品。這樣李奶奶便不用蹲下來，以免對腰及膝蓋不好。

李奶奶接過李言修遞給她的礦泉水，一邊上架一邊道：「以前我和我孫子也是這樣。」

李言修動作頓了一下。

「現在一個人很辛苦齁？」

「不會啦，有阿梅幫忙不會辛苦。」

「啊妳會不會怨伊都不回來？」

李奶奶擺礦泉水的手停了下來，過了半晌才輕輕開口：「不會。我相信阿修一定是去了更好的地方。」

李言修愣怔，連忙別過頭去，強忍著欲衝出眼眶的淚水。

他手拿礦泉水，用手臂擦了擦眼角。附身之後真的有可能會哭出來，他絕對要忍住。

「啊你的朋友咧？」李奶奶突然想到這件事。

「有一個胃不舒服在休息。」

「這樣喔。」

在兩個人默契配合下，兩箱貨很快都上架完了。

「辛苦你了，快起來。」李奶奶將蹲在地上的李言修扶起來。「走，咱去客廳喝茶。」

李言修就這麼被李奶奶半推到客廳，坐在原本韓聖臨的位子。

「我剛剛看你的麥仔茶都喝完了，很好喝齁？我擱替你倒。」李奶奶笑臉盈盈地拿走剛剛韓聖臨喝的杯子，替他重倒了一杯熱騰騰的麥茶。

「來。」

剛才聞到熟悉的麥茶香，便勾起了許多兒時的愉快回憶。他原本不奢望自己能再喝上一口，此刻手捧的茶杯卻是那樣溫暖真實。杯身的溫度傳導至掌心，流淌過全身，直達心窩。

他喝了一小口，口腔裡漫溢開來的麥香和小時候一路喝到大的滋味如出一轍。一股暖流自心底湧上，杯口蒸騰出的熱氣氤氳了他的雙眼。

這大概是最後一次喝阿嬤煮的麥茶。

「阿修啊。」眼前熱霧朦朧，一聲呼喚頓時撼動他的心。

他愣愣看向李奶奶，發現她正看向自己，露出溫暖的笑容。

李言修放下茶杯，站起身，有些侷促地看著她。

李奶奶徐徐走到他面前，牽起他的手拍了拍，像一開始對韓聖臨那樣。「你是阿修，對吧？」

李言修愣怔。那一刻，他覺得阿嬤彷彿真的看見了他。穿透一切外在事物，看見了他的靈魂。

阿嬤的笑容仍是那樣慈祥，令他驀然陷入生前的回憶。放學回家，阿嬤總是笑容滿面地招呼他快來吃飯，彷彿在她眼中自己永遠吃不飽。

恍惚間有股錯覺，這樣的時光，仿若從未改變。

他多想耽溺在這樣的日子裡，繼續貪戀每一分每一秒，永遠不要離開。

淚水禁不住潰堤，阿嬤熟悉的笑容在他眼前模糊，李言修低下頭，任由眼淚滑過臉龐，滴落地面。

他再也忍不住了。

李奶奶將李言修擁入懷中，輕拍他的背，柔聲道：「阿修乖，莫哭、莫哭。」

李言修將臉埋在李奶奶肩窩，眼淚無法抑止地不斷滑落，在啜泣中輕輕回答：「……是，我是阿修。」

「好、好，回來就好。」李奶奶持續輕拍著他的背，滿布皺紋的雙眼笑成一道彎月。

傅妮妮和薛弼成站在走廊口靜靜看著這一幕，誰也沒有上前打擾。

♛　♛　♛

李言修俯靠在橋的欄杆上，眺望底下的小溪及田埂。

傅妮妮朝他走過來，手中拿著兩瓶彈珠汽水，遞給他沒開過的那一瓶。「阿嬤說要給我們的。」

李言修接過，瞧著瓶身不發一語。

最先提出差不多該離開的人，是他。他害怕待在那裡太久，會捨不得走。道別的時候也很瀟灑，就像是與她們僅一面之緣的觀光客，說著以後有機會再來拜訪。

只有他自己知道，這對他來說是最後一次。這個世上已沒有他的位置，他現在用的是別人的身體，只是借來的。

他對阿嬤叮嚀了一些要照顧好自己的話，而阿嬤也笑笑地送他離開。

之後他便頭也不回地走遠了。所以這瓶彈珠汽水，阿嬤來不及交到他手中。

這樣就夠了。他已經和阿嬤說過再見了。

「這樣好嗎？」傅妮妮學他趴在欄杆上往下望，溪面清澈，反射陽光的金燦。

「妳指什麼？」

「這麼快就走。」

李言修沉默半晌，自喉間發出一聲嗯。「我跟她說再見了。」

「她一定知道的。」傅妮妮喝了一口彈珠汽水，轉頭看著他。

李言修深吸一口氣，又抹了把臉，撇過頭：「哎，真是，這副身體怎麼淚腺那麼發達。」

傅妮妮輕笑，心想韓聖臨可沒他那麼愛哭。

想了想，她伸手拍了拍李言修的背：「阿嬤會過得很好的，你也是。」

李言修轉頭，迎上她含著碎光的清澈眼眸。

那抹溫柔的微笑在陽光下顯得格外動人，讓他登時走了心神。

砰咚、砰咚。

他將視線轉回前方，手輕撫上心臟的位置。

這陣心跳加速的感覺是怎麼回事？

不給他時間細想，那陣清晰的心跳驀然消失。李言修回過神，發現自己已被擠開原本的位置，他和傅妮妮中間插了個韓聖臨。

唯一慶幸的是這次終於沒有讓他跌倒了。

然而縱使沒了心跳，方才那股奇妙的感受依舊殘存於他體內。

「喔，韓聖臨，你醒了？」傅妮妮看見李言修離開他的身體，眼神一亮。

韓聖臨拿起他撫在胸口上的手瞧了瞧，不明白這動作有何用意。他看向傅妮妮：「你們都結束了？」

傅妮妮點頭。「很順利，李言修也跟他阿嬤說再見了。」

「啊，我去叫薛弼成來，他還在下面亂晃。」傅妮妮說完，用手圈成喇叭狀朝底下大喊：「雪碧——快上來！韓聖臨在這！」

在傅妮妮一陣亂喊的同時，韓聖臨轉頭看向伏著欄杆發呆的李言修，問了一個有點突兀的問題：「你有喝到熱麥茶嗎？」

「有啊。」李言修反射性回答完，忽然一愣，想起韓聖臨把杯子裡的麥茶喝完的事，轉頭略帶疑惑地望向他。「你不要跟我說你是故意喝完的。」

韓聖臨望向前方。「你阿嬤煮的很好喝，要喝就喝熱的。」

他當時想著要是待會斷線，李言修可以第一口就喝到重新倒的熱麥茶，索性就先把杯裡剩下的喝完了。

李言修愣怔，睜大眼盯著眼前男孩的側顏。

半晌，他別過臉去，用手撫著頸後，略尷尬道：「什麼啊，你這人未免貼心過頭了，怪噁心的。」

他話才剛說完，韓聖臨便聽見一陣熟悉、急促的腳步聲由遠而近。

「韓哥！你回來了！」薛弼成綻開燦爛的笑容，張開雙臂朝韓聖臨撲了過去，和面對李言修時的冷淡防備簡直判若兩人。

韓聖臨扶額，下一秒便被薛弼成跳上來熊抱而差點沒站穩。

「真正噁心的在這。」韓聖臨一邊試圖掙脫一邊回答李言修。

李言修看著這幅畫面先是傻眼，隨後竟忍不住噴笑。

「謝了。」他看著韓聖臨的雙眼，真摯地說道。

清風拂過枝椏，綠葉婆娑，烘托出此刻的溫馨愉悅。

能在死後遇見這幾個人，這個世界，似乎也對他不壞。

Chapter 4　真假王子之爭

微積分的中堂下課，幾個女學生聚在桌邊聊得起勁，不知聊到什麼話題，頻頻往韓聖臨及薛弼成的方向望去。

薛弼成表面上滑著手機，事實上早已注意到那些有意無意的視線，心裡升起戒備，就不知道旁邊那位注意到了沒。

在一陣推推搡搡之下，那群女生果然往他們的方向移動，來到他們的桌前，其中一位綁馬尾齊瀏海的女生對著韓聖臨問：「韓聖臨，你會去理學院的耶誕舞會嗎？」

薛弼成剛放下手機，正想說點什麼，就聽見旁邊的人一派輕鬆道：「去啊。」

女生們的臉上藏不住雀躍，一個個道：

「那我也去！」

「我也要我也要！」

薛弼成額角冒青筋。等那群女生離去，他立刻拽住「韓聖臨」的手臂，低聲道：「誰准你隨便替韓哥回答了？」

在韓聖臨身體裡的李言修一臉無辜：「怎麼，舞會聽起來很不錯啊，誰不想去？」

「那是你不了解韓哥，他從來不參加社交活動。」薛弼成原本是要和那群女生說他們還在考慮，韓聖臨斷線時向來都是他代替發言，只是現在一斷線就會有李言修闖入，完全打亂了兩人原本的默契。

「他搞自閉嗎？」李言修一臉無法理解。

「你給我放尊重點。」薛弼成指著李言修的鼻子，語帶威脅。要不是他在韓哥的身體裡，他早就被揍了。

薛弼成的手無力地放回桌面，嘆了一口長氣。「為什麼你還在啊？不是已經替你完成心願了嗎？」

距離拜訪李言修的阿嬤又過了將近一個月，原本以為那天過後李言修應該就會心無罣礙地去投胎，沒想到還是陰魂不散地跟在他們身邊，這段期間薛弼成每見一次附身就要感嘆一次。

「這不是挺好的嗎？不然這傢伙斷一次線就要兩個小時，要是沒有我，他怎麼正常生活？」李言修雙手環胸，認為自己的角色相當重要。

「你還敢說，韓哥以前斷線都是幾分鐘的事，自從你出現後才變成這樣的，我到現在還是認為跟你脫不了關係。」薛弼成面色凝重。

隨著時間過去，李言修逐漸習慣了附身的感覺，已經可以自主控制是否要進入韓聖臨體內，只是一旦進去了，就必須等韓聖臨斷線醒來把他趕走，無法自行離開。然而韓聖臨現在斷線都是兩個小時起跳，就像李言修說的，要是他不附身會造成很大的麻煩，就這樣演變成韓聖臨離不開他的情況。

而李言修在這世上可以溝通的人也就只有韓聖臨跟傅妮妮，自然是待在這兩人身邊。究竟是不是像薛弼成所懷疑的，因為李言修的出現造成韓聖臨斷線時間延長，又因此更需要李言修的惡性循環，目前還無法下定論，但也想不出其他的原因。

「你別老把我想成壞人，我也很可憐的，一個幽靈徘徊在人世間找不到歸宿，能依靠的只有你們而已。」李言修強調自己的處境。

薛弼成瞇起眼，忽然想起他們到李言修老家的那天。「你真的什麼都不知道嗎？那天在你阿嬤家，我裝胃痛替你解圍，你那時候怎麼了？」

李言修一愣，那日猝不及防、席捲而來的痛楚太過強烈，彷彿要將他吞噬殆盡，他完全不想經歷第二次。

個字。

「我不知道。」僅是回想，他的頭又開始痛了。「我想起來自己是怎麼死的，然後……」

他試圖將自己代入那時的情境，隱約憶起當時在他耳邊迴盪的嗓音，既混濁又刺耳，只能依稀捕捉到幾

帶……小……小什麼？

小姑娘？

他連忙自個兒搖了搖頭。行了李言修，別老想著小姑娘行不行？

然而再深入想下去，便是一陣堪比當時的尖銳疼痛，彷彿有一把鑽子自眉心倏然鑽入腦殼中。痛感如漣漪般陣陣擴散，澈底阻斷他的思緒。

薛弼成認真地等著他說下去，然而他只是閉上眼吁了口氣，搖搖頭。「不行，我想不起來。」

「算了，你別太勉強。」薛弼成看他難受的模樣也不好說什麼，再說這畢竟是韓聖臨的身體，要是出什麼差錯就不好了。

中午吃飯時間，韓聖臨已經醒來，李言修跟著他們來到學生餐廳，像往常一樣和傅妮妮及蘇星然一起吃飯。

不知道是不是女生都特別愛討論耶誕舞會的話題，傅妮妮開口第一句便問了同樣的問題：「你們會去耶誕舞會嗎？」

蘇星然秒答：「去。」

薛弼成看向韓聖臨：「去？」

李言修站在一旁肯定地喊：「去！」

韓聖臨氣定神閒：「不去。」

「我就知道。」薛弼成一副了然神情，補充道：「韓哥不去我就不去。」

李言修的臉立馬垮了下來，趴在韓聖臨桌邊道：「欸，你人生要不要那麼無趣？不要整天當個科學家只會做實驗，學習當個正常人嘛！」

韓聖臨撇頭，朝他投去一記冷然瞪視，臉上寫著：你一個幽靈有資格跟我談正常人？

李言修清了清喉嚨，頭縮到桌子底下，慫了。

蘇星然銳利的目光來回打量對面兩位男士，不解道：「你們是怎麼了？這麼好的機會可以認識其他人，都放棄了？」

「韓哥本來就不喜歡認識其他人，他孤僻。」薛弼成自然地接話。

蘇星然身子前傾，湊近正對面的薛弼成。「那你呢？」

薛弼成驀然一愣，對上蘇星然的眼。「我？」

蘇星然嗯了聲。「你都幫韓聖臨回答他的想法，那你自己也不喜歡嗎？」

薛弼成視線游移，思忖了會兒。「我……還行吧。」

平時習慣了替韓聖臨想，極少被問到自己的想法，讓他有些不習慣。

「那幹嘛不去？」蘇星然突然想到什麼，伸出食指來回指著兩人。「還是你們真的有什麼？」

薛弼成一口飯差點沒嗆著，皺眉道：「都說過幾百遍了，沒有。」

「想證明自己的清白就去呀。」蘇星然勾唇，露出狡黠的笑容。

薛弼成頓了頓，緩緩轉頭看向韓聖臨，似乎有些動搖了。

蘇星然搭上傅妮妮的肩。「妮妮，妳可別跟那兩個老古板一樣，大學就是要好好玩一次，妳會去吧？」

聽到韓聖臨不去，傅妮妮原本也打消了念頭，沒想到蘇星然態度如此堅決。「但是……他們不去的話，我們兩個去也沒什麼好玩的吧？我記得不是有一個慢舞環節要找舞伴嗎？」

李言修一聽到要找舞伴就從桌子底下浮了出來，雙眼放光。「要跳雙人舞啊？我要去！」

「你是能跟誰跳。」韓聖臨以蘇星然聽不見的音量咕噥著。

「當然是在你身體裡跳。」李言修不甘示弱。

「想得美。」

蘇星然對傅妮妮的話不以為然，身子靠向椅背。「怎麼會，我們系上也有很多男生啊，我剛好有幾個熟的，等一下馬上問。」

韓聖臨手中筷子停頓，抬眼看向傅妮妮。

「誰啊？要是我不熟會不會很尷尬？」傅妮妮問。

蘇星然馬上念了幾個名字。「之前上課都打過招呼的呀，而且姊姊我都篩選過了，這些顏值都在水平之上，認識不虧。」

傅妮妮想了想，反正也是交際場合，多認識一些人也不錯。

「那好吧。」

蘇星然滿意微笑，揉了揉傅妮妮的頭髮。「我就知道我們妮妮是聰明人，不像某些思想保守的老古板。」

李言修著急地湊到韓聖臨耳畔悄聲道：「欸，你還在幹嘛，小姑娘都要跟別人去跳舞了。」

韓聖臨垂眸，手中筷子撥弄飯菜，漫不經心道：「不是有人成天喊著自己普物要被當，還有心思玩？」

李言修在一旁翻了個白眼。「說這幹嘛，你是她爸嗎？」

「還不都是因為你死不肯教我。」傅妮妮雙手環胸，說到這她就來氣，他居然還自己提起了？

大約一個月前，傅妮妮便開始和周遭的人哭訴普物有多困難，她覺得自己可能會被當，結果韓聖臨這個無情種直接回她一句：那就當吧。

傅妮妮鼻子吐氣：「我已經準備好為你重修了。」

韓聖臨皺眉，顯然不滿意這個說法。「別把腦子笨的罪過推到我頭上。」

傅妮妮呿了聲。「是是是，你最聰明，我最笨。」

過了幾分鐘，韓聖臨默默將手機拿到桌子底下，在搜尋欄打上：「心理系必修─普通物理學乙課程大綱」。

這時蘇星然也拿起手機。「我看看……舞伴要先問誰好？」

李言修聽到關鍵字，又從韓聖臨桌邊浮了上來：「你看你顧著當人家老爸，危機還是沒解除啊。」

「什麼危機？」韓聖臨立刻將螢幕關掉，蹙眉。

李言修愣了愣，傅妮妮就在旁邊，他也不好說得太明白，只好在一旁比手畫腳，並露出「你難道無法理解嗎？」的表情。

韓聖臨盯著他戲劇化的表演，眼中閃過一絲複雜的情緒，垂眸若有所思了會兒，似乎想說什麼，但最終沒有開口。

對面的蘇星然不經意地瞥了韓聖臨一眼，將手機拿給傅妮妮看。「妳看，他長得挺好看的吧？我打算先問他。」

傅妮妮點頭認同。「嗯，好啊。」

薛弼成這時忽然被身邊的人踩了一下，轉頭一臉無害：「韓哥，幹嘛呢，腿長？」

韓聖臨只是瞪了他一眼，若有似無地乾咳了聲。

薛弼成更困惑了，又瞪我？

他擰眉，一邊吃著剩下的飯一邊苦思著韓聖臨是什麼意思。這年頭要揣摩韓聖臨的心思著實不易啊……。

「那我問啦？」蘇星然再度確認，說這話的同時卻是抬眼望向對面的薛弼成及韓聖臨，彷彿說給他們聽的。

傅妮妮又點頭應了聲。

薛弼成和蘇星然對上眼，又轉頭看了眼默不作聲的韓聖臨，總算得到了那麼點靈感，立刻出聲：「啊，那個……我剛剛想了想，覺得妳說的也挺有道理，還是算上我一份吧。韓哥，要不要一起啊？」

總算等到薛弼成做球，韓聖臨考慮了一會兒，似在糾結什麼，最後終於下定決心，鬆口道：「要是你堅持也不是不行。」

這糾結不是裝出來的，他的情況有太多需要顧慮的事，就連身邊看似無害的李言修也是個潛在威脅。但要是不去，傅妮妮系上所有男生都會變成他的威脅。這風險還是大了點。

薛弼成一聽見這話，馬上一臉正氣凜然道：「堅持，我堅持！舞會要是沒有韓哥就不好玩了！」說完搭上韓聖臨的肩，對蘇星然道：「算上我們。」

「漂亮，這就對了。」李言修拍桌比了個讚。

蘇星然勾唇，彷彿終於得到想要的答案，悠悠放下手機，饒富興味看向薛弼成：「那你們現在是……要邀請我們當舞伴的意思嗎？」

薛弼成驀然一愣，沒想到對方如此直接。

「如果……妳們不嫌棄的話？」薛弼成不太確定地問。

蘇星然綻開一抹笑容，朝薛弼成伸出手：「那我就勉為其難答應你吧。」

「喔……喔，謝謝。」薛弼成愣愣地和對方握手。

蘇星然又看向韓聖臨：「那你呢？找妮妮嗎？」

傅妮妮吃飯動作一頓，莫名有些害羞。

韓聖臨瞥傅妮妮一眼：「考慮。」

兩個女孩同時怒瞪向他。

「妮妮啊，我看還是聯絡剛剛那個人好了。」蘇星然再度拿起手機。

「好啊，借我看看……」傅妮妮伸手要接過蘇星然的手機。

韓聖臨卻驀然抓住傅妮妮的手腕。

傅妮妮看向他，只見他道：「妳如果找別人，我就不去，也不教妳。」

傅妮妮愣了會兒。

這不就是要找她的意思嗎？話都不講清楚，還附帶威脅，是多傲嬌啊？

「……你不是本來就不教我嗎？」

韓聖臨放開她的手，繼續吃飯，又扔兩個字：「考慮。」

傅妮妮暗自竊喜了一番，卻在臉上裝出一副心不甘情不願的樣子：「知道了。」

蘇星然看著這兩人微妙的默契，笑著搖了搖頭。

♛　♛　♛

這週正好是期中考週，明天就是日本近代史期中報告繳交日，傅妮妮和韓聖臨、薛弼成下午留在圖書館做報告，一直到五點才準備回家。由於韓聖臨的斷線時間越來越不穩定，以防萬一，李言修都會跟著韓聖臨到家門口，然後被韓聖臨拒於門外。

快要走到校門口，傅妮妮便看見前方有一抹熟悉的身影，穿著白T外罩寬大五分袖墨綠襯衫，搭配黑色五分褲，肩上掛著黑色背包，胸前掛著一條金屬項鍊，雙手環胸站在那裡，似在等人。

傅妮妮迎上前去：「傅辰暘？你在這幹嘛？」

「等妳。」傅辰暘垂首看她，簡單給個交代，便繞過傅妮妮走到另外兩人面前，打量了一會兒，最後對韓聖臨道：「就是你吧？上次跟我妹一起待在圖書館的人。」

見傅辰暘雙手環胸一副要找人幹架的架勢，傅妮妮連忙上前拉了拉他。「你幹嘛，發神經？」

韓聖臨毫不畏懼地與傅辰暘對視：「『妳的帥歐巴』是你？」

傅辰暘眉一挑，轉頭驚訝地看著傅妮妮：「妳還給他看手機？平常我看一下就在那邊哇哇叫，你們到底是進展到什麼程度？」

「什麼啦，我才沒有！」傅妮妮著急地否認。

「你上次打電話來我看到了。」韓聖臨面不改色地解釋。

傅辰暘聞言，冷笑一聲：「那就表示你們時常在一起囉？說，你是不是在追我妹？」

傅妮妮用力地打了傅辰暘一下。「傅辰暘！不要亂說！」

傅辰暘轉頭，斂起眉。「幹嘛，問一下不行喔？妳常常晚回家我能不擔心嗎？」

「你來就為了問這個？」

「沒啦，媽要我回去前買點東西，我想說順便等妳一起去。」

「你是不會傳訊息先跟我講喔。」傅妮妮嘆了口氣。突然出現堵人是什麼操作？

傅辰暘揚起一抹壞笑。「不這樣怎麼見得到他們？」

傅妮妮翻了個白眼，她老哥果然思想不單純。

傅辰暘又看了韓聖臨及愣在一旁的薛弼成一眼，道出遲來的自我介紹：「初次見面，我是她哥，傅辰暘。」

薛弼成立刻鞠了個躬。「辰暘哥好，我是薛弼成。」

傅辰暘滿意地點頭，心道這小子挺識大體，再看向韓聖臨，只見他禮貌地點了頭，沒有要報上姓名的意思。想想他剛剛一上前就先問對方一大堆問題，態度也不是多好，傅辰暘索性不計較，逕自伸手指著他：「我知道，你是韓聖臨嘛，剛開學不久你的名號就傳遍了。」

「是。」韓聖臨略微無奈地看著傅辰暘，等著他說重點。

傅辰暘又朝他湊近了些，手繼續指著他的鼻子。「你還沒回答我剛才的問題。」

想不到傅辰暘窮追不捨，韓聖臨只好回答：「沒有。」

「沒有？」傅辰暘將手插回口袋，挑起半邊眉。「那你們是什麼關係，為什麼老是在一起？」

「同組報告的關係，我不是跟你說過今天要留下來做報告嗎？」傅妮妮不耐煩地解釋。

「只是一個小組報告，有需要每個禮拜都見面，還一起回家嗎？當妳哥我沒報告過啊？」傅辰暘顯然不信。

傅妮妮深吸口氣，此刻傅辰暘神一般的直覺實在是有夠煩人。

「只是同學。」韓聖臨回答。

「同學？」

腦筋轉了轉，傅妮妮靈機一動，開口道：「對，而且我……我還請他教我物理，所以才會常常見面！」

韓聖臨睨她，眉宇輕蹙。

「教妳物理？」傅辰暘驚訝到差點破音。「妳叫我教妳就好了，把妳這個電機系的哥哥放在哪？」

「你還要寫畢業論文，哪有空啊，而且人家是物理系的，肯定比你專業。」傅妮妮邊說邊對韓聖臨使眼色，要他別拆穿她。

傅辰暘再度看向韓聖臨，雙手環胸，鼻子噴氣。「你們在哪裡教，我下次要在旁邊看著，看看他教得好不好。」

「哥你有病啊？這樣很像什麼恐怖家長。」傅妮妮實在沒想到傅辰暘會提出這麼荒謬的要求，睜大了眼。

「我就是恐怖家長，怎樣，怕了嗎？」傅辰暘下巴微抬，睥睨著韓聖臨。

韓聖臨又將目光移向傅妮妮，一副她捅了婁子的眼神。

傅妮妮雙手合十，睜著水汪汪的無辜大眼陪笑。

韓聖臨暗自嘆口氣，迎向傅辰暘挑釁的眼神。「不嫌麻煩的話就來吧。」

薛弼成在旁邊看得出神。韓聖臨居然沒有直接否決讓傅妮妮難堪，甚至接下人家哥哥的戰帖！他八百年沒看過這麼高潮迭起的劇情了。

傅辰暘勾起嘴角。「很好，好好備課。」

他走上前拍了拍韓聖臨的肩，俯下身悄聲道：「沒有最好，有的話你得先過我這一關。我還會幫她吹頭髮，你會嗎？」

韓聖臨眉微挑，對他最後這番沒頭沒尾的話不明所以。

「好了好了，不是要幫媽買東西嗎，哥你快走，別留在這丟臉。」傅妮妮不知道傅辰暘又對韓聖臨說了什麼，但用膝蓋想也知道不是什麼好話，還是快把這個麻煩帶走得好。

「什麼丟臉，欸好了妳別拉我……」兄妹倆就在拉拉扯扯之下走遠，傅辰暘還遠遠指著韓聖臨喊：「下次約好了！我等著！」

三個人佇立原地，靜靜看著傅家兄妹離去。

「欸，到時候你好自為之，要是斷線我可幫不了你。」李言修出言提醒。別說大學普物，他連高中物理都幾乎忘光了。

「韓哥，你這算是答應教她了嗎？」薛弼成問。

「不然能怎麼辦？」韓聖臨手插褲兜，輕嘆口氣，往捷運站的方向邁步。「矮怪總是會給我找麻煩。」但你看起來挺心甘情願的……。

薛弼成沒說出心裡的話，默默跟了上去。

♚ ♚ ♚

傅妮妮拿著手機坐在房間內，盯著韓聖臨的聊天室，神情有些苦惱，似在猶豫什麼。在腦海裡構思了老半天，傅妮妮總算點開對話欄，敲起鍵盤。

【兔子智商的矮怪】：那個……你說要教我……

打到一半，傅妮妮又按下刪除鍵刪掉這句。

【兔子智商的矮怪】：今天真抱歉，我哥給你添麻煩了。

訊息傳出去沒多久，韓聖臨就讀了。

傅妮妮還在想接下來要說什麼，沒想到韓聖臨卻先傳了訊息來。

【韓聖臨】：嗯。

傅妮妮有些訝異，韓聖臨竟然會回覆？

之前她傳的訊息都是些無聊的招呼語或是笑話，沒回好像也挺正常的，他很快讀訊息這點就令她心滿意足了，以至於她早就習慣韓聖臨不會回訊息，對此不抱期待。

傅妮妮連忙打了下一句話。

【兔子智商的矮怪】：他說的話你不用太認真，我再敷衍過去就行了。

過了一會兒，韓聖臨又回了。

【韓聖臨】：但我是認真的。

【兔子智商的矮怪】：？

只見韓聖臨傳了一個附件，是幾年前普物乙的考古題。

【韓聖臨】：明天晚上寫好給我。

【兔子智商的矮怪】：?!

傅妮妮沒想到因為傅辰暘的亂入，讓她就這麼賺到一個免費普物家教，還是物理系榜首等級的。然而高興歸高興，心情卻也有些複雜，畢竟她隔著螢幕都能感受到韓聖臨魔鬼教練般的威嚴。

恰好後天就是普物期中考，傅妮妮打開附件，認分地開始做題目。

隔天晚上，韓聖臨看完她寫的答案，語重心長地道：「我們期末再努力吧。」

儘管如此，韓聖臨還是向她提點了幾個大重點，要她盡量用她那兔子腦袋背起來。有了這些重點整理，傅妮妮期中考低空飛過及格線，考得比預期來得好。

期中週結束後，傅辰暘也真的煞有介事地和他們約了一天，借好圖書館討論室，來看韓聖臨現場教學。

傅辰暘全程緊盯兩人的目光令傅妮妮壓力山大，但韓聖臨卻絲毫不受影響，只專注在對傅妮妮的教學上，傅辰暘在旁邊彷彿空氣似的。

傅辰暘努力地想找出韓聖臨教學上的破綻，卻怎麼樣也找不到，有時還會因為韓聖臨精闢又淺顯易懂的解釋而不自覺發出讚嘆，或是在傅妮妮腦袋打結的時候，跳下來加入解說行列，整個人相當樂在其中。

在他們研讀普物的同時，李言修就在不遠處獨自練習跳慢舞。

他趁附身韓聖臨的時間拿他手機看了慢舞的教學影片，努力把動作記下來，沒事的時候就自己一個人練習。反正別人看不到他，他在圖書館大跳特跳也無所謂，美中不足的就是不能播音樂。

而自從第一次聽韓聖臨現場教學後，傅辰暘對韓聖臨似乎有那麼點滿意，並未阻止他繼續當妮妮的家教，然而也不能如此輕易讓兩人單獨相處，三不五時就要和他們約一次讀書，當一顆正大光明的電燈泡。

就這樣，在持續進行的物理指導以及李言修的勤奮練舞之下，迎來了十二月。

傅妮妮走出通識課教室，就看到韓聖臨倚在牆邊對她招手。

她朝他走近，這麼陽光又面帶微笑的打招呼方式，令她直覺認為不是韓聖臨本人。「你怎麼在這裡？」

「小姑娘，陪我去一個地方。」李言修的語調帶著一絲興奮，說完便拉著她的手走。

「欸，去哪？」傅妮妮毫無頭緒地被拉著走，就這麼被帶到了圖書館。

「圖書館？你不是最討厭這種地方了嗎？」傅妮妮訝異於李言修附身後竟然會想主動來圖書館。

「我已經借好討論室了。」李言修朝她露出一抹微笑。

刷學生證進入討論室，傅妮妮仍不解地問：「你要讀書？」

李言修將門關上。「這時間科學家的朋友有課，只剩我們兩個。」他轉過身，眼裡閃過一抹促狹，勾起嘴角：「我等這一天機會等很久了。」

傅妮妮愣怔，總覺得他這番言論充滿危險。

「你、你要幹嘛？」

「妳說呢？」李言修反問，朝她走近，雙手自然地撐向她身後的桌子，就這樣把她禁錮在桌沿。

傅妮妮近距離看著他，雖然是韓聖臨的臉，可神韻和笑容卻截然不同。韓聖臨是冷淡、霸道中帶著一絲輕佻，而李言修則是頑皮又囂張的痞子。

李言修傾身在她耳邊說話，鼻息輕吐：「好不容易讓我等到這個機會，能好好利用這副身體。」

傅妮妮全身僵住，想要掙脫他的禁錮，卻聽見身後驀然傳出一陣音樂。是耶誕舞會的慢舞音樂。

李言修自動往後退一步，彎腰做出邀請的手勢：「小姑娘，妳願意跟我跳支舞嗎？」

傅妮妮愣在原地眨了眨眼，轉頭看向身後，桌面上放著韓聖臨的手機。原來李言修方才靠她那麼近，是在操作那台手機。

「……這是什麼情況？」

「妳也知道我最近都一個人練習，但這畢竟是兩個人的舞，我想請妳陪我練一次。」李言修望向她的眼神真摯。

難怪剛才進來總覺得討論室的空間配置和原本不太一樣，原來是李言修事先把桌子推到牆邊，好讓他們有更大的空間練習。

明白事情的真相，傅妮妮鬆了口氣。「你早說嘛，嚇死我了。」跳舞就跳舞，把話說得那麼曖昧幹嘛？她連等等奪門而出的逃生路線都想好了。

李言修勾起一抹玩味的笑。「妳是不是想到什麼骯髒的事？」

「我才不像你思想齷齪。」傅妮妮打死也不會承認，爽快地伸出手放在他的手上。「來吧，本姑娘就陪你跳一次。」

李言修笑逐顏開，握住她的手，上前一步輕摟著她的腰際。

傅妮妮原本想著跳個舞沒什麼，但李言修上前摟她的時候，她忽然又有那麼點不自在，尤其此刻看的是韓聖臨的臉，但心裡卻又清楚這人不是韓聖臨。

她也搞不清楚這究竟是什麼感覺，索性不再多想，將手搭上李言修的肩。

隨著旋律，李言修帶著她慢慢踩出步伐。傅妮妮先前也有看過慢舞的影片，但總是不如經常練習的李言修來得熟練。

「這是我第一次和別人跳舞，果然還是有點緊張啊。」李言修深吸一口氣，低聲道。

「我也是。」傅妮妮才剛說完，馬上就踩到對方，差點跌倒。

李言修立刻穩住她的身子。

「抱歉……」她對上李言修的眼，兩個人不約而同笑了出來。

「沒事，繼續。」

李言修帶著她繼續練習，其中有些較為複雜的動作，兩人卡關了好幾次，傅妮妮又差點跌在他身上，過程笑聲不斷，氣氛也越來越輕鬆。

原本說好練一次，但因為兩人搭配上有些生疏，傅妮妮對動作又不熟悉，就這麼重複練了快一個小時。

兩人拖著疲憊的身軀離開討論室，李言修往圖書館牆邊的沙發走去，整個人成大字型癱坐在沙發上。

傅妮妮也朝他旁邊的空位坐下，鬆軟的坐墊驅走她一身疲累，她將頭向後仰，彷彿全身都要陷在沙發中。

「啊，沒想到實際跳起來這麼累啊。」李言修望著天花板，感嘆道。

「你真的很喜歡跳舞欸，平時花這麼多時間練習。」傅妮妮也和他望著同個方向。

「因為我以前沒跳過舞，才想說要加把勁練習。」李言修道。

傅妮妮有些訝異，轉頭望向他。「你沒跳過？但你感覺超有熱忱的。」

李言修安靜了一會兒，揚起嘴角，也轉頭看向傅妮妮。「本來是沒興趣的，但是現在我有了想一起跳舞的人。」

傅妮妮微愣，此刻躺在沙發上與她對視的人，雖有著韓聖臨的外表，那雙眼裡卻是貨真價實李言修的靈魂。那副眼神，真切且純粹。僅是單純地想把世間所有美好都給她。

傅妮妮還在思考那句話可能的意涵，然而李言修只是輕輕一哂，又轉頭望向天花板。

她注視著那張不屬於李言修的側臉一會兒，也默默地往天花板看。

他說的話，不用太在意……嗎？

♛　♛　♛

終於到了舞會當天。

傅妮妮跟蘇星然約好一同前往會場，在那邊和男生們會合。

晚上六點，韓聖臨和薛弼成已經先抵達了會場。

進場時間是六點到六點半，會場兩側擺著各種點心以及酒水，先抵達的人大多三五成群地聚在一塊，或是先在一旁享用食物。

第一次看韓聖臨穿黑西裝，一雙大長腿加上逆天顏值，再穿上西裝顯得更加修長挺拔，搭上金屬胸針與皮帶手錶，那氣質說是王公貴族也不為過。薛弼成忍不住上前替韓聖臨順了順衣領。「哇，韓哥，你要帥成什麼樣才甘願啊？」

沒得換衣服，只能穿著萬年軍綠外套的李言修在韓聖臨旁邊打量著他，語氣挺酸：「有很帥嗎？不就那樣？」

韓聖臨睨他。「比你帥就行了。」

李言修睜大眼，一臉被冒犯。「你還真敢講。」

薛弼成以為韓聖臨在回應他，笑道：「當然比我帥，我哪敢跟你比。」

薛弼成穿的是灰色西裝，同樣是沒嘗試過的風格，他自己並不覺得有什麼差別，也不在意自己帥不帥，倒是從方才到現在有好幾個認識的女生和他打了招呼。

「喔，她們來了。」薛弼成轉向門口，率先看見傅妮妮和蘇星然挽著手進場。

傅妮妮穿著白色蕾絲無袖小禮服，簡單素雅又能襯托清新脫俗的氣質，是蘇星然幫她挑選的；蘇星然自己則選了深藍色薄紗小禮服，上面用金色絲線點綴日月星辰的圖案，整件禮服宛若繁星點點的夜空耀眼奪目。

蘇星然平時就是注重打扮的女孩，在首飾上也給了傅妮妮不少建議，兩個人在舞會前還特地約去髮廊，傅妮妮將頭髮吹捲做了造型，蘇星然則把頭髮盤起來。

看見薛弼成朝她們招手，兩人往他的方向走去。

「老天，韓聖臨穿西裝果然沒讓我失望。」趁還沒走近，蘇星然對傅妮妮低語。

「妳不是應該注意妳的舞伴嗎，注意他幹嘛？」

「誰讓他這麼吸人眼球。怎麼，吃醋啦？」蘇星然笑問。

「沒有。」傅妮妮嘴上否認，臉上的笑意卻藏不住。

看見韓聖臨佇立在遠方，回頭望向她們的那一瞬間，她的嘴角就忍不住上揚。太好看了。

她知道韓聖臨本來就長得好看，也想像過他穿西裝會是什麼樣，只是實際看到本尊還是驚為天人。

兩個女孩走到他們面前，笑著打招呼。韓聖臨靜靜地盯著傅妮妮看。

「妳們今天很漂亮呢！」薛弼成率先道出讚美。

「謝謝，你也比我想像中帥。」蘇星然道。

傅妮妮看韓聖臨盯著自己不發一語，有些緊張。「你……幹嘛這樣看我？」

韓聖臨回過神，有些不知所措地別過臉，耳根泛起淡淡的緋色：「沒什麼。」

自從看見傅妮妮出現在門口的那一刻，他的目光就離不開她。

她的皮膚本就白皙，再穿上白色蕾絲禮服，氣質清新典雅，宛若仙女下凡。

李言修手插口袋走到傅妮妮面前。「小姑娘，今天很美。」

傅妮妮有些靦腆地笑了笑。

撇除李言修，四個人又閒聊了一下，直到舞會開始。這次的舞會是由理學院主辦，共有七個系所，場面頗為盛大。主持人在舞台上炒熱氣氛，先是以流行音樂社的表演作為開場，隨後邀請台下的人上台進行闖關挑戰，不一會兒便熱了場子。

大部分的人都聚集在舞台前方觀看台上的活動，韓聖臨則遠遠地待在會場後方的角落，喝著調酒。

薛弼成率先發現韓聖臨沒和他們在一起，轉頭對傅妮妮使眼色，又比了手勢示意他要離開。

傅妮妮比了比自己再比向後方，表示她去找就行了，要薛弼成留下來陪蘇星然。

傅妮妮離開人群，會場後方其實也有不少人三三兩兩地聊著天，她很快就發現韓聖臨的身影。

「你怎麼一個人在這裡？」

韓聖臨手上拿著高腳杯，轉頭看向傅妮妮。「人太多，不習慣。」

因為隨時會斷線的緣故，他都盡量待在人少的地方，避免引起注意，久了便成習慣。

傅妮妮點點頭。「那我在這陪你吧。」

「我沒關係。」

「正好我也餓了。」傅妮妮無視他說什麼，拿起盤子開始夾桌上的點心。

李言修在這時也踱步過來。「好不容易都來了，你怎麼還是那副科學家的孤僻樣？」

韓聖臨睨他一眼，悠然反擊。「你一直在這裡晃又是什麼意思？沒人看得見你。」

「我在等待時機，要是沒有我，在這裡斷線你就完了。」

「你可能要白費工夫了。」韓聖臨會這麼說，是因為今天早上已經被斷線附身過了。

李言修雙手環胸，不甘示弱地迎上前，挑釁道：「我有預感，等等會是我的場子。」

兩個人互相對視，眼神間彷彿有股無形的電流在空中交會，散發出濃濃煙硝味。

「你們夠了沒？這也能吵。」傅妮妮拿著裝滿的點心盤竄入他們中間，又看向李言修。「還有你，不要烏鴉嘴，一直說什麼會斷線。」

「我烏鴉嘴？」李言修指著自己，一臉冤枉。「我只是說實話……」

傅妮妮不理他，轉頭拿起一塊蛋糕給韓聖臨。「韓聖臨，我剛剛每個都吃過一輪了，這個最好吃，你嚐嚐吧。」

李言修愣看著傅妮妮拿蛋糕給韓聖臨，眼裡盡是羨慕。他剛剛就趴在長桌上把所有點心都看過一遍，要是有口水早就流下來了。

韓聖臨接過傅妮妮手中的蛋糕，目光瞟向對著他們乾瞪眼的李言修，嘴角勾起一抹得意。

李言修理智線差點沒斷裂。

……走著瞧。

流程來到慢舞環節，四周燈光暗了下來，聚焦在會場中央，眾人兩兩成對，氣氛頗為浪漫。

音樂一下，韓聖臨便朝傅妮妮伸出手。

不知道是不是因為今天穿西裝更加帥氣，韓聖臨光是站在傅妮妮面前，就令她感到有些呼吸困難，把手放上去時更是一直擔心自己有沒有手汗。

兩人貼近彼此，韓聖臨右手摟上她的腰，傅妮妮左手搭上他的肩，抬頭看見韓聖臨的臉近在咫尺，臉龐頓時充斥著一股熱氣，趕緊垂下眼，心跳擂鼓。

上次和李言修練習時，明明也是同一張臉、同一具身體，為什麼感覺完全不一樣？

「妳為什麼不敢看我？」頭頂傳來韓聖臨乾淨醇厚的嗓音。

傅妮妮只好重新抬起頭看他，侷促道：「我沒有啊。」

優美浪漫的旋律流淌在會場中，兩人隨著節奏踩著規律步伐。

「聽說妳和李言修練習過了。」韓聖臨開口。

傅妮妮應了聲，沒想到李言修會說出去。「……是他找我的。」

「感覺怎麼樣？」韓聖臨問。

「什麼怎麼樣？」

韓聖臨換了個問法。「我和他誰跳得好？」

傅妮妮沒想到韓聖臨會問這種問題，垂眸思索了一下。「你有練習過嗎？你跳得很好。」

「舞會前看了一下影片。」

……就這樣？這就是天才與凡人的差距嗎？

不過也有可能是因為李言修用韓聖臨的身體練習過，所以韓聖臨腦中儲存著舞步相關的程序記憶。她記得之前系上必修課教過這些。

「除了這點還有別的嗎？」韓聖臨又問。

傅妮妮沉吟片刻。「你……比他帥？」

明明就是同一副身體，傅妮妮也不曉得自己在說什麼。

韓聖臨輕笑出聲。

「笑什麼？」

「聽妳說這些感覺好多了。」韓聖臨放開摟著她的手，隨著音樂讓她旋轉一圈。

「好多了？」傅妮妮不解他的意思。

兩人的距離重新拉近，韓聖臨低聲道：「知道矮怪的第一支舞是和他跳，感覺不是很好。」

傅妮妮愣了愣，臉頰染上一層緋紅。

「你是在說應該跟你跳嗎？」

「不是嗎？」韓聖臨反問。

傅妮妮看向他，沒想到他會這麼直接。

「矮怪這個名字是我取的。」韓聖臨勾起嘴角，按照舞步，他們彼此拉著雙手，各自向後退了一步。

在下一個倏然拉近距離的重拍，他在她耳畔沉聲道：「所以有關她的一切，都不許有人來搶。」

傅妮妮屏息，只聽得見自己如雷的心跳聲。

她覺得自己快被熱氣熏昏了頭，盯著地面，臉頰彷彿要燒起來了。

韓聖臨平時不說話，怎麼一說話就變成霸道流氓？

「你……別總拿矮怪占我便宜。」

她知道韓聖臨可能只是在開玩笑捉弄她，畢竟他本來就愛看她笑話。這種時候若是當真，說不定他會在心裡嘲笑她。

回歸到一開始的舞步，傅妮妮不知道自己現在雙頰是否緋紅一片，半垂著眼，不敢貿然抬頭。

須臾，她聽見韓聖臨又對她輕喚了聲：「矮怪。」

傅妮妮抬起頭，本想抱怨他又叫自己矮怪，卻見他此刻注視自己的眼神，沒有半分玩笑，反而流露著些許……悲傷。

她注視著那雙眼，彷彿墜入一片黯淡星空，在不見盡頭的漆黑宇宙裡，唯有眸中那一點幽微光芒，支撐著他的黑夜。

「妳能不能……」他握著她的手稍稍收緊，那道聲音輕得宛若渴求。「不要離開我。」

傅妮妮驀然睜大眼，愣看著他。

那雙眼裡盛滿了哀悽，摻雜著一絲疲憊，而更多的是害怕。如同當時她去韓聖臨家找他，在那扇半掩的門扉後所看見的眼神。

那一瞬間她明白了，韓聖臨一直在害怕著。

所謂的寂寞，從來不會有習慣的一天。

緊握著她的手在下一刻略微放鬆，她看見他纖長的眼睫輕輕垂下。

在踏出下個步伐時，傅妮妮又聽見了一句話，可這話卻不是先前的語氣，而是帶著一絲愉悅及危險，在她耳邊低語：

「小姑娘，妳總算落入我手裡了。」

傅妮妮看著換了一副表情，勾唇笑看著她的韓聖臨，眼淚竟不自覺滑下來。

李言修驚愣，慌忙問：「妳怎麼了？」

傅妮妮過了會兒才意識到李言修在問什麼，搖了搖頭。「沒有啊，沒什麼。」

「妳都哭了還沒什麼？是不是他剛剛跟妳說什麼了？」李言修根本顧不了什麼跳舞，停在原地一臉擔憂地問。

「我這只是眼睛進沙子，真的沒什麼。」傅妮妮扯出笑容，抬起手背將淚水抹掉。「我們把舞跳完吧。」

「妳……確定？」李言修蹙著眉，仍不太放心。

「嗯。」傅妮妮點頭，拉著他跟上節拍踩著舞步。

她也不太明白這些眼淚怎麼來的，大概是因為，上一刻對著她說不要離開他的人，在她面前消失了。

被迫承擔所有孤獨與恐懼，獨自一人回到那場惡夢中。

只要想到他此刻面對的一切，她的心就跟著疼了起來。

她想要他回來，讓她能拍拍他的頭，對他說，她不會離開他。

她想陪他面對所有的黑暗。

舞曲結束，兩人和薛弼成及蘇星然會合，等待最後的抽獎環節結束，便是散場。

薛弼成很快便發現此刻的韓聖臨是李言修，而為了不讓蘇星然察覺異樣，李言修從頭到尾沒說多少話，更是不敢做什麼踰矩的行為。

況且，他也無心關注周遭的一切，整副心思都在傅妮妮身上，注意著她的一舉一動及神情變化。

他這輩子沒遇過女孩子哭，也不知該如何應付。剛剛看見她的淚水，確實把他給嚇壞了。等欠揍科學家醒來，他一定要好好質問他。

這陣附身不曉得又要持續到什麼時候，李言修只得負責把韓聖臨的身體帶回他家。傅妮妮和薛弼成都叮囑他，等韓聖臨醒來後要叫他第一時間聯絡他們。

李言修覺得自己好像韓聖臨身邊的祕書或是陪襯的綠葉，一附身，大家關注的都是韓聖臨什麼時候醒來，對他這個掌控身體主導權的人完全不屑一顧，甚至還要求他要把韓聖臨顧好。

怎麼連當個鬼魂都這麼命苦……。

走到韓聖臨家門口，李言修拿出鑰匙開門，今天終於能光明正大踏入韓聖臨家，還是挺不錯的。

一進門，李言修先被那寬敞到不像話的客廳以及兩層樓高的落地窗設計給震撼到，隨後又在屋內兜兜轉轉探索了好一番，好像在逛博物館似的大開眼界，不禁讚嘆有錢人的世界實在是超乎想像，這裡一個客廳大概就快要抵他家的店面兼住家了。

趁韓聖臨還沒醒來，李言修決定解放自我，把每張椅子都坐過一遍，又跳上沙發躺一躺，就差沒在地上打滾了。

「這是我躺過最舒適的沙發……」李言修撫著沙發細柔的絨布，一臉享受，還打了個呵欠。

打開手機看了看時間，已經逼近十一點，要是繼續待在這副身體裡，他就得接收韓聖臨的生理需求，也就是需要睡眠。李言修索性從沙發上爬起來，往迴廊走去，找到韓聖臨的房間。

他找到居家服，猶豫了一下，還是去梳洗了一番，最後一手枕著後腦勺，舒舒服服地躺在韓聖臨的床上，望著天花板發愣。

當了一陣子的幽靈，很久沒有像這樣過著正常人的生活了。可以洗澡、躺床、做各種想做的事，對他而言就像一場奢侈的夢。

要是韓聖臨這傢伙一直不醒來，他就等於是以另一種身分活了下來……嗎？

話又說回來，為什麼這傢伙會斷線？

之前他們向他科普過關於韓聖臨斷線的情況，以及過於巧合的童話內容，聽起來這個斷線是莫名其妙地出現，醫學上也找不出根據，唯一的線索就是與韓聖臨母親的意外相關。

照童話的說法，若真的是詛咒也不奇怪，畢竟連他一個能附身的幽靈都出現了，這些怪力亂神的事似乎也沒什麼不可能的……。

李言修的頭腦本就不適合思考過於複雜的事，不一會兒便在這些雪片般紛飛的思緒中沉沉進入夢鄉。

他發現自己置身在一個馬路口。馬路中央站著一個小男孩，背對著他望向對面的便利商店。

過了一會兒，從便利商店內走出一個美麗的女人。眼看一輛汽車即將撞上小男孩，女人立刻衝上前去。

李言修幾乎也在同一刻跑向前，但終究慢了一步，只能看著車子將兩人狠狠撞飛在地上，渾身是血的女人抱著小男孩在地上滾了好幾圈。

李言修瞪眼看著這一幕，被震懾到動彈不得，全身彷彿都在顫抖。

眼前倏然一黑，再度亮起時，李言修又回到了那個馬路口，景象和一開始別無二致。

這次李言修二話不說便衝上前，想要拉開小男孩，但就和平時一樣，手直接穿透了小男孩，他碰不到他。

接著，同樣的意外在他面前重複上演。

李言修低下頭，闔眼深吸了一口氣。那殘忍的畫面令他無法直視，更何況是第二次。

緊接著，第三次、第四次，同樣的事情在李言修面前一次又一次地重複循環，而他根本無力阻止，只能被迫看著它發生。

已經不知道第幾次，李言修抱著膝坐在原地，聽著車子撞人發出的碰撞聲，心仍緊揪了一下，被幾近崩潰的絕望感所包圍。縱使不斷說服自己這是夢境，仍舊被那身歷其境的真實感給壓迫著。他不禁開始懷疑，這樣的輪迴是否有結束的一刻。

眼前的黑幕褪去時，他看見的終於不是馬路，而是房間的天花板。然而他躺的地方並不是床，而是地板。

突然的解脫令他喘了幾口氣，從地上坐起身，轉頭發現韓聖臨正坐在床上，彷彿剛睡醒似的發著愣。

「終於結束了嗎……」李言修扶著後腦勺，鬆了口氣，慶幸這場夢終究會醒。

韓聖臨瞥了他一眼，拿起床頭櫃的鬧鐘一看，清晨五點二十分。

他擰眉，回想前一天是什麼時候斷線的。

「話說，你經歷的這都是些什麼啊？」李言修現在想起來，仍是餘悸猶存。

韓聖臨不明白他在說什麼。「什麼？」

「就是那個……不斷重複的車禍！」李言修想了一下該如何描述。

韓聖臨眸光暗下。「你看到了？」

李言修用力點頭。「嗯，我快瘋了。那是你的過去嗎？」

他有聽說韓聖臨斷線時會做著和意外相關的夢，推測下來應該就是他看見的那些了。

「對。」韓聖臨語氣淡然，不太想談論這件事。

李言修難以置信地吁了口長氣。「太可怕了。難怪小姑娘會為了你哭。」

「你說什麼？」韓聖臨立刻看向他。

說到這個，李言修將身子轉向面對他，手撐著膝蓋，一副質問的架勢。「你昨天斷線前到底和小姑娘說了什麼？我一上來她就哭了，簡直要把我嚇死。」

韓聖臨斂眸，仔細回想前一晚發生的事。

「……不要離開我。」他想起來了。

李言修翻了個大大的白眼。「都什麼年代了，你還在跟人家苦肉計？我還真沒想到你是會講這種話的人，這種台詞要說也是我來說吧。」

韓聖臨冷冷地睨他一眼，挑眉：「你來說？」

李言修驀然一愣，發覺自己似乎表現得太明顯，尷尬地咳幾聲。「我是說……我人設比較符合。」

韓聖臨嘆了口氣，他也沒想到自己會說出這樣的話。

錯了，一切都錯了。他已經綁住了薛弼成，不能再拖累其他人。

「對了，你得打個電話給小姑娘和你朋友，他們特別交代我的。」心酸歸心酸，李言修仍是盡責提醒。

韓聖臨拿起手機，先撥了電話給薛弼成，電話響一聲就接通了。

『韓哥——你回來了對吧！我現在正準備出門去你家，你再等等我！』

避免耳膜受損，韓聖臨連忙把手機拉遠，就連李言修都能聽到手機那頭傳出來的高分貝吶喊。

「你慢點，不用趕。」韓聖臨道。

『對了，你記得打電話給妮妮，她也在等你電話，剛剛才問過我呢。』薛弼成提醒。

韓聖臨掛掉電話，現在也才接近五點半，這隻矮怪平時不是都愛賴床嗎？

他點開聯絡人「兔子智商的矮怪」，撥了電話過去。

『喂？是韓聖臨嗎？』

「嗯。」

傅妮妮聽起來鬆了口氣。『你現在才醒來嗎？』

「差不多。」

電話兩端陷入一陣尷尬的沉默。

「聽說昨天妳……」

傅妮妮一聽他提起昨天的事，就怕是李言修把她不小心落淚的事說出來，連忙打斷他：『昨天你很不夠意思，居然跳到一半就斷線了，嚇我一跳！』

「……抱歉。」

『也……也不用道歉啦！又不是你願意的。』

韓聖臨靜默了會兒，啟口：「我那時意識不太清楚，說了些奇怪的話，妳不必放在心上。」

必須早點說清楚，不能造成對方的困擾。

電話另一頭的傅妮妮愣了愣，才道：『嗯，我知道了。等一下到學校，我有事跟你們說。』

韓聖臨應了聲，通話結束。

盥洗及著裝完畢，又泡了即溶燕麥當早餐，等薛弼成來了以後，兩人便和李言修一起去學校。

整個早上，韓聖臨都在思考傅妮妮要跟他們說的會是什麼事。

傅妮妮和他們約了中午一起吃午餐，蘇星然也一起來了，三個人加上李言修一起聽傅妮妮說出她的提議——

「我在想，下禮拜我們要不要一起跨年？」

「非常好，我也正想提這件事。」蘇星然給傅妮妮一個讚許的眼神。

「好啊，以前跨年我都會把韓哥找來我家，今年有妳們一起就更熱鬧了，對吧韓哥？」薛弼成徵詢韓聖臨的意見。

韓聖臨原本以為是什麼重大的事。「……妳要說的就這個？」

傅妮妮愣愣點了點頭。「對啊。」

韓聖臨垂眸不語。以前跨年薛弼成大概是怕他孤單，都會硬把他拖去他家的麵店，和薛弼成的家人一起吃晚餐跨年。現在多了這兩個人，他雖然不太樂意，卻也沒有好拒絕的理由。

「怎麼了韓哥，你不行？」

「……沒有。」他的行程薛弼成幾乎都瞭若指掌，自然也不好找藉口不出席。

薛弼成靈光一閃。「不如這樣吧，我們去韓哥家煮火鍋？」

韓聖臨瞪了他一眼。什麼時候他家的使用權輪到他決定了？

「韓哥，你家的頂樓不是也能看見煙火嗎？我們上次說好今年可以去你家的。」薛弼成提醒道。

「我不記得我有跟你說好。」

兩個女孩顯然沒在管韓聖臨的意見，興奮地拍手，蘇星然道：「太好了，到時候就來開個小型派對。」

韓聖臨只得無奈地嘆口氣。

恰好餐點送上桌，韓聖臨伸手欲抽一張紙巾，傅妮妮也做了相同的動作，兩人的手不經意碰上。

韓聖臨倏然收回手。

傅妮妮奇怪地看向他。「怎麼了嗎？」

算起來他們手牽手也不只一兩次，只是不小心碰到怎麼反應這麼大？

「沒事。」等傅妮妮抽完紙巾，韓聖臨才伸手。

接下來的幾天，韓聖臨也都保持差不多的態度。訊息又回復到已讀模式，更奇怪的是只要傅妮妮稍微靠近，他就會躲開，盡量避免任何肢體接觸。

實驗個幾天後她便得出結論——韓聖臨在躲她。

但她實在不明白自己做了什麼，或是哪裡得罪了他。

自從舞會過後，韓聖臨和李言修每天控制身體的時間大約各占一半，也就是說一天之中韓聖臨大概有半天的時間是斷線狀態，但不一定是連續的，有時是間歇性地切分成好幾個小片段。

換言之，韓聖臨的病情逐漸惡化。李言修的活動範圍也不再限於學校，而是必須隨時待在韓聖臨身旁。

傅妮妮和薛弼成表面上不提，仍是笑嘻嘻地與韓聖臨及李言修相處，但其實他們心中有個共同的擔憂，而這個擔憂放在心裡，誰也不敢說出來。

因為害怕說出來會成真。即使說出口，也沒有任何幫助。

趁李言修附身的時候，傅妮妮也會問他是否跟韓聖臨說了什麼，為何韓聖臨一直躲著她。

「大概自覺贏不過我吧。」李言修唇邊浮起吊兒郎當的笑容，像哥兒們那般勾住傅妮妮的肩膀，瞧著她道：「他會躲妳，我不會。」

傅妮妮默默把李言修推開，覺得自己大概是犯蠢了才會問他。

十二月三十一號下午，傅妮妮和韓聖臨及薛弼成約在超市採買火鍋食材，蘇星然則會從自己家帶酒及小遊戲過來，五點在韓聖臨家集合。

薛弼成也不知道是不是故意的，說會晚到，要他們兩人自己先逛，至於李言修自然是隨行在側。

傅妮妮推著推車走在超市的走道上，突然就傻笑起來。

「笑什麼？跟白痴一樣。」值得慶幸的是韓聖臨雖然跟她保持距離，但那張毒舌壞嘴依然沒變。

「你記不記得剛開學那時候，我們也在這裡碰到？那時候我還在想怎麼那麼衰，走到哪都遇到你。」

「衰的是我吧。」

「欸，你那時候莫名其妙就叫我矮怪，有夠機車的，我一點都不想跟你有瓜葛好嗎？是因為後來發現你不太對勁，我才勉為其難去找你的。」

韓聖臨沒說話。那時他的斷線時間第一次延長，而且碰到傅妮妮，竟然能使他的惡夢暫時停止。然而這個機制似乎在李言修出現以後就消失了。

「我累了，換你推吧。」傅妮妮突然把推車掌控權交給韓聖臨。

韓聖臨不疑有他接過，傅妮妮這時又像是突然看到什麼，拍了拍他的手：「我們去看看那個。」

不出所料，韓聖臨又把手收了回去。

傅妮妮轉頭看他，彷彿抓到現行犯似的。「你到底怎麼了，好像很怕我碰到你？」

「我本來就不喜歡別人碰我。」韓聖臨冷靜地回答。

「你少來了，之前明明睡著還抓著我，我想拿都拿不開。」傅妮妮毫不留情反駁道。

韓聖臨無法辯駁，只好逕自推著推車往前走。

傅妮妮也不逼他，跟了上去，一邊注意要買的東西在哪裡。

薛弼成總算是來了，三個人在冰櫃區前面揀選了好一會兒。傅妮妮家的廚房平時都是母親掌權，她和哥哥偶爾幫忙打雜，大部分時間都負責吃，對廚藝不甚精通；韓聖臨這種沒碰過菜刀的人就更不用說了。在場最會下廚的就是從小幫忙家裡麵店做生意的薛弼成，其次是以前會幫著阿嬤做飯的李言修。兩個人輪流出意見，把食材都搞定了。

經過零食點心區，韓聖臨走得特別快，完全不願多做停留。薛弼成也十分默契地加快腳步，他們都知道原因為何。

傅妮妮回頭望了零食區一眼，對兩人道：「你們等我一下。」便轉身跑了回去。

回來時，傅妮妮拿了一包 W 牌的牛奶糖。

「你們吃過這個嗎？這是我最喜歡的牛奶糖。」

薛弼成一看便道：「這個牌子很有名欸！還蠻好吃的。」

傅妮妮看向韓聖臨，只見他說：「沒有。」

「那太好了，你一定要吃吃看。」傅妮妮說著便把牛奶糖放到推車內。「小時候只要我哭，我媽都會拿這種糖給我，一吃到糖我就不哭了。」

「標準吃貨。」韓聖臨接話。

傅妮妮非但不惱，甚至朝韓聖臨揚起得意的微笑，似乎對於自己身為吃貨頗為驕傲。「我覺得，這種糖有讓人快樂的魔法。」

韓聖臨繼續推著推車，同時瞄向她放進去的那包牛奶糖。

「以後你看到這種糖就想起我吧！我希望你也能有一些快樂的回憶。」傅妮妮朝他燦笑。

韓聖臨驀然停下腳步，愣愣望向她的笑靨，周遭的一切霎時退去色彩，唯有她的笑容燦爛如花，挽起初春的悸動。

薛弼成挑眉，自動退後了好幾步，遠離上了唯美濾鏡的兩人。

但李言修可沒那麼識相，站在原地傻看著兩人好一會兒，最後不耐煩道：「你們還要看多久？」

韓聖臨這才尷尬地推著推車向前。

結完帳後，三人與李言修離開超市。踏出自動門的那一瞬間，李言修聽見一個奇怪的聲音。

叮鈴——

聽起來像鈴鐺發出的聲響，尾音綿長迴盪在耳畔，延宕幾秒後才消失。

這並不是感應開門的鈴聲，他回頭望去，方才似乎有個男人與他擦肩而過，只見那人穿著休閒服，帶著一頂黑色鴨舌帽，看起來就像是一般的顧客，沒什麼異常。

李言修帶著一絲疑惑轉身離開，驀然想起之前曾看過自己手上戴著一條細紅繩手環，上頭繫著一顆小鈴鐺，但那鈴鐺從沒發出過聲音。

當時他對過往記憶模糊，對這手環的來歷更是毫無印象，且許是因他身為一介幽靈，身上穿戴的東西無法隨意取下，便也沒多在意，都快忘了這東西的存在。

他抬手一看，手環還戴在手上，但這鈴鐺不管怎麼搖都沒聲音。

然而在一瞬間，他瞥見自己掌中浮現螢火蟲般的光點，又倏然消失。

李言修眨了眨眼，不確定是不是自己眼花。

但之後再怎麼仔細看，都沒見到方才的光點，倒是看見水滴穿透他的手掌落至地面。

感覺到有水滴在頭上，傅妮妮將掌心朝上，抬頭看了看略顯灰濛的天色。「是不是快下雨了？」

「這就糟了，我們都沒帶傘。」薛弼成道。

雨滴逐漸密集，韓聖臨將自己的大衣脫下來，往傅妮妮頭上一蓋。

傅妮妮被天降的大衣遮蔽了視線，掀起大衣望向韓聖臨：「你幹嘛？」

「蓋好，妳的外套沒帽子。」

「這樣你怎麼辦？還是蓋你自己吧。」韓聖臨脫下大衣後就只剩下一件大學T，傅妮妮更擔心他會感冒，要將大衣拿下來還他，他卻一隻手又將大衣拉過她的頭。

「聽話。」

薛弼成連忙繞到韓聖臨旁邊，將自己的外套披到兩人頭上。「我跟韓哥一起遮吧。」

不一會兒，天降滂沱大雨，傾瀉而下的雨水瞬間朦朧了視線。

三人狼狽地跑回韓聖臨家，面對這種驟急的大雨，拿外套遮雨就像螳臂擋車，仍是淋成落湯雞。李言修跟著他們一路狂奔回家，也暫時把剛才的異象拋諸腦後。

終於進到室內，薛弼成鬆了口氣。「這雨也太大了吧。」

三個人的衣服都滴著水，頭髮也難以倖免，彷彿掉進泳池剛被撈上來。唯一不受雨水影響的李言修在一旁幸災樂禍地看著他們。

韓聖臨領著兩人到他房間門口，找了替換的衣服及毛巾給他們，並告知他們浴室的位置。

「先換上這個。」

過了一會兒，傅妮妮穿著韓聖臨的寬鬆白T走出來，像穿著一件短洋裝，袖子長到手肘，還頂著有些溼的頭髮。

韓聖臨已經換好了衣服，桌上放著三杯熱開水，坐在客廳等他們。

他聽見腳步聲，回頭一望，看見她的頭髮便皺起眉：「裡面沒吹風機嗎？」

傅妮妮聞言，摸了摸髮尾。「我剛剛有擦過了，沒有很溼吧。」

韓聖臨站起身走向她，扶著她的雙肩將她轉向，把她往房間推。

「欸，幹嘛？」傅妮妮一臉莫名被推著走。

韓聖臨不發一語，只是將她推進自己的房間，讓她坐在床邊，自己又走進浴室拿了吹風機出來。

傅妮妮呆坐在床上，愣看他的一舉一動。

韓聖臨插上插頭，打開吹風機，繞到她身後幫她吹頭髮。

傅妮妮心中一驚。「呃，我自己來就好，不用這麼麻煩……」

第一次有人幫她吹頭髮，而且還是韓聖臨本人，讓她頓時有些不自在。

過了一會兒，韓聖臨突然道：「第一次見面，妳哥跟我說他會幫妳吹頭髮。」

傅妮妮沒料到傅辰暘說過這種話。「他跟你說這個幹嘛？」

「他在挑釁我。」韓聖臨倒是回答得直接。

傅妮妮覺得荒謬地笑出聲。「他臉皮還真厚，什麼吹頭髮，他明明就只會幫我擦頭髮而已。」老哥居然連這種事也要誇大其詞，真是服了他。

「這麼說，我贏妳哥了？」韓聖臨修長的手指挽起傅妮妮頸後的髮絲，一邊問。

傅妮妮又笑了。「你贏他幹嘛？真是兩個幼稚鬼。」

「那就要問妳了。」

「我？」傅妮妮不解。

韓聖臨忽然關掉吹風機，在她耳畔道：「我原本不想的，但妳為什麼老是讓我越陷越深？」

他沉聲又溫柔的語氣，讓傅妮妮心跳驟然漏拍。

韓聖臨似乎輕笑了一下，不等傅妮妮回話又逕自開啟吹風機，用手輕撥開未乾的髮絲。

傅妮妮靜靜盯著房間地板，熱氣熏上臉龐，讓她快要無法思考。

之前她還在困擾韓聖臨為何刻意躲著她，怎麼他現在又開始講讓人誤會的話？這人反反覆覆的是怎麼回事？

之後兩人都沒再說話，韓聖臨幫她吹乾頭髮後，傅妮妮摸了摸殘存餘溫的髮稍，有些侷促地道：「謝謝，沒想到你居然會幫別人吹頭髮。」

「我是嗜睡，不是殘廢。」韓聖臨一邊收吹風機一邊扔下這句話。

五點，蘇星然準時抵達韓聖臨家，進門時同樣對別墅內的寬敞格局讚嘆了一番。大家開始忙著處理食材，又將電磁爐及鍋子搬上餐桌，忙活了會兒，總算能享用豐盛的火鍋配啤酒。

用完晚餐，蘇星然帶來的啤酒和氣泡酒還有一大袋，便提議玩撲克牌，輸的罰酒。中途換成李言修加入戰局，玩得特別起勁，蘇星然還以為韓聖臨喝酒後變了一個人。傅妮妮和薛弼成不斷在一旁暗示，李言修這才收斂了些。

後來眾人轉移陣地，到頂樓上玩另一款桌遊，順便吹著風把剩下的酒喝完。韓聖臨家的頂樓視野極好，果真像薛弼成說的，能將101周邊景致一覽無遺。

李言修中途離開去了廁所，過了好一會兒都沒回來。約莫半小時過去，一直到快接近十二點，薛弼成終於感到不對勁：「韓哥怎麼還沒回來？」

「對啊，該不會是怕輸故意逃跑吧？」蘇星然道。

「要下去找他嗎？」傅妮妮問。

「我去吧。」薛弼成剛要站起來，卻立刻又被蘇星然拉回椅子上。

「妮妮，妳去吧。」蘇星然道。

傅妮妮點了點頭，起身下樓。

薛弼成愣看了傅妮妮一眼，又不明所以地看向蘇星然。

「你傻啦？當然要替他們製造一點獨處機會啊。」蘇星然說得理所當然。

薛弼成這才露出恍然大悟的神情。「喔，有道理。」

他平常照顧韓聖臨習慣了，現在突然要把機會讓給別人，一時還有些不適應。

這麼想的同時，一罐啤酒伸到他面前。「現在剩我們兩個人了，乾一杯吧？」

薛弼成看向蘇星然手上的啤酒，拿起自己的碰上她的。轉頭與之對視，只見她露出滿足的微笑。

傅妮妮下樓後，在屋內繞了一會兒，走到客廳才發現韓聖臨斜臥在沙發上，雙手抱胸，閉起眼像是睡著了。

傅妮妮走上前，半蹲下身湊近瞧他。剛剛也沒看到李言修，難道現在睡著的是李言修嗎？

正在猶豫要不要叫醒他，沙發上的人驀然睜開眼，兩人在近距離之下對視。

傅妮妮尷尬地愣在原地。

「妳在這裡做什麼？」那雙眼沉靜、幽深，宛若一汪深潭，只在表面泛起一道流光。

搭配上略微淡漠的語氣，這是韓聖臨本人沒錯。

「這句話是我要問你的才對吧？你這麼久都沒回來。」傅妮妮倏然站直，理直氣壯。

韓聖臨將手背覆上額頭，輕輕闔上眼。「只是有點頭暈，休息一下。」

傅妮妮聞言，立刻拿開他的手，用自己的手背貼上他額頭，溫度還算正常。

「怎麼只有你在這，李言修呢？」

「去外面晃了吧，說不能跟你們玩，留在這沒意思。」

這個李言修還真沒良心，居然丟下韓聖臨一個人在這……。

「也沒發燒，難道是斷線前的症狀？」

「或許吧，也可能是吃藥的副作用。」

傅妮妮在另一張沙發坐了下來。「那我在這陪你吧。」

空間沉默了片刻，韓聖臨忽然睜開眼，語中帶笑：「妳在這我沒辦法專心休息。」

「什麼意思？」不論是有李言修那個幽靈還是煩人的傅辰暘在旁邊，韓聖臨都能做到旁若無人，現在有什麼好不能專心的？

「快要倒數了，妳不上去找他們？」

「但你在這啊，總不能讓你一個人待著吧，要是倒數的時候一個人也太孤單了。」傅妮妮邊回答邊按下電視遙控器，正好在轉播跨年晚會。「在這裡也能看煙火啊。」

韓聖臨不死心。「來這裡的目的不就是要到頂樓看煙火？我說真的，妳快上去吧。」

傅妮妮奇怪地看他一眼。「你現在是在趕我走嗎？」

韓聖臨輕嘆口氣，沒說話。

傅妮妮其實也有點怕打擾到他，半生氣半妥協地道：「好啦，既然你覺得我礙眼，我就不打擾你了。」她從韓聖臨面前走過，上次到他家來的時候，他就是在這裡伸手拿水刻意擋她。

然而這次，韓聖臨沒有擋住她的去路，而是直接捉住她的手腕。

傅妮妮被一股力道猛然往旁邊拉，直接朝韓聖臨身上倒，她連忙用手撐住沙發，才不至於整個人壓在韓聖臨身上。

即便如此，這距離還是近得叫人心臟狂跳。

韓聖臨直視著她，眼波平靜，潭底卻暗潮洶湧。「我說過，妳在這裡會干擾我。」

他帶點磁性的嗓音此刻聽起來格外誘惑。傅妮妮嚥了口口水，只覺自己的心跳聲越發清晰。

尚未明白發生了什麼事，只覺一隻大手輕柔覆上她的後腦勺，將她輕輕往下壓，隨後她的唇瓣貼上一處柔軟。

韓聖臨仰起頭吻上她的那刻，她瞪大雙眼，暫停了呼吸，心跳聲如擂鼓般不斷放大。

電視轉播傳出晚會主持人「5、4、3、2、1」的倒數聲，接著畫面切換到101的絢麗煙火，電視機內歡聲雷動，屋外更是傳來煙火綻放的陣陣響聲，落地窗忽明忽暗，閃爍著七彩的光輝。

可她的世界彷若靜止於這一瞬。

整個人從喧囂塵世中抽離，眼前只剩下他。她悄悄閉上眼，想感受這個獨占他的時刻。

大門此時是半掩著，李言修從門外要走進去，恰巧撞見這一幕，連忙轉身躲到牆後，深呼吸幾口氣。

好不容易平復情緒，他猛搖了搖頭。

即使韓聖臨現在斷線，他也不能趁這個時候附身。

那樣太卑鄙了。

窗外持續光彩斑斕，韓聖臨緩緩離開她的唇，眸光略帶迷離地注視著她。

傅妮妮愣怔望進他的雙眸，腦裡一片空白，不知該做什麼反應。

韓聖臨勾起嘴角，似笑非笑：「現在相信了嗎？」

傅妮妮的腦袋尚未恢復運轉，對他的話似懂非懂。

他覆在她後腦勺的手順勢滑下，輕撫過她臉龐。

傅妮妮臉頰發燙，心跳持續失速。

掌心停留了一會兒，似在感受她的體溫。隨後，他的手失去力氣般垂落，輕輕闔上了眼。

傅妮妮心頭一緊。

她仔細觀察著他，戳了下他的臉，只見他又像是睡著了一般沒有反應。

抬起頭看看周遭，不見李言修的身影。所以才沒有附身嗎？

傅妮妮離開沙發，跑到房間拿了一條毯子出來，替韓聖臨蓋上，坐在他身旁注視著他。

她看著他熟睡的臉，目光不自覺又移到那輕抿的雙唇，下意識碰了碰自己的唇。

想到剛剛那個吻，她的心仍然跳得飛快，雙手捂著胸口猛力搖了搖頭。這個初吻，來得猝不及防。

她再度瞄向韓聖臨，想著他時不時會出現的一些曖昧舉動，還有稍早那容易讓人誤會的話。再加上剛剛的吻……。

難道這並不是誤會嗎？

傅妮妮實在無法想像眼前這個既難搞又機車的傢伙會……喜歡自己？

『妳為什麼老是讓我越陷越深？』

腦中驀然浮現稍早的那句話。

傅妮妮注視著眼前那張好看的臉，目光勾勒著他清秀的眉眼、高挺的鼻梁。想起關於他的一切，她的嘴角總是不自覺上揚，彷彿春日裡的一隻蝴蝶，輕快地在花叢間翩翩起舞。

她蹲下身趴在他身旁，湊到他耳畔悄聲說了一句話。

說完自己覺得有些害羞，彷彿做了什麼虧心事一樣，起身快步逃離現場，準備上去找蘇星然他們。

傅妮妮走後，電視仍持續轉播著101的煙火。

過了半晌，韓聖臨悄悄睜開眼，腦裡迴盪著她剛才說的話。

——因為喜歡你。

他輕哂，喃喃自語道：「果然還是睡不著啊。」

Chapter 5　王子永遠沉睡

深夜闃靜幽暗的小路，杳無人跡，月光灑在白色磚牆上，隱隱透著陰冷。

男子披著黑色長斗篷走過磚牆，手上提著一個公事包，料峭寒風使他拉了拉斗篷的帽簷，幾乎要擋住眼睛。

他在路的盡頭右轉，彎進一個更狹窄的小巷，路旁的水泥牆突出一塊搖搖欲墜的木製招牌，上頭似乎有被刻過字跡，但歷經風雨摧殘已經逐漸模糊，辨識不清。

招牌的旁邊是一扇矮小的木門，除此之外什麼標示也沒有，看起來就像是平凡住家的後門。

男子伸手推開木門，毫無遲疑，彷彿熟門熟路。

門後的風鈴叮鈴作響，推開門又是另一個世界。昏暗的空間充斥著客人的談話聲以及玻璃杯碰撞的聲響，服務生端著托盤在各桌間忙進忙出，正對門口最底部的吧檯自上方打下金黃燈光，吧檯後方的牆面掛上四個霓虹燈大字——童話小棧。

男子筆直地朝著吧檯走去，將公事包擱在一張椅子上，又脫下斗篷放在公事包上，露出一身酒紅色西裝，他挺拔的輪廓也在燈光下明綻開來。身前掛了張像是識別證的證件，證件上寫著二字：何簫。

他坐上旁邊的座位。「老樣子。」

吧檯裡的酒保身形矮小，雖有人的身體卻長著一顆貓頭。他一邊擦著盤子，一邊淡淡用琥珀色的眼珠瞥了何簫一眼。

何簫從公事包裡拿出筆電，打開網頁，上頭列出許多筆資料清單，每一條資料的最右邊都用綠色的字寫上「完成」，唯獨最後一筆是紅色的「待處理」。

何簫從口袋裡摸出手機，撥了一通電話。

「這是怎麼回事？這次的任務為什麼拖了這麼久？」在何簫通話的同時，貓咪酒保已將何簫的酒端上桌。

「你說什麼？我的代理人失去聯繫？」何簫皺起眉頭，安靜地聽對方說了一會兒。「好，我知道了。」

掛掉電話，何簫將手機往桌上一扔，手指輕敲桌面思忖。

「肯定又是白淺搞的鬼。」

貓咪酒保聽見關鍵字，看向何簫，開口的聲音像個老婆婆：「你們又怎麼了？」

何簫拿起酒杯喝了一口。「我因為上次的事件被暫時停權，只能委託代理人執行收割任務，但他們剛才跟我說，自從派遣到現在，我的代理人從來沒回報過進度，已經失聯三個月了。」

他說著，悠悠地放下酒杯，翹起二郎腿。「有閒工夫阻礙我的，也就只有自以為正直的陰間使者了。」

貓咪酒保擦著玻璃杯，沉默了片刻，忽然道：「童話終於要繼續寫下去了啊。」

何簫不解。「什麼童話？」

貓咪酒保慢悠悠道：「那個詛咒開始應驗了吧。你的代理人失聯，或許也跟詛咒有關。」

「你是說我在十二年前的任務中所下的詛咒？」何簫若有所思。「啊……那個也被寫到童話上了嗎？」

「所以才叫你要定期上去看更新啊，被老闆知道又要生氣了。」貓咪酒保沒好氣地數落他。

何簫骨節分明的手指在筆電上敲打著，叫出名為「童話小站」的部落格，點開最新的一篇，標題為〈沉睡王子〉的文章開始閱讀。

這個部落格是這間酒吧的老闆所創，上面的童話全都是老闆寫的。老闆是他們所有人的上司，也是整個陰間的統領。就像預言一般，只要是發布在部落格上的童話，都會以各種形式成真。

閱讀完童話，何簫露出了然的神情。「原來如此，這次的任務目標是配合童話而產生的，按照故事走向，必須給代理人選擇的機會，所以不能馬上執行任務。」他輕笑了聲，似乎覺得有趣。「白淺肯定也沒想到自己是被詛咒算計了。」

「我被算計？」身後傳來一道清朗的嗓音，何簫回過頭，看見一身白西裝的白淺手插口袋大步走來。

何簫輕蔑一笑。「這不是最奉公守法的陰間使者嗎？居然會來這種地方？」

白淺睨了何簫一眼。「死神倒是成天遊手好閒的。啊對，我忘記你被停權了。」

「你就別裝了，這次派的代理人失聯，是你幹的好事吧？」

白淺坐上與何簫隔了一個空位的椅子，好整以暇道：「我發現你這次的任務目標並不在陰間名單上，認為你大概又像十二年前那樣亂來，但已經簽訂代理人契約的靈魂沒辦法被帶到陰間，要阻止只好先讓他失憶了。」

「白使者的手段還是一樣粗暴呢。」何簫漫不經心調侃道。

「沒有比你失手帶錯人，又妄下詛咒還要亂來吧？」白淺瞇起眼，皮笑肉不笑，接過貓咪酒保遞給他的酒。

「這我也沒辦法，是童話的要求。」何簫不以為意，勾起嘴角。「任務目標當然不在名單上，因為詛咒生效的時刻還沒到。」

白淺挑起眉，不明白對方何出此言。

何簫大方將筆電螢幕轉給他看，待他看完後道：「我們都被詛咒利用了。」

何簫是下詛咒之人，但他訂下的只是規則，至於過程如何執行，全憑詛咒本身，並不在他掌控的範圍內。

白淺看過後，並沒有太驚訝，雙手環胸思索道：「所以只要詛咒生效，他就會恢復記憶？」

「我是這麼推測的。真好奇他們會做什麼選擇。」何簫闔上筆電，看了手錶一眼，眸中閃過一絲興味。

「距離詛咒完整應驗之日，也時日無多了。」

♛　♛　♛

跨年那天以後，傅妮妮看見韓聖臨都不自覺有些尷尬，但韓聖臨對待她的態度一如既往，該溫柔時溫柔，該機車時機車，矮怪這個稱呼更是不離口，彷彿什麼事都沒發生過，讓她不禁懷疑是自己想多了，又或者那天的一切只是一場夢。

韓聖臨在吻上她以後就斷線了，傅妮妮推測他或許不記得斷線前做了什麼事。就像他在舞會時對她說不要離開他，不也只是因為意識不清而胡言亂語嗎？

只不過若真是這樣，她也太虧了吧……那可是她的初吻！

但她也不敢直接問韓聖臨記不記得這件事，一來是自己尷尬，二來要是韓聖臨其實記得，只是想當沒事的話，她這就是哪壺不開提哪壺了。

最近有太多需要煩惱的事，自從遇上李言修以後，韓聖臨的斷線時間確實與日俱增，且一直沒有好轉的跡象。不僅如此，李言修這個不應出現的存在究竟該去哪裡，為何會跟他們牽扯上，又為何只有她與韓聖臨看得見，這一切都尚且沒有答案，謎團仍舊在那，惹人心煩。

除了上述的事情，期末考也接踵而至。

這些林林總總的事情連傅妮妮都有些應付不來，當事人韓聖臨就更不用說了，現下確實沒有心思再想其他有的沒的。如果韓聖臨是因為這個緣故而刻意當沒事的話，傅妮妮倒也能理解。

於是，她與韓聖臨、薛弼成及李言修便繼續維持原本的相處模式，期末考前也會租借討論室一起讀書，只不過這個讀書聚會通常有蘇星然加入，這時李言修就得隱瞞好自己的身分。

蘇星然和薛弼成最近有越走越近的跡象。憑著女人敏銳的直覺，傅妮妮很早便察覺蘇星然對薛弼成有好感，只不過薛弼成大概從來沒把心思放在談戀愛上，畢竟他多年以來的生活重心都是韓聖臨，感情這方面是出乎意料的遲鈍。

傅妮妮打算等韓聖臨斷線的事解決以後，再來好好關心蘇星然的戀情進展，屆時薛弼成應該也比較願意思考這些事。

今日，四個人又齊聚一堂。在讀書讀到快要睡著的時候，韓聖臨突然起身接了一通電話，頓時讓傅妮妮睡意都消散了。

由於外面是圖書館，要接電話只能待在討論室內。傅妮妮剛才就有注意到韓聖臨的手機一直有來電顯示，他已經掛斷了好幾次。

只見韓聖臨走到窗邊，和煦的暖陽照拂著他。接起電話只說了一個字：「爸。」

傅妮妮不自覺豎起耳朵。

『你這孩子，連爸的電話都不接了？』

「我在忙。」

『罷了，兩週後我回國，安排你跟張董和他女兒吃個飯。』

「不去。」

『輪不到你選擇。最近張氏集團的投資案人人都有興趣，張董的女兒和你差不多大，也是名門閨秀，你們早該認識了。總不能因為你那身毛病，一輩子不談對象吧？』

韓聖臨不耐煩地深吸了口氣。

『我問過弼成了，他說你最近生活上沒什麼大問題，撐著一頓飯不發作不困難吧？時間地點我再發給弼成，讓他把你那天空下來。』

有李言修在，自然是不會有發病被看穿的問題。但這不是重點，他根本不想和不認識的人吃飯。父親將近一年沒回家，如今回來和他吃飯的理由，竟也是為了公司的利益。

「這次回來多久？」韓聖臨問。

『三天，跟張董吃完飯隔天早上就走。我為了這場飯局好不容易空下時間，你可千萬別丟我的臉。』

果然，父親從來沒有留時間陪伴家人的想法，因為他根本沒將他這個兒子視作家人，只不過是用來談生意的籌碼。

韓聖臨忽然轉頭望了傅妮妮一眼。傅妮妮以為自己偷聽被發現，連忙低頭裝認真。

「要去可以，但我要帶上一個人。」

韓時耀頓了會兒，開口道：『我知道你和弼成平時形影不離，我也將他當作自己的乾兒子，但這次是要讓你見張董的女兒，多一個人不太合適……』

「不是他。」韓聖臨打斷父親。「是女朋友。」

此話一出，討論室裡所有人都猛然抬頭看向韓聖臨。

『你說什麼？』電話那頭的韓時耀差點沒從椅子上跌下來。

「我說，我會帶女朋友去。」

傅妮妮、蘇星然及薛弼成三個人面面相覷，眼神交流著同一件事：韓聖臨有女朋友？

在桌子上翹二郎腿撐著頭的李言修斜眼睨向韓聖臨，不悅地瞇起眼。

時間回到兩週前，那天是週六，跨年之後又過了兩天。李言修雙手環胸倚在韓聖臨書房門口，面色陰沉地看著他。

韓聖臨坐在書桌前打著報告，視線都沒瞥一眼，淡然道：「有話快說。」

李言修也就開門見山：「你到底喜不喜歡小姑娘？」

韓聖臨敲著鍵盤的手驀然停下。

「關你什麼事？」

「當然關我的事。」李言修逕自踏入他的房間，雙手撐在他的桌前，認真地道出每一個字：「因為我喜歡她。」

韓聖臨迎上他熾烈的目光，波瀾不驚的臉上倏忽浮起一絲淡然笑意。

「有什麼好笑？」李言修皺眉。

「你喜歡她又能如何？」韓聖臨身子傾前靠向桌沿，定睛注視著他。「我喜歡她，又能如何？」

李言修驀然一愣。

「你只是個幽靈，而我的身體有一半時間是你。不論是你還是我，都沒辦法給她幸福。」韓聖臨邊說邊靠向椅背。「這點你應該比我更清楚吧？」

「所以之前你刻意跟她保持距離，還有現在裝沒事的態度，都是因為這個理由？」

在親眼目睹他們接吻後，李言修默默觀察了兩天，發現這兩人之間的關係沒有任何改變，實在搞不懂欠揍科學家又在想什麼，才會忍不住來找他質問。

韓聖臨將注意力放回筆電上，不打算回答。

李言修似是不認同，卻又無奈地嘆了口氣。「我理解你的意思，但你有沒有考慮過人家小姑娘的想法？難道你沒想過這樣刻意逃避，可能傷她更深嗎？」

見韓聖臨不回答，李言修繼續道：「而且我也不想要像你顧慮這麼多，我喜歡她，就是想竭盡所能對她好，雖然我現在這副模樣，但只要我能做到的，我都願意去做。」說到這裡，李言修望向仍在打字的韓聖臨，眸中閃過冷然：「要是你沒辦法守護她，那就我來。」

語畢，李言修瀟灑地轉身離去。

回想那時韓聖臨明明一副要裝死就裝到底的態度，怎麼現在又突然冒出女朋友了？不會是被他那番帥氣的話激到了吧？

韓時耀一聲冷笑。『你這個樣子，怎麼可能交女朋友？』

「總之，要是你堅持讓我出席，我就帶女朋友去，看到時候誰比較尷尬？」韓聖臨不想周旋一堆廢話，只想趕緊解決這件事。

薛弼成從這句話聽出一些端倪，用嘴型向另外兩人解釋：「藉口、藉口。」

『你……』韓時耀沉默片刻，嘆口氣。『罷了，要帶女朋友是吧？我讓祕書把前一天行程空下來，你前一天先帶來給我看看。』

韓聖臨愣怔，沒想到父親會特意空下行程。

『怎麼，不會是沒這個人，隨口說說騙我的吧？』見韓聖臨沒說話，韓時耀推測道。

這下他要是拒絕這一次，就沒理由推辭和張董的聚餐了。作為堂堂一位總裁，韓時耀果然是老奸巨猾。

「……我知道了。」

韓聖臨掛掉電話，雙手撐在桌上，深呼吸，彷彿攤上了個大麻煩。

薛弼成關切地看向他。「韓哥，是耀叔打來的？」

韓聖臨點頭。

「那你說的女朋友是……」

「為了推託飯局才說的。」韓聖臨走回座位，坐下，神色凝重地望著桌面。「但他要我前一天帶給他看。」

薛弼成差點沒噴出笑來。「那你現在打算怎麼辦？」

蘇星然瞥了傅妮妮一眼，奇怪道：「欸？你們沒在一起啊？」

傅妮妮雙頰泛紅，瞪了蘇星然一眼。她肯定是故意的。

「我覺得吧，就找一個人假裝一下也沒什麼。」薛弼成攤開掌心，有意無意地往傅妮妮的方向擺了擺。

「一頓飯而已，不困難吧？」

「我再想個藉口打發他吧。」韓聖臨似乎不打算接受他的提議。

傅妮妮抬頭望他。「如果需要幫忙的話，我其實可以……」可以假裝成你的女朋友，不然當你真正的女朋友也行。

韓聖臨望進她的眼，認真道：「他的目的是想拆散我們，到時候肯定會對妳說些難聽的話。」

傅妮妮愣了愣。「反、反正只是假裝的，沒關係吧。」

蘇星然用手托腮，饒富興味地看著韓聖臨。這護妻護得明顯啊。

「你們要不要乾脆直接在一起算了？」蘇星然再度口出狂言。

韓聖臨直勾勾望著傅妮妮的雙眼，眸中似有複雜的情緒在打轉，輕描淡寫地回答：「我們不能在一起。」

這話表面上是在回答蘇星然，卻又像是對著傅妮妮說。

傅妮妮靜靜看著他，似乎從那副眼神裡讀懂了什麼。

♛ ♛ ♛

蘇星然和傅妮妮並肩走在校園中。

「我還是不懂他什麼意思，因為爸爸反對就不能在一起嗎？談戀愛是你們兩個人的事，我沒想到他竟然是個爸寶。」蘇星然語調有些氣憤，為傅妮妮打抱不平。

「我想應該不是那樣的。」傅妮妮牽起一抹略帶苦澀的微笑。蘇星然不知道韓聖臨的斷線祕密，自然無法理解。

「那是怎樣？而且妳還堅持要幫他，既不能在一起還要蹚這渾水，這不是很划不來嗎？」

「就當做善事囉，而且我其實也想見見韓聖臨的爸爸。」

她想知道韓聖臨平時是怎麼和家人相處的。

蘇星然無奈地嘆氣。「妳這用閩南語形容就叫『愛到卡慘死』。」

「什麼啊，我才沒有呢。」傅妮妮極力否認。

接下來的一週，學生們陷入水深火熱的期末地獄，隨後一個個陸續解脫，迎來寒假。

很快便來到韓聖臨與父親約定的日期。

地點選在一家高級的法式餐廳，裝潢精緻高雅，黑白色系加上幽微的燈光，增添不少用餐情調。

傅妮妮穿著一件淡粉色連身洋裝，在韓聖臨旁邊正襟危坐。韓時耀就坐在韓聖臨對面，五官稜角分明，眉眼間可看出幾分韓聖臨的神韻，但眼中的鋒芒銳氣更盛。縱然臉上有幾道歲月鑿下的痕跡，仍不掩他凌厲的氣場。

傅妮妮後悔接下這個任務了。原本想著吃一頓飯並無大礙，沒想到是來到這種一輩子不曾踏入過的高檔餐廳，光是這環境就夠讓人壓力大了，對面的韓時耀更是渾身散發強烈的壓迫感，有意無意投來的目光都彷彿要將傅妮妮看穿一般。

初到餐廳時，她已經與韓時耀打過招呼，而對方在座位上淡淡瞥她一眼，只說了一個字：「坐。」那冷淡又難以親近的模樣，簡直跟韓聖臨如出一轍。

坐在韓時耀旁邊的薛弼成朝傅妮妮堆出一個微笑，要她放輕鬆些，然而自己也是背脊打直，跟棵樹沒兩樣。

必須隨時做掩護的李言修自然不能缺席，坐在餐桌旁用來隔開走道的矮牆上，伺機而動，暗自期待韓聖臨能在用餐途中斷線，好讓他能享用高級大餐。

俐落地決定完餐點，韓時耀毫不拖泥帶水切入主題：「我聽弼成說，妳已經知道聖臨的病了。」

薛弼成微微點頭，想起那天韓聖臨說出女朋友三個字後，馬上就輪到他被問話，還因為沒有及時報備這件事被韓時耀嚴厲「關切」了一番，搞得他一陣心酸。

「是。」傅妮妮抬眼看向韓時耀，盡可能穩住呼吸，讓自己聲音不要顫抖。

「什麼感覺？」

傅妮妮突然想起韓聖臨在舞會上問她，和李言修跳舞感覺怎麼樣。

……這兩人不愧是父子，連問話都像。

「您的意思是……」

「知道他有這種疾病，還願意跟他在一起嗎？」韓時耀漆黑的眼眸頓時閃過一絲光。

傅妮妮轉頭望向韓聖臨，他安靜端坐著，面上不顯情緒。

她重新看向韓時耀，開口道：「我……不認為那是一種病。」

「喔？」韓時耀眼裡似乎燃起一絲興趣，等著她繼續說下去。

「我認為那和他小時候經歷的創傷有關，所以我想陪伴在他身邊，幫助他一起解決問題。」

說出這些話時，她並不害怕，因為這全都是真心話。

韓聖臨緩緩瞥向身旁的傅妮妮，沒料到她會這麼說。

韓時耀垂眸，半晌道：「看來妳也清楚過去那場意外。」他抬眼，望向韓聖臨的眼眸看不出情緒。「聖臨他還真的什麼都告訴妳了。」

被父親那樣注視著，韓聖臨臉色驀變，胸口忽然像是被什麼堵住一般，一瞬間喘不過氣。

他認得父親的那個眼神。深不見底，彷彿被一層深濃的墨色所暈染，又如黑洞般要將他整個人吞噬。每當父親露出那副眼神，就是要提起那件事的時候。

韓時耀身子向後靠上椅背，長腿交疊，神情倒是悠哉。「妳應該知道，這個病是在曼姝——也就是他母親發生意外之後才出現的。知道我當時是怎麼想的嗎？」

傅妮妮靜靜等著他說下去。

韓時耀拿起水杯喝了口水，悠悠道：「犧牲自己的母親還不夠，現在又多給我添這個麻煩，簡直是上天派來折磨我的。」

傅妮妮睜大眼，不敢相信自己聽到了什麼。

韓聖臨只是盯著桌面，不發一語。

薛弼成似乎也聽不下去，忍不住開口道：「耀叔，話不能這樣說的。」

這時服務生來送上開胃菜。

傅妮妮原本就因緊張而沒什麼胃口了，剛才聽到韓時耀說出如此荒謬的話，更是令她食欲全無。

服務生離開後，韓時耀做出請的手勢：「開動吧。」說完自己也拿起刀叉。

三人默默拾起刀叉，傅妮妮覺得這頓飯吃得實在相當消化不良。

韓時耀接續薛弼成的話回應：「我說這些並不是在怪他，只是把我真實的想法告訴你們。」

「當時我很絕望，但一想到我們兒子的命是拿曼姝的命換來的，我就有義務讓他平安長大，才不愧對曼姝。」

韓聖臨持餐具的手一頓，默不作聲地繼續用餐。

「為此，我積極地想治好他的病，到國外四處奔走，尋找名醫，但所有的醫師都指向同一個診斷——嗜睡症。還說有可能是壓力引發的。你們待在他身邊自然清楚，這個病不是簡單一個嗜睡症可以概括的。過了這麼久，始終沒有找到治療方法，就是無解。」說到這裡，韓時耀手一攤，朝傅妮妮看去。

「妳剛才說要陪伴他找出答案，我相當佩服妳的勇氣。」韓時耀話鋒一轉。「——但這只是不切實際的夢想罷了。」

傅妮妮一愣，心底似乎有某個東西被擊碎了。

「在我看來，這與其說是疾病，更像是某種懲罰。」韓時耀一邊叉起食物一邊漫不經心道：「給他的懲罰，更是給我的懲罰。」

哐啷一聲，韓聖臨手中的叉子落至盤中。

「韓哥，你還好嗎？」薛弼成立刻擔憂地問。

傅妮妮輕柔握住他的手腕。

韓聖臨盡力穩住呼吸，輕輕搖了搖頭，重新拾起叉子。「沒事。」

韓時耀淡漠地看著這幅景象，開口道：「我不在身邊，你的用餐禮儀又退步了，明天可不能像現在這樣丟臉，知道嗎？」

「是。」韓聖臨盯著桌面，淡淡回答。

坐在後面的李言修白眼簡直要翻到後腦勺，這個大叔是要多不可理喻？他會這樣明明就是你造成的，你還敢跟他提用餐禮儀？

要不是他是幽靈，他還真怕自己會衝上去揍韓時耀一拳。

須臾，下一道湯品端上桌，韓時耀再度開口：

「之所以說是懲罰，是因為有了這個病，讓我和聖臨永遠不會忘記那場意外，也永遠不會忘記曼姝，這大概也是她希望的吧。這麼一想，我也慢慢接受了這個病會永遠纏著聖臨的事實。」

韓時耀喝了一口湯，抬眼看向韓聖臨。「聖臨，你也是這麼想的吧？」

韓聖臨動作一頓，下意識迴避那道目光。「……是。」

從小，韓時耀就不斷灌輸他自己害死母親的這項事實，以致他潛意識中形塑了一個似是而非的腳本：自己背負著害死母親的過錯，但韓時耀並沒有責怪他，仍辛苦將他扶養長大。基於父親對他的包容，他必須順從父親，父親說什麼就是什麼，尤其是在與母親的死有關的事上。畢竟他是個罪人，他沒資格反駁什麼。

「我知道這不全是你的錯，我也從來沒怪過你，但事實就擺在那，你自己也要有所自覺，好好照顧自己，不要辜負你媽媽。」

這是韓時耀慣用的說話模式，先強調自己不曾怪罪他，再搬出「事實」來告誡提醒。

傅妮妮終於忍不住：「您說從來沒怪過他，那您難道看不出來他現在很痛苦嗎？」

韓聖臨心中一驚，沒想到傅妮妮會這樣對韓時耀說話。

「痛苦？」韓時耀竟是勾起嘴角。「我關心他的痛苦，那誰來關心我的痛苦？比起我們，曼姝受到的痛苦更是難以想像，不是嗎？」

聽見韓時耀的話，傅妮妮愣住了。

他還活在過去，活在韓聖臨的母親出意外的那日。

至今仍受痛苦折磨的並不是韓聖臨的母親，而是他自己。他將自己囚禁於失去妻子的那一日，以妻子的痛苦折磨自己，也折磨韓聖臨。

韓時耀又將視線移向韓聖臨，眸中的幽暗似能將人吞噬。「聖臨，你真的是這麼想嗎？活下來的你感到痛苦嗎？」

提及母親的痛苦，韓聖臨腦中猝然閃過一幕幕母親染血的畫面，呼吸越發急促，顫抖的雙手捏緊拳頭，游移的視線失了焦距。

——活下來的你有資格感到痛苦嗎？

他聽得出父親問話背後的含義。

「不是的……我……」韓聖臨搖了搖頭，意外當天的畫面排山倒海而來，他克制不住自己不去想它。

「耀叔，先緩緩吧，韓哥看起來狀況不太好。」薛弼成眉頭緊皺著，臉上盡是擔憂，好幾次想離開座位走到他旁邊。

傅妮妮一把握住韓聖臨顫抖的手，神情嚴肅地望向韓時耀。「韓聖臨的斷線不是懲罰，可是您卻重複用類似的言語提醒他，讓他活在愧疚中，是您帶給他痛苦的。」

「什麼？」韓時耀瞥眼，沒想到會聽見這些話。

「看來您不太了解自己的妻子，身為母親是不可能怪罪自己的孩子的，既然您自己都說不怪他，那麼他母親就更不可能這麼做。是您擅自將這個病當作懲罰，以妻子作為藉口，將自己的痛苦發洩在孩子身上。」

韓時耀微瞇起眼，深沉的眸閃過一絲銳利的光，不以為然地看著她。

傅妮妮不能因韓時耀的眼神而退縮，悄悄將韓聖臨的手握得更緊。

「韓聖臨從來就沒有錯。請您放過他，也放過您自己吧。」

韓聖臨聞言，愣看向她，呼吸逐漸平緩下來。

薛弼成聽了這席話都想替傅妮妮拍手，在心中讚嘆不已。

韓時耀仍是目光冷冷地瞅著她，氣氛頓時僵持。

服務生在此時送上主餐，都能感受到這桌瀰漫著一股山雨欲來風滿樓的詭異寧靜。

待服務生推著推車落荒而逃後，韓時耀終於發出一聲輕蔑的笑。「聽說妳是心理系的，還真當自己是心理師，要分析我的心理狀態嗎？」

「看來聖臨就是遇到了妳，才會逐漸忘了我教過他的規矩。」韓時耀邊說邊悠哉地拿起刀，用餐巾擦拭。

「跟她沒關係。」涉及到傅妮妮，韓聖臨便會出言維護。

「你們看，現在還會跟我頂嘴。」韓時耀語調輕鬆，面上卻是皮笑肉不笑。「雖然我經常不在他身邊，但我畢竟是他爸，平時也都透過弼成和我匯報情況，他的個性我很清楚，連交個朋友都很難，還談什麼女朋友？」

「所以我想，不需要多做介入，你們也維持不了太久。」韓時耀切著面前的牛排，其餘的人靜靜看著他，不為所動。

「況且一個隨時會斷線的人，根本沒有能力照顧別人，不要給人添麻煩就不錯了。你說是吧，弼成？」

突然被點名的薛弼成有些不知所措。「這個……」

「不是的，韓聖臨他是個很貼心的人。」傅妮妮替他接話。

韓時耀切著牛排的手驀然停頓，睨向傅妮妮。

「他很會替人著想，會怕我太晚回家，怕我感冒給我披外套，淋到雨的時候還會幫我吹頭髮。我慌張時會安撫我，讓我冷靜下來；教我功課的時候會先查好課程大綱，幫我找考古題，針對我不會的部分做重點整理。他真的是非常細心又體貼的人。」傅妮妮說著，臉上不自覺浮現微笑。

「這我倒是可以作證。」李言修又想到熱麥茶那件事，在後面咕噥道。他這輩子還真沒遇過這樣周到的人。

韓時耀的臉色微變，似乎沒想到會有這麼多他不知道的事。

「我認為伯父您也還不夠瞭解韓聖臨。他最需要的不是將斷線治療好，而是家人的關心。」

「妳算什麼東西，還輪得到妳來教我？」韓時耀蹙起眉宇，憤而放下刀叉，敲擊盤子發出清脆響聲。

傅妮妮心中一驚，但表面鎮定，毫不退縮。

「這位大叔，我看你的用餐禮儀也沒多好嘛。」

三人一致看向聲音的來源，傅妮妮和薛弼成同時倒抽一口涼氣。

只見韓聖臨一臉鄙夷地瞧著韓時耀，神情相當不屑。

韓時耀瞇起眼，以為自己聽錯。「你說什麼？」

「韓聖臨」逕自拿起面前地刀叉，豪邁地切著面前的羊小排。「她說的沒錯，作為一個父親你確實挺失敗的，不僅不關心兒子，見面也只會用言語給對方壓力，我還真沒見過像你這樣的父親。」他切下一塊肉，大口塞進嘴裡，挑釁般地盯著韓時耀看。

李言修好不容易等到附身的機會，這輩子從沒碰過的高級料理絕對要大吃特吃一頓。

韓時耀顯然被這番話惹火了。「你……簡直大逆不道！我是怎麼教你的？」

「我不知道，但我倒要慶幸你平常沒和這傢伙生活在一起，不然肯定一天到晚對他說些恐怖的話吧？」

李言修一邊回應一邊狼吞虎嚥地吃著羊小排。

「你現在到底在說什麼？」氣憤之餘，韓時耀都快被搞混了，他兒子說這傢伙，是在說誰？

「那個，耀叔，這是最近偶爾會出現的副作用，韓哥他……會變得不太像韓哥，你別太放在心上。」薛弼成連忙試著解釋。

「是不是這個女的把他變成這樣的？」韓時耀指著傅妮妮，對薛弼成問。

薛弼成還來不及回答，李言修便抬起頭反駁道：「欸，你別冤枉小……別冤枉妮妮。我能坐在這裡都是因為她。」

「這話什麼意思？」面對態度倨傲的「韓聖臨」，韓時耀逐漸失去耐心。

「意思就是，她拯救了我，改變了我。」李言修說到一半，突然豪邁地搭上傅妮妮的肩膀，注視著韓時耀認真道：「我這輩子，非她不可。」

傅妮妮原本就被他突如其來的舉動嚇了一跳，又聽見後面這句話，瞬間刷紅了臉。

李言修這是在做什麼？趁亂告白也不是這樣的吧？

韓時耀見自己兒子那副叛逆的痞樣，頓覺血壓衝上腦門，扶了扶暈眩的頭，深吸一口長氣。「真是荒唐。」

李言修放開傅妮妮，繼續切著肉。「荒唐的是你，不可理喻的大叔。勸你還是想一想妮妮的話，不要把痛苦的來源推給死者。我們才沒那閒工夫緊抓著生者不放，一切的痛苦和罪惡都是你們自己塑造出來的。」

他抬起眼，盯著韓時耀的眼神認真，頓了會兒才道：「死了就是死了，該放手了。」

說到最後，他聲音特別輕，特別語重心長。

韓時耀擰眉，思考著他說的話。

語畢，李言修又快速把剩下的羊小排給解決，拿紙巾拭了拭嘴後站起身。「甜點留給你，我看著大叔實在有些倒胃口，先走了。」

「誰准你走了？站住！」韓時耀不可置信地看著「韓聖臨」離去，吼道。

傅妮妮轉身看著李言修手插口袋離去的背影，站起身慌忙對韓時耀鞠躬道：「謝謝伯父招待。」便匆匆追了上去。

「這兩個人是來把我氣死的嗎？」韓時耀這輩子沒遇過這麼離譜的事，更沒見過自己的兒子如此沒大沒小，還叫他大叔？

「耀叔，我雖然是單親家庭，但我也很清楚自己需要的，不會是像您這樣的父親。」薛弼成落下這句話，也站起身，對韓時耀鞠了躬。「我去找韓哥，先告辭了。」

三人相繼離去，留下韓時耀一人孤獨留在座位。

他靜默片刻，右手拳頭忽然重重敲向桌面，餐盤為之一震，餐廳內的人紛紛朝他投以目光，不一會兒又各自忙各自的。

♛ ♛ ♛

「真是的，怎麼會有這種人？難怪叫韓食藥，真的該吃藥了。」李言修離開餐廳，走在夜晚的街道上，自言自語道。

雖然他從小就沒有父母，但像這種父親，他寧可不要。

今日唯一的收穫大概就是那塊鮮嫩多汁的羊小排，真不愧是高級餐廳，處理食材就是不一樣。對了，還有趁機教訓了韓食藥一頓，雖然他認為這種人會把話聽進去的機率渺茫。

走著走著，李言修驀然又聽見了鈴鐺的聲音。

叮鈴——

他頓下腳步，回過頭，只見方才又有一人和他擦身而過，正朝著他身後走遠。看背影是個高瘦的男子，身形和當時在超市見到的那人差不多，一身黑衣，頭戴黑色鴨舌帽，步履不快，看不出有什麼不對勁，卻總有股說不上來的詭異。

莫非和當時是同一個人？

李言修低頭確認自己的掌心，驀地瞪大了眼。

金黃的光點又浮現在掌中，這次並沒有消失，而是明確地停留在手上。

這時他才赫然發現，自己已經離開韓聖臨的身體了。剛才被韓食藥那個荒唐大叔搞得心情很差，自顧自地一直走路，連附身結束都沒發現。

李言修環顧四周，不僅沒見到韓聖臨的身影，連這裡的路他都不認識。餐廳的位置本就是他沒去過的地方，胡亂走一下就又變成另一幅街景，這下他連回去的路怎麼走都不知道。

再度看了眼手中的光點，他掌心收攏，決定先跟上那個可疑的男子，看能不能找出什麼端倪。

♚　♚　♚

另一邊，傅妮妮很快追上站在路中央的韓聖臨。

「李言修！」她朝他的背影喊道。

韓聖臨回頭，看見傅妮妮朝她小跑步而來。

「直接走掉也太沒禮貌了吧！真是的，你根本是專程來毀韓聖臨的形象的……」

「他搞砸了？」韓聖臨只是問。

傅妮妮愣了幾秒。「你是韓聖臨？」

韓聖臨轉身面向她。「怪不得我會在路中央醒來。」

傅妮妮荒謬地吁了口氣。「那他人呢？」

「不知道。」韓聖臨對李言修此時在哪不感興趣，又問：「他附身後做了什麼？」

傅妮妮張口欲說，卻又不知該從何說起。「他……說了蠻多話，總之把你爸惹毛了，然後丟下我們自己離開。」

韓聖臨忍不住笑了出來。

「有什麼好笑的？我們都快緊張死了。」傅妮妮皺眉。

「他做了我一輩子做不到的事，挺有趣的。」

「你都不擔心你爸抓狂嗎？」

「我倒想親自看看是什麼樣子。」

他們的父子關係還真挺複雜的……。

「今天讓妳聽見一些不好的話，抱歉。」韓聖臨忽道。

傅妮妮連忙擺了擺手。「不會，只是……沒想到你跟爸爸是這樣相處的。」

韓聖臨低頭望向地面，理解似的揚起嘴角。「一直是這樣。」

「話說回來，你是什麼時候斷線的？斷線前的事情你還記得嗎？」

韓聖臨瞧著她思忖半晌，似笑非笑：「妳說我細心又體貼。」

傅妮妮原本就是想確認他有沒有聽見這個才問的，如今聽見他親口說出答案又有些難為情，不好意思地笑道：「啊，那個啊……」

忽然，她聽見韓聖臨道：「謝謝妳。」

傅妮妮抬眼，有些訝異他會向她道謝。「謝什麼？」

只見韓聖臨上前一步，將她輕擁入懷。「謝謝妳讓我知道，我還有活在世上的價值。」

傅妮妮愣愣睜大眼眸，雙手輕輕回抱住他。

「韓聖臨，我有些話一直想告訴你。」

「不論未來會發生什麼、我們會變成怎麼樣，我都想陪在你身邊。」她抬起頭，澄亮的眼眸仰望著他，堅定道：「不會離開你。」

韓聖臨愣看著她，心中升起一股暖意，亦湧上一陣酸澀。

在他懷裡的女孩，無時無刻都令他心動。他從未如此喜歡過一個人，喜歡到想永遠待在她身邊。

然而對她的喜歡，他只能藏在心底。

他不能沒有她，卻也不能擁有她。

為了不耽誤她，此時此刻，他該做的是把她推開。

但他做不到。

霎時，韓聖臨的手機鈴聲響起。他鬆開手，傅妮妮則尷尬地退開一步。

自口袋裡拿起手機一看，是薛弼成打來的。

韓聖臨接起來，沒說話。

『喂？韓哥？』

「你怎麼知道是我？」

『接起來沒說話一定是你。你在哪？我繞了餐廳附近一圈都沒見到。』

「我不知道，等等把位置發給你。」

『Ok。』

掛了電話，韓聖臨將位置發送出去，一邊對傅妮妮道：「薛弼成等一下會過來。」

傅妮妮應了聲，翻了翻包包，臉色驀變，更仔細地翻找著每個夾層。

「怎麼了？」韓聖臨抬眼。

傅妮妮看向他，有些慌張。「我好像把手機忘在餐廳了。」

「我跟妳回去。」

「不用了，餐廳離這不遠，你在這裡等雪碧，我去一下馬上回來。」

韓聖臨猶豫了會兒，輕拍了下她的頭。「那妳小心點。」

「知道了。」傅妮妮蹦蹦跳跳地跑走了。

韓聖臨看著她的背影，不自覺勾起嘴角。

♚　♚　♚

李言修一路跟隨著黑衣男子，竟走回了餐廳附近。

他一瞬間想：莫非這人是特地給他帶路的？

餐廳後方有條相對狹窄的小路，黑衣男子在小路間的暗巷中徘徊，似在等人。

李言修繞到餐廳旁，看了看四周，沒見到韓聖臨他們，但既然已經回到餐廳，他便可以按著原路回到韓聖臨家。

正當他思忖著是否該離開，忽聽見身後有些動靜，連忙跑回小路口，就見一個人影被拽入暗巷中。

他立刻衝進巷內，看見眼前景象呆愣了一瞬。

黑衣男子站在傅妮妮背後，壓低的帽簷在他臉上罩了一道陰影，一手搭著傅妮妮的肩膀，另一手拿著某樣東西抵在她背後，讓她動彈不得。

傅妮妮全身繃緊，感受到一個尖銳的物體抵著她的背脊，連呼吸都在顫抖。男人在她耳邊低聲道：「想活命的話就安靜跟我走。」

巷外是一條寂靜的小路，傅妮妮此刻面對著巷口，清楚地看見李言修出現在她面前。

「小姑娘！」李言修大喊，但只有傅妮妮聽得見。

傅妮妮極力保持鎮定，告訴自己不能輕舉妄動，不能隨意和李言修談話。

男子讓她轉向後方，推著她往小巷更深處走去。

「你這傢伙給我放開她！」李言修大吼著衝上前，想抓住黑衣男子的手，卻又是直接穿透過去。

他看向自己掌中的點點光芒，忽然看見傅妮妮的手臂上閃現出同樣的光點。他伸手欲抓，光點又倏然消失，什麼也沒碰著。

「可惡，這到底怎麼回事？」李言修氣到快失去理智，這時注意到傅妮妮微微瞥向他，似乎想和他說什麼。

李言修趕緊跑到她面前，配合她退後走路。「妳想說什麼？」

傅妮妮用手在身體前偷偷比了個方向，嘴型說道：「走到底左轉。」

「走到底左轉？」李言修複述了一遍。

傅妮妮眨了眨眼。

「走到底左轉。小姑娘妳等著，我馬上回來。」語畢，李言修朝著傅妮妮指示的方向飛也似地狂奔。

這時男人的聲音自背後傳來。「妳在咕噥些什麼？」

傅妮妮靈機一動，順勢說：「我在跟我朋友說話。」

男人頓下腳步，更加沉聲狠戾：「我警告妳，別想給我耍花樣。」

「是真的，我朋友就在那裡。」

男人靜默了一陣，忽然將傅妮妮轉過身，甩她一個巴掌，使她跌坐在地。

「當我是白痴嗎？」

傅妮妮抓緊機會，爬起身拔腿就跑。

李言修跑回小路上，按照傅妮妮說的跑到盡頭再左轉，果然如他料想的看見韓聖臨的身影。

他一路狂奔至韓聖臨面前，劈頭就道：「小姑娘有危險，跟我來。」

韓聖臨因他突然出現而嚇了一跳。「什麼？」

「廢話少說，快點！不然你身體借我！」李言修說完又往原路跑回去，韓聖臨只得快步跟上。

「你說她在哪？」

「在前面的暗巷被人帶走了，那個人身上有刀。」

兩個跑得如一陣疾風的男人快速交流完情報，韓聖臨拐入前一條巷子，李言修則沿原路返回，到了巷口恰好聽見一聲尖叫及倒地聲。

傅妮妮向前撲地，持著刀的男人緩緩走向她。

「還想跑？我看妳能跑去哪。」男人露出猖狂的笑容，舉起手中的刀子。

「傅妮妮！」

「小姑娘！」

一人在巷頭，一人在巷尾，同時衝向趴在地上的傅妮妮。男子聽見聲音愣了一秒，刀將落下的那一瞬間，韓聖臨用身子護住傅妮妮，抱著她在地上滾了一圈。

男子的刀朝地面揮空，穿透了同樣撲向傅妮妮、此刻還趴在原地的李言修。

李言修愣看向自己的手，剛剛那一剎那，他又在傅妮妮身上看見了光點。碰到光點的同時，他好像碰到了傅妮妮。

躲過一劫的兩人氣喘吁吁，韓聖臨撥開傅妮妮落至臉上的髮絲，又查看她身上是否有受傷。

「有受傷嗎？」韓聖臨將傅妮妮扶著坐起身。

傅妮妮驚魂未定地搖了搖頭。

男子看向滾到一旁的兩人，啐了一口，又舉著刀揮向他們。「可惡！」

刀尖直直對準韓聖臨，他提起手臂格擋，一旁的傅妮妮猛然跳起來，抓著男人持刀的手臂重重咬下。

男人吃痛大喊一聲，刀子鬆手落地，左手朝傅妮妮揮拳。

韓聖臨趁勢起身，徑直抓住男人的手腕，朝男人臉上揮一記拳，又把地上的小刀踢得遠遠的。

傅妮妮連忙抓著韓聖臨的手：「你沒事吧？」

「沒事。」

男人朝一旁摔倒，很快又爬起身，手摸向腰後藏的另一把小刀，大步朝韓聖臨跨去。

從李言修的角度，清楚看見男人從腰後拿出另一把刀，朝兩人大喊：「小心，他有刀！」

傅妮妮也同時看見男人手上的刀，不由分說地轉身抱住韓聖臨，用身子擋在他面前。

「小姑娘！」李言修迅疾爬起身，大步奔向她，下意識伸手朝她閃爍著光點的手臂一握。

——握到了。

李言修將她用力往自己的方向拉，確實拉起了她的手，但她的身體還留在原處，他所拉住的是自她身體裡分離的某樣東西。

那一瞬，李言修愣怔。縱使從未見過這種場面，腦中卻自動認知到那是什麼。

——她的靈魂。

不等李言修反應，他所握著的手臂在電光石火間又被抽了回去。只見韓聖臨立刻拽著傅妮妮往側邊倒，刀尖劃破傅妮妮的右臂，滲出血珠。

「妳瘋了嗎？這樣很危險。」兩人二度躺在地上，韓聖臨一邊喘著氣一邊道。

傅妮妮則嚇到說不出話來。

「突然冒出的傢伙真是礙事。」男人緩步走向還來不及爬起來的兩人，甩了甩刀子，彷彿在看自己的囊中之物。

傅妮妮望向韓聖臨，卻見他闔上了眼。

「韓聖臨？韓聖臨？你受傷了嗎？」傅妮妮驚惶地看著他，心中一陣著急。

男人居高臨下俯瞰著兩人，舉起刀子的那一瞬間，韓聖臨倏然睜開眼，眸光凜然，抬腿猛然踢向男人的脛骨，順勢坐起身。男人猝不及防向後踉蹌，再次揮刀，韓聖臨立刻起身揪住對方衣領，一把抓住男人持刀的手腕，滿腔怒意加重他的手勁，彷彿要將對方腕骨捏碎那般，接著一記右勾拳打向男人的臉，刀子順勢飛了出去。

他提起男人衣領，怒目瞋視著對方，沉聲道：「敢碰我們小姑娘，你這混蛋找死嗎？」

聽見這句話就知道是李言修來了。

男人奮力掙扎，左手掄起拳頭，李言修抬手擋下，提起膝蓋猛力撞向男人腹部，又一拳將他揍倒在地，蹲下身箝梏住對方兩隻手臂，將他壓制。

「混帳，別想跑。」李言修說完又揍向男人的臉。

男人奮力想掙脫，掙扎的同時手賣力往旁邊伸，摸到了地上的小刀，使勁翻身朝李言修刺去。李言修翻滾閃躲，情勢瞬間反轉，男人在上壓制住他，李言修拚命擋住他襲來的刀，雙方在地上扭打成一團。

傅妮妮著急地翻找包包想報警，這才想起她原本就是要去拿手機的。

此時，由遠而近的警笛聲劃破了夜空，薛弼成以及幾名警察現身在巷口。

打鬥過程中男人幾度想逃跑，但李言修死命抓著他不放，此刻又被李言修壓制在地，動彈不得。兩人同時望向巷口，見數名警察跑上前，李言修才終於鬆開手，起身踹了男人最後一腳。

落在一旁的小刀浸染了血跡。

薛弼成跟著警察一同跑上前，先奔向坐在地上的傅妮妮。「妮妮、韓哥！你們沒事吧？」

傅妮妮搖了搖頭，在薛弼成的攙扶下爬起身，立刻跑到李言修旁邊。「你有沒有怎麼樣？」

李言修喘著氣，冷冷看著男人被警察銬上手銬，聽見傅妮妮的提問後轉頭看向她，臉色有些蒼白，幾近用氣音說道：「我沒事。」

「韓哥，你一個人對抗他也太危險了，你都不知道我聽著這通電話快嚇死了。」薛弼成一臉擔憂地斥責道。

那時他快要抵達地點，韓聖臨突然打電話給他，他接起來後就聽見韓聖臨的聲音：「你說她在哪？」接著是尖叫以及激烈的打鬥聲，連忙向路人借了手機報警。

李言修看向薛弼成，本想說什麼，忽然腿一軟就要倒下去。傅妮妮和薛弼成慌忙扶住他。

「李言修，你怎麼了？」傅妮妮緊張地問，忽然看見他的白襯衫右側滲出血，倒抽一口氣：「你受傷了！」

「他是李言修？」薛弼成也看見傷口，連忙讓李言修躺下來。鮮血從右側腹部不斷湧出，很快將襯衫浸染成一片紅。

「難道是剛剛抓住那個人的時候……」傅妮妮摀著嘴，擔憂的眼中閃爍著水光。

李言修看著傅妮妮，還有力氣扯出微笑。「小姑娘，別哭……」

斗大的淚珠自傅妮妮眼中滾出，滑落臉龐。「那你為什麼這麼拚命？還是用韓聖臨的身體，這樣我怎麼對得起你們兩個？」

「這沒什麼，能看見妳為我哭，就值得了。」他笑著道，伸出手撫上傅妮妮的臉，抹去她臉上的淚，輕聲問：「我這樣算是守護妳了吧？」

「你在說什麼……」不等傅妮妮問完，李言修的手垂落至地面，昏了過去。

傅妮妮愣看著眼前失去意識的韓聖臨及李言修，淚水無法抑止地湧出，霎時模糊了視線。

不知怎地，她感到很害怕。

害怕他們其中一人再也無法醒來。

Chapter 6 Dear My Princess

李言修漂浮在一個全然黑暗的空間內，感覺自己不斷往下墜，底下彷彿是個無底洞，自下方吹來陣陣陰風。

和那天在老家恢復部分記憶時一樣的場景，頭頂傳來一陣陣尖銳的疼痛。不斷下墜的過程中，他再度聽見了一個男人的聲音，然而這次清晰多了：

「死亡的過程很痛苦吧？」

他這是……又再死一次了嗎？

眼前景象驀然明朗，他發現自己坐在一張紅色圓桌前，空間打著昏黃的微弱光線，週遭充斥著嘈雜的交談聲以及杯盤相互碰撞的清脆聲響。這裡像是一間酒吧，吧台後方的牆面閃爍著霓虹大字——童話小棧。

童話小棧……這名字好像在哪見過……？

「這還不是最折磨的，到了陰間還有許多酷刑在等著你，不過你很幸運，遇到了我。」那道跟他說話的男性嗓音驀然在耳畔響起，李言修猛然轉頭，看見一個身穿酒紅色西裝的男人坐在他旁邊，平靜地望著他，面前放了一台平板電腦。

他愣愣看著男人，聽見自己道：「你是誰？」

「不用這麼緊張，第一次進來的人大多都像你這種反應。」男人面上不顯情緒，從容不迫地拿起胸前掛的名牌，亮到他面前，自我介紹：「我叫何簫，是一名死神。」

聽見死神兩個字，李言修如雷轟頂。

眼前的場景有種熟悉感，加上剛才他並非主動開口，而是聽見自己說的話，代表這裡並非他當下的經歷，而是一段記憶。

他們說的沒錯，真的有死神的存在，那麼童話可能也是真實的。

何簫收回名牌，續道：「這裡有一件任務要委託你，如果你願意成為我的代理人並完成任務，就可以直接獲得投胎轉世的機會，跳過陰間那些繁複的審判及等待過程，等於是拿到保證投胎的快速通關票，詳情都寫在代理人契約裡了，你意下如何？」他說著，將平板電腦推到李言修面前，上面的文件標題寫著「死神代理人契約書」。

李言修看了契約一眼，問道：「要完成什麼任務？」

何簫勾起嘴角，嚴肅的臉終於有了一絲鬆動。「任務目標需要嚴格保密，要等你簽完契約後才能透露，不過倒是可以先跟你說工作內容。簡單來說，就是代替我到人間去，帶回一個人的靈魂，我們稱之為『收割』。」

「帶回靈魂？是像我一樣嗎？」

「沒錯。你也是我的另一個代理人帶回來的。」何簫雙手交握，靠向椅背，翹起二郎腿。

李言修垂眸。「你是要我取走一個人的性命？」

何簫輕笑。「別想得這麼可怕。生死有命，每個人的死亡時間都是注定好的，我們只是負責在正確的時間點將靈魂帶回來。」

見李言修尚在猶豫，何簫又道：「建議你先看過契約內容，有什麼不明白的再問我。五分鐘後陰間使者會來這裡，屆時要是還沒簽訂契約，你就會被帶往陰間，好好想想吧。」

李言修半信半疑地瞥了何簫一眼，拿過平板開始閱讀契約。

契約上的內容和何簫說的大致無異，寫明了收割任務目標，以及實際收割方式都要等簽訂契約後才會說明。另外還有一條寫著若任務失敗，將會承受無止境的痛苦。

「任務失敗是什麼意思？」

「帶錯任務目標，或是沒能帶走目標。後者是比較特殊的情況，一般設定完成任務的期限是三個月。三個月過後，收割會強制發動，屆時不管有沒有成功帶走任務目標，都算是任務失敗，不僅拿不到獎勵，在投胎審判前還會感受到生不如死的痛苦折磨。」何簫收起二郎腿，換了個坐姿。「不過你不必太擔心，收割的方式相當簡單，除了突發狀況，目前為止還沒有代理人出錯過。」

「什麼突發狀況？」李言修聽見關鍵字。

「這個嘛，像是有其他人突然出現，代替任務目標死亡這類的。」何簫拿起桌上不知何時出現的酒杯，輕啜一口。「雖然這是特殊情況，我們這邊也有特殊的處理方式，不過責罰還是免不了的。要是你任務失敗，我同樣會遭到懲處，所以我會把我知道的都告訴你，讓你順利完成任務。」

何簫看了一眼手錶。「如何？時間快到了。」

李言修思緒轉了轉，如果照何簫說的，只是帶走一個靈魂就能投胎的話，確實是很划算的交易。而且他與何簫相當於綁在同一艘船上，對方也希望他能順利完成任務，應不會太為難自己。

考慮過後，李言修拿起筆，爽快地簽上自己的名字。

何簫收回平板。「很好，我現在就告訴你任務目標的情報。」

只見何簫手指靈活地操作著平板，螢幕上顯示出一個影像，是一個正在走路的女孩子，鏡頭由高處往下俯瞰，像是監視器畫面的角度。

何簫將螢幕推到李言修面前，說了一句讓現在的李言修心澈底涼下來的話——「你的任務，就是帶走這位小姑娘。」

畫面裡的人物，就是傅妮妮。

難道他一開始會想叫她小姑娘，就是因為潛意識中還保有這段記憶嗎？

他忽然感到一陣惡寒。在傅妮妮身邊打轉的自己，其實是來取她性命的。光想到這點，他就覺得自己相當可怕。

但當時的李言修一臉無所謂，只是問：「要怎麼做？」

「方法很簡單，種什麼因得什麼果。」何簫說著，拿出一條繫著小鈴鐺的紅繩手環放在桌上，正是他一直戴在手腕上的。「這是死亡之鈴，收割時使用的道具。在你找到引發死亡的事件後，鈴鐺會發出聲音，這時便是種下了死亡的因。等這個因所引發的果出現，也就是死亡事件來臨之時，鈴聲會再次響起，只要在適當的時機碰觸任務目標，就能順利帶走目標的靈魂。」

李言修拿起手環，將之套在手腕上。

「今天是六月十一號，契約正式生效的日期是九月十一號。接下來有三個月的時間，我會教你怎麼找出引發死亡的因，以及各種事件需要注意的地方。」何簫朝李言修伸出手。「那麼，合作愉快。」

李言修握上他的手，霎時一片白光籠罩視野。

他猛然驚醒，睜眼看見的是白晃晃的天花板。

「喔，醒了！」坐在一旁的傅妮妮立刻站了起來，薛弼成聞言也馬上走到床邊。

迷離的目光逐漸聚焦，李言修微微轉頭，看見傅妮妮一臉急切地看著自己。

「你、你是韓聖臨還是李言修？」傅妮妮先問了這個問題。

李言修看著傅妮妮的臉，習慣性地想喊小姑娘，卻驀然想起何簫的那句話。

——你的目標，是帶走這位小姑娘。

到嘴邊的話猝然打住，李言修立刻別開視線，猛搖了搖頭。

兩人見他這反應都不明所以。

「你怎麼了？哪裡不舒服嗎？」傅妮妮關切地問。

「我看還是先讓醫生來檢查吧，順便打個電話通知耀叔。」薛弼成說完便按下呼叫鈴。

韓聖臨被送到醫院後，韓時耀立刻趕來，先是斥責了傅妮妮和薛弼成一頓，接著在醫院待了一整晚。確定手術無大礙以後，他以兒子大概不想看見他為理由，先離開了醫院，讓薛弼成隨時向他彙報情況。

經過一番檢查，醫生說傷口可能有感染風險，這段時間要繼續住院觀察，並且盡量少走動以免傷口再次裂開。

醫生離開後，警察緊接著趕來做了筆錄。結束後，傅妮妮和薛弼成再度走進病房。

李言修閉著眼躺在床上，聽見他們的聲音才緩緩睜開眼，用僅存的力氣道：「我想休息一下，你們先出去行嗎？」

「可是……」

薛弼成拉住傅妮妮的手。「行吧，我們在外面等，你有事隨時按鈴。」說完便拉著傅妮妮走出病房。

關上了門，薛弼成轉頭道：「妳分辨得出他是韓哥還是李言修嗎？」

傅妮妮偏頭想了想：「李言修？」

「答對了。」薛弼成彈了個響指，走向病房外的座椅。

「你是怎麼判斷的？」真要說起來，傅妮妮也沒什麼根據，就是憑個感覺。

薛弼成手插外套口袋，悠悠坐了下來。「剛剛那句要是韓哥，就會說：『我累了，出去』。」薛弼成板起一張臉，模仿著韓聖臨冷淡的語調。

傅妮妮被他逗笑。「學得真像。」

病房內，李言修此刻的思緒總算清晰了些，能夠整理方才恢復的那段記憶。

他抬起自己的手瞧了瞧，自己還附身在韓聖臨身上，自然是看不見記憶中出現的那條手環。

何簫說完成任務的期限是三個月，從九月中開始算的話，現在早已超過了，那麼那場擄人的意外，很可能是所謂強制發動的收割。

那鈴鐺的聲音，以及手上莫名出現的光點，都是在引導他帶走傅妮妮的靈魂，所以那一瞬間，他才碰得到她。幸虧最後有韓聖臨將傅妮妮拉走，讓她躲過死亡。

李言修雙手猛然拍向自己的臉。

李言修，你這混帳，還說什麼要守護小姑娘，結果最後讓她落入險境的就是你自己。

他心想著，崩潰地深吸一口氣。

忽然，他想到了什麼，緩緩拿開手。

他現在在韓聖臨的身體裡，因此不能執行收割，傅妮妮也不會有危險。

那要是韓聖臨醒來呢？

同樣的意外會不會再次發生？他會不會讓傅妮妮再次陷入危險？

思及此，他的手不自覺握緊拳頭。

他暗自下定決心，要是韓聖臨醒來，他要逃離這裡，離傅妮妮遠遠的。

他絕對不會讓她受到傷害。

這麼想的同時，病房的門又被打開了。

傅妮妮在門外探頭進來，發現李言修還醒著，便輕手輕腳走進來，關上了門。

「……我想說你會不會要喝水什麼的？」雖然李言修要他們出去，但她終究放不下心，不一會兒便耐不住性子想進來看看，故話也說得有些尷尬。

李言修冷冷看著她。「我自己來就好。」

「喔……還是你想吃什麼？我們可以去買。」

「傅妮妮。」李言修望向她，眼神充滿了距離，語氣更是前所未有的冷然：「妳離我遠一點。」

傅妮妮僵在原地，只能愣愣發出一聲：「嗯？」

這人怎麼連名帶姓地喊她？難道他不是李言修？

但是韓聖臨平常也叫她矮怪，根本沒人會叫她傅妮妮啊？

李言修別過頭去。「我現在不想看到妳，抱歉。」

傅妮妮愣了幾秒，才道：「啊……是因為我害你受傷了吧？真的很對不起，我那時候什麼忙都幫不上。」

她低下頭，無意識地抓著自己的衣角。

李言修沒說話。

「你不想看到我的話沒關係，我現在就出去。」傅妮妮轉身欲走出去，忽然頓步，想了想又折回來，幫他把水倒好後才離開病房。

李言修強忍著轉頭的衝動，待聽見病房門關上的聲音，才深吸一口氣，難過地閉上眼。

對不起，小姑娘。

♛ ♛ ♛

韓聖臨坐在便利商店外，倚靠著牆，屈起一隻膝蓋，望著那條早已刻印在血液中的馬路。

這裡是宛如意識空間般的存在，也是產生夢境的地方。每當他斷線時，便會來到這裡，看著那場意外不斷重複上演。

起初，他的視角都是那個七歲的小男孩，身歷其境體驗一次又一次的車禍事故。然而不知什麼時候開始，這份恐懼逐漸麻木，再睜開眼，他發現自己能以旁觀者的角度，看著意外發生在眼前。

他將一切事發經過，以及母親的死狀都看得更加清楚。然後他靜靜坐在一旁，更加厭惡自己。

在這個狀態下，他仍然什麼都做不到。他應該要是那個七歲小男孩，以無限輪迴的意外作為懲罰，在夢境裡好好地折磨自己。如此，他才能透過贖罪而稍稍得到慰藉。

一直以來，他都藉由斷線時的惡夢來減輕自己清醒時的痛苦。說起來有些諷刺，斷線對他而言是種懲罰，但同時也是救贖。

驀然，眼前的景象有了意料之外的動靜。

在原本只有七歲的他以及母親的大馬路上，有一個人朝他走來。

他將視線移到那名不速之客身上，神情波瀾不驚，並不是太意外。

李言修走到他面前，茫然地摸了摸後腦勺。「我怎麼又來這裡了……而且你居然也在？」

「我一直都在。」韓聖臨淡然答道。

李言修回頭望了那熟悉的場景一眼。「上次我被困在這裡的時候可沒見到你。」

既然李言修能來這裡，代表他應該是附自己的身之後睡著了。韓聖臨打量了他一番，直問重點：「後來發生什麼事了？那個歹徒呢？」

「被警察抓走了。」

「傅妮妮有受傷嗎？」

李言修一愣。他忙著想那些令他折騰又錯亂不已的記憶，都忘記關心這件事，甚至還刻意對傅妮妮冷淡。他到底在幹嘛？

他一手扶額，懊惱地嘆了口氣。

韓聖臨見他這反應，皺起眉，起身。「什麼意思？她怎麼了？」

「她應該沒受重傷，有事的是我，不對，是你。」李言修搖了搖頭，很快接了下去：「但這不是重點，我有一件重要的事要告訴你。」

韓聖臨很快消化完他這一連串話，長睫輕搧，眼波又恢復到原先的平靜。「什麼事？」

李言修有些欲言又止。「我……想起自己的身分了。」

「身分？」

李言修注視著他，深呼吸幾次，費了一番工夫才說出這連他本人都難以接受的事實：「我是死神代理人。」

韓聖臨愣看著他，一時不知道該說什麼。

這要是平常人對他這麼說，他一定將對方當成神經病。

但這人是李言修。況且童話裡也確實提到了死神。

他的語調輕得像是撩撥了絕望。失了神的雙眼充盈著悲傷。

「我知道這很難相信，但我在記憶中真的看見了死神。他和我在一間很像酒吧的地方訂契約，我們……」

一道陌生的男音打斷了他。

「你說的是我嗎？」

韓聖臨越過李言修往後方看去，一位穿酒紅色西裝的男子不知何時站在那裡，仿若憑空出現。

李言修回頭，頓時怔忡。

論長相、髮型、穿著，眼前這人和記憶中的何簫如出一轍。

「你……你就是……」

「何簫，死神。」何簫做了史上最簡單的自我介紹，朝李言修邁開步伐。「多虧強制收割發動，我才能順利找到你。你總算是想起我了，真是欣慰。」

李言修仍愣在原地說不出話，倒是韓聖臨異常冷靜地問：「你是怎麼進到這裡的？」

何簫的目光挪向他，似乎覺得這是個多餘的問題，兩手一攤：「這是我下的詛咒，我能進來也是理所當然的吧？」

「所以童話的內容都是真的？」韓聖臨半瞇起眼。

聽見對方說出關鍵字，何簫彈一響指。「看來你們都看過童話了，沒想到我們老闆在人間還是挺有人氣的啊……下次拿這件事讓她開心一下，看能不能撤銷我的處分……」何簫自言自語咕噥了會兒，又立刻清喉嚨拉回正題。「咳咳，既然你們都看過，就不需要我多做說明了。一切都和童話所說的一致，唯有一點不同，那就是我們死神的任務目標是上司根據命數指派的，根本就沒有什麼擅自挑選再寫到筆記本上的事。況且這年頭誰還在用筆記本？」

這一點他一定要澄清，不然每次要收割時，大家都把死神當成壞人，事實上要不要收割根本不是他們做主。

「為什麼你要這麼做？」

何簫不解。「什麼？」

韓聖臨抬眼。「是你下詛咒，把我困在這裡的？」

「你的母親代替你死去，違反了陰間的規則。既然讓你得以續命，那麼自然要付出相對應的代價。」

「帶走我的母親還不夠？」韓聖臨眼神幽黯，透著寒光。

何簫輕笑。「如果只要一命換一命這麼簡單的話，那麼世界上就只會有想死的人死去，不想死的人都能活下來，你認為這合理嗎？」

李言修此時終於插話。「我有個問題——為什麼你的詛咒是這種……這麼變態的情況？」他用手比了比那仍在不斷重複的車禍現場。

何簫順著他比的方向淡淡瞟了一眼，撇清道：「詛咒要以什麼形式呈現，不在我的掌控範圍內。我之所以訂下童話裡描述的規則，是因為他的母親央求我將他留下，理由是他尚未經歷到愛人以及被愛。」

「所以當他開始經歷到愛，就是詛咒生效的時刻。」

李言修茫然。「要解開詛咒，就必須讓心愛的人……死去嗎？」

一個恐怖的假設在他心中逐漸成形。

「這不就是愛的目的嗎？」何簫不以為意。「人類總喜歡把愛掛在嘴邊，要是你們所說的愛真的如此偉大，為愛而死，或是為愛背負詛咒，應該都不為過吧？」

李言修不自覺起了雞皮疙瘩。這不算變態，什麼才是變態？

「打從一開始，你就不應該聽她的。」韓聖臨手插口袋望著地面，半面籠罩在陰影之中。

何簫望向他。「你說什麼？」

韓聖臨緩步走上前，單手猛然揪住何簫的衣領，望向他的眼神籠罩一層慍色，裡頭颳著極寒地帶的風雪。

「你該帶走的是我。從一開始你就錯得離譜，憑什麼擅作主張將我留下，又讓我經歷這些？」

何簫極少被人抓著衣領，就連白淺也不敢這樣對他。然而他平時情緒本就少起伏，老是覺得生氣太累，尤其是像白淺那樣笑裡藏刀，肯定長白頭髮。此時被詛咒對象這樣對待倒也不惱，還能心平氣和地拉開他的手。「冷靜點，我可是死神，要帶走你還怕沒機會嗎？」

韓聖臨深吸了口氣，何簫那副無關緊要的態度令人相當不悅。

何簫理了理衣領，單手插褲兜。「我承認那次是我的疏失，我也因此付出了昂貴的代價。」十五年停權停薪，只靠以前的存款度日，窮到每天晚餐都吃泡麵，這還不痛嗎？何簫在心裡腹誹完，續道：「站在我的立場，詛咒是必要的。現在詛咒已經生效，我來這裡是為了讓你們作出選擇。」

「你說詛咒已經生效？」李言修一臉疑惑。

見李言修一臉不知情的樣子，何簫眼裡閃過一抹促狹。「難道你不覺得奇怪，為何你昏迷了整整兩天，醒來卻還在韓聖臨的身體裡嗎？」

李言修瞪大了眼。「兩……兩天？」

自他醒來後，完全沒人告訴他這件事。

「不只這兩天。」何簫手負身後，朝他逼近，俯身在他耳畔道：「接下來的每一天，都會是你。」

李言修愣怔。「這……這是什麼意思？」

「永遠沉睡的詛咒。」韓聖臨瞥了何簫一眼。「對吧？」

「什麼？不是……那你怎麼還這麼鎮定？」李言修只覺腦袋快爆炸了，不管是如投石機般不斷砸來的新資訊，還是韓聖臨那異於常人的反應。

「比起他，你應該更需要感到緊張吧？我的代理人。」何簫直勾勾望向李言修。「既然你已經想起我託付給你的任務，是不是應該趕緊完成呢？」

提到任務，李言修驀然變了臉色。

「不、不行……絕對不行。」李言修別開視線，目光在地上慌亂地游移。

何簫饒富興味地勾笑。「瞧你慌張的樣子，還以為這詛咒是加在你的身上。」

韓聖臨聽兩人的對話，察覺事有蹊蹺。「什麼任務？」

何簫悠然道：「我就明說吧，強制收割不會只發生一次，會反覆出現直到完成任務為止。現在我的代理人在你身體裡，什麼事都不會發生，而一旦他離開你的身體，那個叫傅妮妮的女孩子，她的靈魂就會被收割，白話來說就是死。」

聽到傅妮妮三個字，韓聖臨登時睜大眼，心緊揪在一塊。「他的任務目標……是傅妮妮？」

「所以……讓小姑娘不會死的方法，就是我永遠待在科學家身體裡？」李言修方才想到的便是這個假設。王子心愛的人是傅妮妮，要解開詛咒讓王子醒來，他就得離開王子的身體，這麼一來傅妮妮就會死。

「正確。」何簫上前一步站在韓聖臨面前，直直望進他的雙眼。「根據童話，傅妮妮就是你心愛的人，對吧？」

韓聖臨一瞬間無法思考，搖了搖頭，不自覺後退，呼吸逐漸變得急促。

童話說的是對的。他愛的人，又要再次因他而死。

像他這樣的人，本就不配愛人。

他竟然還對她抱持著情感，讓她陷入危險之中。

早在十二年前，死的就應該要是他，如此也不會有後面這些事。

何簫見他的反應也能推斷出來，不禁讚嘆：「這個詛咒的運作形式還真是美妙，完美符合我訂下的規則，卻又令人意想不到。」

他悠悠踱步，將整件事情的來龍去脈重新整理一遍：「我的代理人被某個討人厭的傢伙拔除了記憶，以致忘了自己的身分及任務，就這麼傻傻地待在任務目標身邊。直到詛咒應驗，也就是王子永遠沉睡的時刻，他才恢復記憶，這是為什麼？」

何簫轉身，道出解答：「因為王子必須沉睡，才能保護那個女孩子。」

「沉睡是附身的條件，而附身是保護那個女孩的關鍵。換言之，你的沉睡是為了保護你所愛的人。」

聽見這番話，韓聖臨想起之前在李言修的老家，以及這次的擄人事件，李言修都曾試圖碰觸傅妮妮，隨後便附身到他的身上。

原來這一切不是巧合。他的斷線能讓傅妮妮避開死亡。

韓聖臨總算明白，為什麼自從遇見傅妮妮後，斷線時間便逐漸增長。這是為了讓李言修永遠附身而預先做的準備，一切都是為了導向永遠沉睡的結局。

何簫望向韓聖臨。「現在，要繼續沉睡下去或是醒來，由你決定。」

「若是你決定醒來，我會先讓代理人離開你的身體，一旦他完成任務帶走傅妮妮的靈魂，詛咒便會解除，你將不會再有隨時沉睡的困擾。至於代理人——」

何簫停頓，瞟向李言修。「雖然已經超過三個月的時限，但由於你是被迫失憶，有不可抗力因素，我可以赦免你的罰責，讓你完成任務後順利投胎。如何？是個兩全其美的提案吧？」

李言修一聲冷笑：「好一個兩全其美，把小姑娘的命當成什麼了？」

「在死神面前，所有人的命都沒有差別。我只是提出對你們最有利的提議罷了。」何簫平靜地道。

「只要永遠不醒來就好了吧？」韓聖臨忽道。

李言修一愣，看向他。

「這是你的選擇嗎？」何簫只是問。

「要是這樣能保護傅妮妮，就這麼辦。」韓聖臨沒有一絲猶豫，幽深的眸裡瞧不出情緒。

「欸，等等，這可是永遠不醒來，不是開玩笑的，怎麼被你說得好像超商集點『只要再多三十塊就好了吧？』這種態度？這可是完全兩回事！」李言修實在不明白韓聖臨為何能這麼輕易做決定。

「我已經習慣待在這裡了，不管待多久都沒有差別。」韓聖臨望向他的神情平靜，反問：「這些日子，你不是也很習慣代替我了嗎？」

「我是和你共用身體，但我不想完全變成你啊！你這樣小姑娘和你那激進朋友能接受嗎？我敢保證你朋友絕對會想殺了我。」初次見面時薛弼成拿出電擊棒那幕，至今仍深深烙印在李言修腦中。

「那你希望傅妮妮死掉嗎？」

韓聖臨一個問題就讓李言修閉上了嘴。

沒錯，他承擔不起。

在這個前提之下，一切都變得微不足道。

如果他的投胎是要用傅妮妮的靈魂來換，他寧可永遠當個遊魂。

他原本的想法是當韓聖臨醒來，他就離開，躲去哪裡都好，離他們遠遠的。但按照何簫的說法，強制收割是躲不了的。

「真的……沒有其他的辦法了嗎？」李言修看向何簫，眼神似是懇求。

「我說過了，王子要沉睡或是醒來，選擇權在你們手上，這可是難得的優待了。」何簫面容冷淡。

言下之意，便是沒有其他選擇。

李言修咬牙，垂在身側的拳頭緊握。即使知道了自己的身分，他仍然一點用處也沒有，只能受這該死的詛咒擺布。

若是韓聖臨醒來，傅妮妮會死；要保護傅妮妮，韓聖臨就得永遠待在這裡，和死去沒什麼差別。

這兩個人，只能留一個。

李言修望向韓聖臨不容置疑的眼神，內心萬般糾結，最終垂下眼眸，嘆了口氣。

「我……不能讓小姑娘死。」

何簫點了點頭。「我懂了，那麼你就在他的身體裡活下去吧。能夠保有前世的記憶再活一次，也算是不虧待你了。」

「代理人的任務會因為你『消失』而暫停，直到你離開這副身體，也就是這副身體死亡後才會繼續。同樣的，詛咒也會持續到那時候。」何簫瞥了韓聖臨一眼，又對李言修補充：「不過要是那個女孩因為其他原因而死亡，我跟你的代理人契約將終止，到時候你就得乖乖去陰間報到了。」

說明完情況，何簫轉身離開。「既然達成共識，我就先走了，希望不會太快又見到你們。」

兩人看著何簫的背影漸行漸遠，最後憑空消失。

「我和你總算有一件事看法相同了。」韓聖臨道。

「真佩服你現在還能心平氣和在這裡開玩笑。」李言修沒好氣地回應。

韓聖臨睨他。「怎麼了？你是活下來的人，開心點。」

李言修轉頭與他對視，對著他又像是對著自己道：「是啊，李言修。你占據了別人的身體，就這麼帶著罪惡感活下去吧。」

韓聖臨沉默片刻，伸手拍向他的肩。許是因為這裡是意識空間，什麼事都有可能發生，他竟是碰到了他。

李言修愣看著他放在他肩上的手，又對上他那雙真摯的眼。

「矮怪就拜託你了。」韓聖臨朝他微笑。

♛ ♛ ♛

回到童話小棧的何簫打開筆電，再度瀏覽了一次沉睡王子的童話。

「總覺得好像還少了什麼……」

他盯著最後幾行字，摩挲著下巴。

『解開詛咒的方法只有一個，那就是讓王子心愛的人為他死去。』

他打開新的網頁，輸入關鍵字搜尋，打開標題為「陰間待收編名單」的網頁。網頁是加密過的，只見他輕易地輸入密碼，一列名單立刻映入眼簾。

在名單之中，他看見了傅妮妮這個名字。之前白淺就是以任務目標不在名單上為由，讓李言修失憶。如今詛咒正式生效，傅妮妮的死亡為可預期的現象，自然會被列入名單之中。

不過他原本以為，王子選擇永遠沉睡之後，她會暫時自名單上消失。現在看來，仍有變數。

思忖半晌，何簫靈光乍現，彈了個響指。「啊，我知道了。」

♚　♚　♚

李言修睜開眼，再度看見熟悉的白色天花板。

方才在韓聖臨意識空間裡經歷的一切仍歷歷在目，他的耳畔再度響起韓聖臨的那句話——

矮怪就拜託你了。

提到傅妮妮，他的眼神特別溫柔，那雙眼彷彿向他寄託了所有的希望。此刻他才突然意識到，這人對傅妮妮的喜歡完全不亞於他，甚至更甚。

聽見韓聖臨說出這句話，不知為何他心裡一陣酸，淚水似乎蠢蠢欲動，在眼眶深處打轉。

哎呀真是，他為他難過幹嘛？對方可是他的情敵！

李言修嘆了一口長氣，從床上坐起身，一轉頭突然發現床邊椅子上坐了個大叔，嚇得一陣激靈。

「喔！天啊，嚇我一跳。」這一嚇又動到他的傷口，他反射性按著疼痛的部位，皺起眉喘了口氣。

「怎麼，爸爸不能來看兒子嗎？」韓時耀雙手環胸坐著，神情淡漠，倒是看見對方按傷口的動作，眉頭皺了皺。

「不是，大……」這一大叔又要喊出口，李言修猛然想起自己方才已經和韓聖臨約定好，除了傅妮妮和薛弼成，在其他人面前要盡可能扮演好韓聖臨的角色。

「呃……」話在嘴邊打轉了會兒，這聲爸他還是叫不出口，只好生硬地道：「你……你不是走了嗎？」

他記得原本吃完飯的隔天是要和那什麼董事長聚餐，再隔天韓時耀這個忙碌的大總裁就要飛回美國了，如果照何簫說的他昏迷了兩天，那韓時耀此時應在飛機上了才是。

「我是該走了，但弼成和那女的來公司堵我，讓我不得不來一趟。」

李言修傻了眼。「堵你？」

韓時耀回想起那時好幾個櫃檯祕書攔不住人，讓兩個冒失鬼闖入他辦公室的荒謬情況，只覺現在的年輕人實在莽撞又無禮。

他認定傅妮妮就是害韓聖臨受重傷的罪魁禍首，在醫院見到她便大聲喝斥了她一頓，沒想到她竟敢親自來找他。一看見傅妮妮，他便沉著臉道：「我沒把妳趕出醫院就不錯了，妳現在還有臉站在我面前？」

「耀叔，是我帶她來的，我們是想……」薛弼成想替傅妮妮解釋。

「你閉嘴！」韓時耀厲聲道。

至於薛弼成，一直以來他都讓他照顧韓聖臨，也照顧得妥妥貼貼，想不到發生這麼大的事，薛弼成當時卻不在韓聖臨身邊。這種等級的失誤要是他公司的人，早就叫他回家吃自己了。

薛弼成縮了縮脖子，乖乖閉上嘴巴，默了。

此刻的耀叔在氣頭上，只能安靜閉嘴，不得激怒他。

傅妮妮彎下腰鞠躬。「讓韓聖臨受傷我很抱歉，但是為了他，我還是得來找您。」

「為了他？妳都害他變成這樣了，還敢說為了他？」

韓時耀目光冷然，居高臨下睨著傅妮妮。

「是，我希望您能親自去醫院看看他。」

韓時耀沉默片刻，頷首扶額，荒謬般地失笑。「先是分析心理，現在連我的行動都要受妳指示了？妳好像還沒搞清楚自己的立場？」

「伯父，您認為韓聖臨是因為我而受傷，但只要在乎對方，都一定會想保護對方，這點對我和韓聖臨來說都是一樣的。不論受傷的是我還是他，我們都不願意讓對方活在愧疚中。」

韓時耀瞥向傅妮妮手臂上那道不淺的傷痕。他早就注意到了，但跟韓聖臨受的傷相比，那根本不算什麼，便下意識地忽略。

傅妮妮抬起頭，澄淨的眸子泛著流光。「我想，對韓聖臨和他的母親而言，也是如此。」

提到韓聖臨的母親，韓時耀的臉色沉了下來。

「當時的韓聖臨一定也想保護他的母親，但他只有七歲，只是個孩子。您一定也清楚這對他的打擊會有多大。」

「誰准妳談論這件事了？再不出去，我請祕書趕人了。」韓時耀轉身拿起桌上的電話。

傅妮妮一鼓作氣說完：「我想讓您明白，聯繫著家人的是愛，而不是責怪。」

韓時耀拿起話筒的手驀然停在半空。

「吃過飯了沒、想吃什麼？注意保暖，別著涼了。有空的時候在家一起吃飯，回到家時有人對著他說『你回來啦』。」傅妮妮想像著家人之間的互動，說著說著眼色也柔和起來。「我想他所渴望的，是這樣的家人。」

薛弼成在一旁默默地點頭。

韓時耀安靜了好一會兒，由於是背對著兩人，傅妮妮和薛弼成看不見他的表情，緊張到心臟快跳出來。

最終韓時耀還是撥打了電話。

「簡祕書，幫我把機票延後到明天。」

這就是韓時耀現在坐在這裡的原因。

他清了清喉嚨，目光飄向韓聖臨的傷口，有些不自在地開口道：「傷還好嗎？」

「嗯，還行吧。」李言修淡然回應。死之前也是被刀子捅了腹部，如今被捅第二次已經習慣了些。

「吃過了沒？想吃什麼？」韓時耀說起這話來有些彆扭，彷彿從沒說過似的，說話時也不正眼看人，只淡淡瞟了李言修一眼就別開視線。

李言修徑直轉頭望向對方，雖然他和這位大叔才相處過不到一個小時，但連他都能明顯感受到韓時耀一開始和現在的態度落差。

看這情況大概能猜想出來，是傅妮妮和薛弼成去找韓時耀說了些什麼，才讓他有一百八十度的轉變。沒想到傅妮妮連這點都替韓聖臨想到了。

此刻面對著釋出善意的韓時耀，更加深了李言修心裡的罪惡感，胸口彷彿被什麼堵住一般難受。現在在韓時耀面前的，不是他真正的兒子。

這時他若認真回答想吃的食物，就好像是搶奪了本該屬於韓聖臨的父愛，也欺騙了這位大叔。於是他只能回答：「都行。」

韓時耀睨了他一眼，似是不太滿意這個答案，但仍從西裝內掏出手機。「你這沒主見的個性一點也不像我。」停了半晌，末尾補一句：「像你媽媽。」

李言修本以為韓食藥提到韓聖臨的媽媽，又要迸出一番情緒勒索的言論，想不到他只是撥著號碼，一邊道：「我讓人買你媽媽最愛的餛飩麵來吧？以前她常拉著我和你一起吃的。」

說完，韓時耀的電話也撥了出去，李言修只得愣愣應一聲。

看來韓時耀不食藥了。

韓時耀吩咐完祕書，掛了電話，在等待的同時大概是怕尷尬，又和他尬聊了一陣，只是這話題幾乎都圍繞著傅妮妮，問他們的認識過程。李言修只得根據他所知道的片面資訊瞎掰回答。

看著面前的餛飩麵，李言修暗自深吸一口氣，告訴自己一定要平靜地把麵吃完。

承載著韓聖臨他們一家三口的回憶，這碗麵或許是韓時耀想到能修補親子關係最好的方法。

只是現在這一切都不是由韓聖臨所經歷，而是由他這個外人。

他不斷在心裡告訴自己，這是唯一的辦法了。代替韓聖臨活下去是唯一的辦法，也是他們的共識。為了傅妮妮，他願意承擔所有罪惡，活在欺瞞之中。

「仔細想想，我們父子倆真的很少像現在這樣，好好坐下來吃一頓飯。」韓時耀說。

李言修淡淡應了一聲。

吃飯過程中，每當聽見韓時耀提及以前的回憶，他都有股衝動想讓韓聖臨現在就醒來。

這是屬於他的幸福，他李言修憑什麼奪走？

臨走前，韓時耀忽然道：「下個月談完一筆合作案，我應該能在台灣待上一陣子。」

李言修點了點頭，韓時耀續道：「那個女的告訴我，你希望有人在家等你回來。」

不知講話沒禮貌是不是一種遺傳，韓時耀總是不直呼傅妮妮姓名，都用那個女的代替，想來是他還沒完全接受對方的一種體現。

李言修抬頭看向韓時耀，等著聽他接下來要說什麼。

韓時耀見兒子沒反駁，表示資訊應該正確，於是道：「或許，我可以試著扮演那個角色。」

不等對方回答，韓時耀伸手轉開門把，落下一句：「我走了，照顧好自己。」便走出病房。

李言修望著被關上的門，頭緩緩向後靠上枕頭。

果然，小姑娘太好了，時時刻刻都在為韓聖臨著想。

這叫他情何以堪啊。

♚ ♚ ♚

隔天，傅妮妮再度來探望他。

韓時耀請了一名看護來二十四小時照顧韓聖臨，汪阿姨也每天都會送飯菜過來，基本上不太需要其他人手，但傅妮妮和薛弼成自然對韓聖臨及李言修放心不下，仍是有空就會來報到。

傅妮妮進來後，看護便貼心地到門外守著，留給他們空間。

李言修靜靜看著她，想起昨天對她那種態度，尷尬之餘更有說不出的愧疚。

傅妮妮端詳他的神情，便知他應該是李言修。她從手提袋裡拿出幾盒保鮮盒放到桌上。「我帶了些水果來。」

李言修只是點了點頭。

傅妮妮同樣有些尷尬，抬手將髮絲勾到耳後，謹慎地坐下來，想了想之後開口：「昨天伯父有來吧？韓聖臨有見到他嗎？」

李言修一愣。

「……有。」這個字梗在喉間，好不容易才發出來。

他覺得若告訴他們韓聖臨沒見到父親，便是辜負了他們的一片心意。

傅妮妮眼神驀然一亮，神情有些激動。「這麼說昨天韓聖臨有醒來囉？」

李言修沒說話。

「我已經三天沒見到韓聖臨了，雪碧說他昨天打來的時候也是你，所以他只醒來了一下下嗎？」

昨天晚上九點左右，薛弼成確實打了通電話來。

他接起來。「喂？」

電話那頭的薛弼成似乎頓了下，然後道：「韓哥還沒醒來嗎？」

那時他就想，他是怎麼知道他不是韓聖臨的？他明明什麼話也還沒說。

「……嗯。」此時他盯著身上的被子，完全不敢看傅妮妮一眼。

傅妮妮似乎鬆了口氣。「那就好，至少不是完全沒醒來。」

李言修藏在身側的手緊捏著被單。

「下次他醒來，你讓他打個電話給我吧？像之前那樣。」

這句話，擊碎了李言修心中最後一道防線。好不容易築起的牆再度崩解，悲傷與愧疚交織成猛浪，沖垮了堤防，讓他的心支離破碎。

他低下頭，閉上眼深吸一口氣，全身因強忍著悲傷而微微顫抖著。

「他不會醒來的。」他雙眼失焦地盯著被子，失了神般地說出這句話，連呼吸都變得困難。

傅妮妮一愣。「你……說什麼？」

「對不起，是我讓你們見不到面。」前些時刻強忍的淚水頓時潰堤，他別過臉去，不一會兒臉龐便布滿了淚痕。「我真的不想……不想這樣。」

傅妮妮連忙上前，雙手扶著他的肩膀，擔憂地看著他。「你怎麼了？什麼意思，為什麼要說不會醒來？」

李言修只是搖了搖頭，淚水不斷滑過臉龐。

「李言修，你看著我，回答我，你到底在說什麼？」

李言修深吸了幾口氣，平緩紊亂的呼吸，終於緩緩轉頭，迎上傅妮妮急切的目光。

他盯著她半晌，那雙眼裡盡是無法挽回的憂傷。

「因為醒來的話，妳會死。」

傅妮妮愣愣睜大眼，不可置信地看著他。

「什麼……意思？」她扶著他肩膀的手緩緩垂了下來。

「童話是真的存在，死神也是。我想起來自己是死神代理人，死神告訴我，要是離開這具身體，就得帶走妳的靈魂。」李言修失神地盯著前方，道出來龍去脈。

「為了保護妳，我和韓聖臨達成共識，讓我永遠待在他身體裡。」

傅妮妮搖了搖頭，不自覺往後退，跌坐回椅子上。

她的雙眼空洞無神，卻忽然笑了笑：「你是開玩笑的對吧？怎麼可能有死神？童話又怎麼會是真的？而且你剛剛不是說韓聖臨有醒來嗎？他有醒來對吧？」

她望向李言修，似在尋求最後一絲希望。

拜託現在就告訴她，這一切只是開玩笑，不是真的。

李言修愣愣看向她，嘴唇翕動，最後只說得出三個字：「對不起。」

傅妮妮看著他，臉上的笑容逐漸消失。

那聲對不起，讓她的世界在一瞬間崩塌。

韓聖臨永遠不會醒來的原因，竟是因為她。

「那天妳被抓的意外也是，因為我的任務超過期限，導致讓妳死亡的事件強制發生。但只要我附身到他的身體裡，就沒辦法帶走妳，也不會發生這種事。」李言修頓了頓，看著傅妮妮道：「韓聖臨跟我，都是想保護妳。」

「不要再說了。」傅妮妮搖了搖頭，斗大的淚珠自眼中滾落。她用手摀住臉，一邊啜泣一邊道：「為什麼……會變成這樣……」

這就是詛咒真正的意思嗎？要讓王子醒來，就必須讓她死嗎？

李言修看著哭泣的她，不由自主地伸出手。

然而他的手在半空中驀然停頓。

罪魁禍首就是他，他有什麼資格安慰別人？

掌心逐漸收攏，他最終放下了手。

「你說……韓聖臨醒來，你就得帶走我對吧？」傅妮妮默默放下雙手，用盈著淚水的雙眼望向李言修，忽然抓起他剛放下的手，彷彿抓著一根救命浮木：「你帶我走吧，只要韓聖臨醒來，我願意跟你走。」

李言修驚愣。「小姑娘，妳在說什麼？」

「我沒辦法看著韓聖臨永遠沉睡，自己卻若無其事地活著，一輩子活在罪惡感裡，我辦不到。」傅妮妮認真地道。「我拜託你，讓他醒來吧。」

李言修皺起眉，眼神憂傷。「他怎麼可能看著妳死掉？妳不考慮我，也得考慮他的心情，我們都不可能讓妳失去生命。」

「那你們有考慮過我的感受嗎？」傅妮妮用力甩開他的手，朝他吼道。

李言修愣怔看著她。

傅妮妮緊咬著下唇，淚水自眼眶滿溢而出，不斷滑落臉龐。「你們覺得我真的會願意……活在沒有韓聖臨的世界裡嗎？」

她邊說邊抬起手臂，抹掉不斷湧出的淚。

李言修看著她哭，眉宇緊蹙，覺得心像是被刀刮過那樣的疼。

他垂下眼，胸口彷彿被什麼堵住，幾近窒息。看見傅妮妮難過，他特別難受。

傅妮妮忽然想到什麼，含著淚光抬起頭。「只要……只要我死掉，你就不用待在他身體裡了對吧？他就可以醒來了吧？」

李言修突然有不好的預感，抬起頭，只見傅妮妮開門匆匆往外跑。

「小姑娘！」李言修立刻下床，穿上鞋追了出去。

傅妮妮在走廊上奔跑著，淚水模糊了她的視線。

要是她沒有遇見韓聖臨，他們沒有喜歡上彼此，就不會變成這樣了。

曾經，她一直在擔心童話成真，擔心韓聖臨真的迎來永遠沉睡的一天。

諷刺的是，造成這件事的元凶就是她自己。

如果少了她，一切就能恢復原狀。

與韓聖臨相識的過程驀然浮上腦海。她第一次見到他，將他拉離馬路，還對他說了些勸導的話，換來他的一句謝謝。那是他們的初相識，也是緣分的開端。

傅妮妮一邊想著，一邊抬手抹去淚水。

跑到盡頭，她推開逃生門，沿著樓梯一路往上爬。

爬著爬著，腦中全都是與韓聖臨有關的回憶。包括他第一次叫她矮怪，就是在樓梯間。無奈的、溫柔的、心疼的，所有的情緒交織在一起，將她淹沒。

傅妮妮走得太急，腳下一滑，撲倒在階梯上，階梯邊緣刮過膝蓋和小腿，擦破了皮。

她兩手撐著階梯面，吃力地撐起身子側坐著，階梯上落滿大大小小的淚滴。她臉上的淚流得更加放肆，已經分不清是傷口疼，還是心疼。

就算她一路跑到頂樓，又能如何？

初次見面時，她還以為人家要自殺，試圖開導人家，結果現在她要用同樣的方法，換得對方清醒嗎？那韓聖臨又會怎麼想她？肯定會罵她笨蛋、兔子智商、沒長腦子吧？

想到這裡，她低下頭，啜泣得更加厲害。

若是韓聖臨能在此時罵她一句就好了。

她就這麼坐在階梯上，抱著膝蓋，靜靜地哭著。

李言修捂著腹部的傷，好不容易追到這裡，看見傅妮妮坐在階梯上，鬆了口氣。

他爬上去，走到她面前，蹲下身與她平視。

「傅妮妮。」李言修輕喚著她的名。「有些話，我得轉達給妳。」

在意識空間見到面的那天，韓聖臨交代他的話，他一字不漏地記住了。

傅妮妮抬起頭看他，一瞬間有看見韓聖臨的錯覺。

李言修溫柔注視著她，緩緩道：「知道真相的妳，一定會不知道該怎麼辦，躲在某個角落偷偷哭對吧？我早就知道妳是個愛哭鬼，但是以後得收斂點了，因為以後我沒辦法隨時安慰妳。」

「我知道妳會捨不得我，但事實上我早該在十二年前那場意外就死去。多活這十二年讓我遇見妳，已經是給我最好的禮物，所以不必為我擔心，這已經是最好的結局。」

「只要妳好好的，這就夠了。」

傅妮妮愣愣聽著，就像是韓聖臨親自在她面前對著她說。

說完，李言修深吸了口氣：「這是韓聖臨要我轉達給妳的話。」

他也是，只要傅妮妮好好的，這一切都值得。

傅妮妮垂下眼眸，好不容易抑止住的淚水又撲簌簌地滾落下來。

這一次，是毫無壓抑的嚎啕大哭。

她因他的話而接受事實，卻也因他的溫柔而心碎。

李言修蹲在原地靜靜地陪著她，不由自主地伸出手，輕拍她的頭。

他以前從來沒做過這個動作，但此時不知為何，下意識地做出反應。

那一刻，傅妮妮忽然覺得韓聖臨就在她身邊，彷彿從未離開過。

樓梯間外，薛弼成靠在半掩的逃生門旁，摀著嘴無聲地落淚。

Chapter 7　童話的結局

那之後，傅妮妮和薛弼成偶爾還是會去探望李言修。

雖然他們沒有明說，但其實心裡都還對韓聖臨的甦醒抱有一絲希望。每次見到李言修，都有種韓聖臨不久後就會醒來的錯覺。

正是這份期待，支撐他們度過接下來的每一天。

薛弼成起初很想將李言修狠狠揍一頓，但這是韓哥的臉，他揍不下去。

而韓聖臨留給薛弼成的只有一句話——

恭喜你，自由了。

這話直接將薛弼成逼出一汪淚。

自從上次在意識空間和韓聖臨及死神相遇後，李言修便沒再進去過韓聖臨的意識空間。或許韓聖臨真的如童話說的一般，永遠沉睡，因而阻絕了和所有人的聯繫。

可以的話，他還是希望能再見到韓聖臨，畢竟自己將來得代替他生活下去，必須對他足夠了解。特別是大學那些物理系的課，光靠他一個人可能會讓韓聖臨直接面臨退學。

兩週後，李言修出院。緊接著便迎來農曆新年，大家各自與家人團聚，聯繫少了一些。韓時耀因行程安排沒辦法回來，正好能讓李言修圖個清淨。

當初抱著逛大觀園的心情走進這屋子，只覺得處處惹人欣羨，而現在每天獨自住在這裡，反而備感空虛，開始想念起與阿嬤生活的那間平房。平時外人所見，和親身經歷果然不能相比。

這天，李言修一如既往走進韓聖臨的書房。這幾日他為了搞懂物理學，每天沒日沒夜地翻著韓聖臨的大學教科書，上學期的期中期末考卷也都翻出來看，不看還好，一看驚為天人。這科科接近滿分的成績，他恐怕花一輩子也達不到。

他甚至想過，乾脆休學重考，重新考去他擅長的建築系，但這樣又得想個藉口說服韓時耀。況且既然他是代替韓聖臨活下去，他就得努力學習他的一切，要是他還活得像李言修，如何對得起因他而沉睡的韓聖臨？

秉持著拚盡全力把物理學好的想法，李言修坐到書桌前，打開檯燈，翻開厚重的原文書課本，腦中驀然閃現過一段畫面——

他站在圖書館書架前翻閱書籍，餘光瞥見傅妮妮披著一件長長的外套匆匆走過。他闔上書本，跟了上去。後來，他和傅妮妮面對面談話，他還拿起手上的書敲了對方的頭。

「這是什麼？」李言修一臉疑惑地想著方才浮現的情景。這段回憶他完全沒印象，莫非又是韓聖臨的記憶？

這段時間，他偶爾會想起一些片段的回憶，卻又不是他自己的。大多數時候是和傅妮妮有關，他直覺認為這些是韓聖臨的記憶。

他看向擺在桌上的書架，很快發現記憶中他手上拿著的幾本書。伸手取下來一看，封面上貼著便條紙，寫著每一次的續借及還書日期。

李言修瞥了眼日曆。「還書日是三天後？」

他翻開書看了看內容，是和物理相關的課外讀物，當中有些內容他在韓聖臨的筆記裡看過，應是和目前所學的課程有所關聯。

李言修闔上書本思考了一會兒，將那些借閱快到期的書都拿了出來，起身準備出門。

♛　♛　♛

寒假倒數幾天，傅妮妮抱著抱枕窩在沙發上，拿著手機打開「童話小站」。

沉睡王子的故事最後，仍是寫著那句「這個童話至今仍在持續著」。

童話還沒有結局，也沒有寫王子從此以後永遠沉睡，是不是代表王子仍有甦醒的可能？

但或許就像李言修說的，王子醒來的代價，是她的生命。

這時，傅辰暘走向沙發，一屁股坐了下來，拿起遙控器打開電視。傅妮妮連忙關掉網頁。

「妳最近有沒有跟韓聖臨聯絡？他不是出院了嗎？」

傅辰暘突然想起該關心一下妹妹的感情狀況。他一直對韓聖臨的情況頗為關心，住院時還去看過他一次。

傅妮妮抿唇，沉默了一會兒才答：「又沒什麼特別的事，要聯絡什麼？」

傅辰暘奇怪道：「你們以前不是幾乎每天見面嗎？」

「哪有每天，你太誇張了。」

傅辰暘瞇起眼，覺得事有蹊蹺，挪動屁股往傅妮妮坐近了些。「吵架啦？」

傅妮妮沉默不語。

「他要是敢欺負妳跟我說，我去幫妳教訓他。」傅辰暘義氣地道。

「就跟你說沒有了嘛！哥你很煩，幹嘛一直問他啦。」為了掩飾自己快哭的表情，傅妮妮朝傅辰暘大吼一聲，抱著抱枕將身子轉向另一邊。

傅辰暘一臉莫名。「妳今天是吃到炸藥喔？」

傅妮妮努力忍著淚水，不讓自己哭出來。要是被傅辰暘發現，他肯定又要大驚小怪。她不斷在心裡告訴自己，沒事的，妳都忍過這麼多日子了，這次也可以的。

見傅妮妮沒回話，傅辰暘嘆了口氣。「我就說要先過我這一關，連幫妳吹頭髮都不會的男人，肯定不是什麼好東西。」

傅辰暘這句話讓傅妮妮一時忘了難過。「吹頭髮？」

「嗯，不然妳以為妳哥我那麼小氣不幫妳吹頭髮？那是因為哥哥我沒辦法陪妳一輩子，像吹頭髮這種事，要交給妳未來的另一半來做。」傅辰暘像是在講大道理般，講得頭頭是道、煞有介事。

雖然知道傅辰暘只是在實行日常的講幹話唬爛之術，但傅妮妮不由得想起跨年那天韓聖臨主動替她吹頭髮的情景。

難怪當時傅辰暘對韓聖臨說自己會幫她吹頭髮，她還以為老哥吹牛的毛病犯到這裡來，原來他是這麼想的。

「他還真的過關了。」傅妮妮喃喃自語道。

「妳說什麼？」傅辰暘沒聽清。

「沒什麼。」傅妮妮起身，走到玄關抓起外套就要出門。

「不過也不能光會這點，要是他敢讓妳哭，我絕對讓他卡在垃圾桶出不來……妳要去哪？」傅辰暘還在天花亂墜發表他為妹妹的對象設下的門檻，忽然發現傅妮妮已經走到門口。

「出去走走，別跟著我。」傅妮妮說完便關上門。

走出戶外吹著微風，暫且讓傅妮妮的心情舒坦了些，至少不用再聽傅辰暘滔滔不絕提起與韓聖臨有關的事。

她走進捷運站，搭上前往學校的捷運。這些日子她偶爾會去外面散散心，地點總是選在學校，因為學校是離記憶中的韓聖臨最接近的地方。

平日下午的時間車上相當空曠，傅妮妮坐在一排座椅上，不禁想起以前她與韓聖臨一起搭捷運上下學的時光。

一轉頭，彷彿就能看見韓聖臨雙手抱胸坐在她旁邊，帶著藍芽耳機閉目養神。

望向另一邊的座位，似乎又能見到一臉不情願的韓聖臨，以及逼迫著他打勾勾的自己。

傅妮妮垂下眼，輕抿起一抹笑意。

要忘記他，真的好難。

至少她現在已經能笑著面對，面對這些最珍貴的回憶。

傅妮妮呼出一口氣，讓自己打起精神。

她想告訴韓聖臨，她有聽他的話，收斂很多，不再愛哭了。

他若知道，會稱讚她吧……？

傅妮妮看著前方，一路放空到了目的地，起身下車。

此時，李言修正從韓聖臨家附近的捷運站上車。

他坐在空曠的車廂內，覺得有些悶，便拉開後背包翻找了一陣，挖出一副藍芽耳機。

以前他沒有聽音樂的習慣，藍芽耳機更是連用都沒用過，但今日不知為何，彷彿是習慣性地拿了出來。

他拿出耳機戴上，又打開手機選了首音樂來聽。

距離到站還有一段時間，他將後背包擱在身後，雙手抱胸，舒適地閉上眼，耳畔流淌著輕快的音樂。

♛　♛　♛

走至校門口對面的馬路，傅妮妮又想起她遇見韓聖臨的那天。

每次來到這裡，她都會忍不住偷偷幻想，等等過馬路時能再次與他擦身而過。

如果時光能倒轉，她依然會做出相同的選擇。將他拉離馬路中央，苦口婆心勸導他一番，然後在食堂、通識課、樓梯間等各個地方與他相遇。

她不會錯過任何與他相識的機會。因為認識他，她才得以領略生命中的一切美好。開心時有人想分享，難過時有人想傾訴。她想用她的世界去擁抱他，想和他一起走過未來的每一天，晨光夕暮，四季更迭，每一個午後微風輕拂的時刻，都有他在身旁。

紅燈轉為綠燈，傅妮妮走上馬路，一陣清風捎過髮絲，她一瞬間以為有人經過，回頭一看，那裡卻空無一人。

裙擺飄搖，兩人的相遇只餘回憶，乘風流轉，悠揚而去。

傅妮妮注視著空曠的馬路，失落地轉身，踏出步伐繼續向前。

林蔭大道上的樹葉早已飄落，傅妮妮踩著滿地的落葉，伴隨著枯葉摩擦的沙沙聲緩緩邁開步伐。

她望著遠方，靜靜回想著昔日與韓聖臨的相處。每一次她都像這樣，走在校園各個角落，將每個地方的韓聖臨都想念一遍。

真的，好想再見他一面。

不知不覺，她走到圖書館，走進電梯下意識就按了四樓。

來到靠窗的座位區，傅妮妮望向最角落的兩人座位，緩步走了過去。

那時，薛弼成告訴她有緊急狀況，她便立刻趕來了這裡，幫忙他照顧斷線的韓聖臨。

木質的桌面反映著陽光的金燦，她站在此刻空蕩蕩的座位旁，彷彿能看見當時桌上放滿課本及筆記，維持著寫字姿勢動也不動的韓聖臨。

傅妮妮拉開旁邊的座椅坐了下來。望著隔壁的座位，將手緩緩伸向桌面。

那時韓聖臨即便斷線，還是能抓住她的手，並且就此放鬆下來。

她將左手輕放在冰冷的桌面上，自己也趴了下來。

當時她便是像這樣，趴下來端詳著韓聖臨安穩的睡顏。

即使如今韓聖臨不在眼前，她依舊能清晰地在腦裡刻劃出他的容貌及神態，甚至記得他當時掌心的溫度。

傅妮妮輕輕一哂，可懸在眼角的淚珠仍不小心滾落臉龐。

不知道韓聖臨現在，是不是還會做惡夢？

永遠沉睡的他，會永遠活在惡夢裡嗎？

希望他可以擺脫那場夢……。

……。

李言修來到四樓，想再找些物理學的書籍回去參考。

走著走著，他瞥見眼前景象，不自覺放慢腳步，最終停了下來。

那個趴在座位上睡著的背影，是傅妮妮。

他靜靜佇立在原地，牆上的窗簾因風而飛揚，灑落在她身上的陽光如波瀾一般閃動。

這個地方，他總覺得似曾相識。

他邁開步伐來到她身邊，卸下背包放在桌上，拉開她左側的座位坐下，試圖替她擋點陽光。

李言修一手撐頭，盯著她的睡顏好一會兒，也瞧見了她臉上未乾的淚痕。

他的目光注意到傅妮妮放在桌上的手，腦中驀然閃過一道畫面——

那是放在桌上，彼此交握的手。

李言修不由自主伸出手，如記憶中那般輕輕握住那隻手，一邊小心觀察是否吵醒了她。

看著她依舊安穩的睡顏，李言修索性也趴在桌上看她。

為什麼，他會覺得這個場景如此熟悉？

僅是像現在這樣看著她，他便感到滿足。

好像有她在身邊，他就能忘卻一切煩惱，安詳地入睡。

再度睜開眼時，李言修又回到了熟悉的車禍現場。

他張望著四周，快步朝馬路對面的便利商店走去，卻沒看見韓聖臨的身影。

後來他望向便利商店內，發現韓聖臨在裡面。

李言修立刻走了進去。以前以為便利商店只是一個虛幻的景象，沒想到真的可以進去，就像是真實存在一般。

只見韓聖臨站在零食貨架區，看著手上的一條牛奶糖。

「你在這裡幹嘛？」李言修走近一看，韓聖臨拿的是W牌牛奶糖，他隨即想起跨年那天在超市的情景。

「這不是小姑娘喜歡的嗎？」

他還記得傅妮妮說這具有「讓人快樂的魔法」。

「嗯。」韓聖臨仍是盯著牛奶糖，看都沒看李言修一眼。

李言修忽然想到一個可能。「這麼說……是因為你在想著小姑娘？」

「什麼意思？」韓聖臨總算轉頭看他。

「最近我經常想起一些不屬於我的記憶，幾乎都是和小姑娘有關的。」

韓聖臨若有所思。

「矮怪她還好嗎？」

「不好。她知道真相以後，不知道哭過多少回了。」

韓聖臨又看向手中的牛奶糖。

「你想起的都是什麼記憶？」

「很多啊，像是你握著小姑娘的手、你用書敲小姑娘的頭……」說到書，李言修又想起另一件事。「對了，你能不能想點關於物理學的事情？我現在忙著研讀你們系上的必修課，那些課本簡直像天書一樣，拜託你多回想些課程內容，否則你很有可能被當掉。」

韓聖臨看向他，似乎在思考著什麼。「你現在和矮怪在一起？」

李言修有些驚訝。「你怎麼知道？我在圖書館看見她趴在桌上，後來我大概也睡著了。真是慶幸，還以為再也見不到你了。」

韓聖臨繞過他，匆匆走出便利商店外，只見眼前出現一片白光，車禍現場憑空消失。

李言修不明所以地跟了上去，也見到相同的景象。他們被包覆在全白的世界裡，沒有碰撞聲、鮮血及駭人的恐懼。

久違地見到這束溫柔的光，韓聖臨鬆了口氣，露出如釋重負的微笑。

這對他而言，是救贖的光。

「這是怎麼回事？」李言修摸不著頭緒，轉頭一看，連方才的便利商店也不見了。

「我們離開惡夢了。」韓聖臨轉頭朝他道。

李言修低頭看向韓聖臨的手，只見他手上還拿著牛奶糖。

「那個……」他指向那條牛奶糖，話說到一半，忽然隱約聽見有人說話的聲音，皺起眉頭。「你……有沒有聽見什麼聲音？」

♚ ♚ ♚

傅妮妮置身在一個被全白光芒籠罩的地方。除了白，什麼也沒有。

「這裡是哪裡？」她有些害怕地問，但四下一個人影也無。

驀然，一道聲音回應她。「妳的意識空間。」

傅妮妮四處張望，想尋找聲音的來源，就看見一個高瘦的身影由遠而近，像是自迷霧中悠悠走來那般，身影逐漸明晰。

對方是一個約莫二十六、七歲，穿著酒紅色西裝的男子，容貌挺拔，神情冷傲，手插口袋站在她面前。

「你……是誰？」雖然這人長得挺帥，但越好看的事物越危險，傅妮妮仍是戒備地望著他。

「我仔細想了想，還是要給妳選擇的機會。」何籥並未正面回答傅妮妮的問題，只是自顧自地道：「畢竟這童話上寫的，是『心愛的人為他死去』，照理來說，是由王子心愛的人做主。」

傅妮妮頓時睜大了眼。

「你知道童話的事？」

「我的代理人應該已經跟妳提過了，我就是他口中的死神本人。」何籥總算道出遲來的自我介紹，臉上仍看不出情緒。

傅妮妮後退了一步，身子微微發顫。「你……是來帶走我的嗎？」

何簫輕笑，低下頭。「人類對於死亡的恐懼，不管看幾次都一樣有趣。」

「不必緊張。我說過了，選擇權在妳。」

「妳應該知道童話的所有內容，也知道王子要是醒來，作為他心愛的人，也就是妳，就必須死去。但是王子和我的代理人都非常珍視妳，王子不願意醒來，代理人也甘願代替他活下去。不過——」何簫話鋒一轉，俯身朝傅妮妮湊近了些。「我還沒問妳的意見。若是妳願意為了王子奉獻生命，我可以將妳帶走，讓王子醒來。」

傅妮妮注視著他，只覺一股怒意油然而生。「你為什麼要這樣對他？」

何簫站直身子，與傅妮妮拉開距離，神情悠哉：「怎麼每個人都愛問我這個問題？他原本的壽命將至，但他的母親卻代替他而死，這本來就是他應當付出的代價。」

「但是這個詛咒是你下的不是嗎？為什麼偏偏要讓他愛的人為他而死？一直以來，他都是活在這樣的痛苦中，你不知道嗎？」傅妮妮不自覺大喊出來，她很生氣，但更多的是心疼。她不明白已經帶著傷痛的韓聖臨，為何要再次受到同樣的傷害。

何簫冷冷地望向她的雙眼，半晌道：「因為我想知道你們人類口中的愛，究竟有多偉大。」

傅妮妮愣看著他。

「皇后希望王子能經歷到愛，因此選擇為王子而死。這真的值得嗎？如果愛是王子活在世上的理由，那麼王子的愛人應該也能為他而死吧？」

「相反的，若是愛在死亡面前變得脆弱不堪，詛咒將會永遠存在，也就證實了皇后是錯的——」

何簫停頓，俯下身直視傅妮妮的雙眼：「愛，根本無法成為任何人活下來的理由。」

「這就是我想知道的，也是我來找妳的原因。」

傅妮妮握緊手心，身子不知是因憤怒或害怕而顫抖著。

何簫說完，朝傅妮妮伸出手：「那麼，現在輪到妳做選擇了。」

「如果妳對王子的愛，多到足以為他犧牲的話，就跟我走。」

傅妮妮注視著他的手半晌，抬眼問：「跟你走的話，韓聖臨會馬上醒來嗎？」

「當然，不只他會醒來，我的代理人也會前往陰間等待審判，說不定你們還會在那遇上呢。」何簫向她保證。

傅妮妮看著那隻手，靜靜地思考。

讓韓聖臨醒來，的確是她此刻最大的願望。

要是這樣就能讓韓聖臨醒來……。

傅妮妮垂眸，盯著何簫的掌心，緩緩伸出自己的手。

何簫看著傅妮妮伸出手，為雙方選擇的答案感到有趣。

看來人類真的會為愛而死、為愛背負詛咒。

將要碰到他手的那一刻，傅妮妮忽然用力將何簫的手拍開。

何簫愣在原處，沒料到會有這種結果。

「韓聖臨在教我普物的時候，經常告訴我這一題不只一種解法。有公式解，也有畫圖解，有時候還可以用直覺的方式把問題簡化。」傅妮妮直視何簫的雙眼，認真地道。「所以，我相信詛咒也不只一種解法。為了對方而死，並不是一個詮釋愛的好方法。因為彼此相愛，就會希望彼此都能好好的。」

「我希望對方好，同樣的，對方也會希望我好，所以如果愛一個人，是不會輕易放棄自己的生命的。」

何簫平靜注視著她。「難道妳認為，還有其他方式能解開詛咒？」

「原本我不太確定，但聽了你說的話，我覺得一定會有辦法的。如果你想得到有關愛的答案，為對方而死絕對不是最佳解。」

何簫抬起方才被拍掉的手看了看。第一次有人敢直接拍掉他的手，又質疑他下的詛咒解法。

現在想想，一個揪他衣領，一個拍掉他的手，這兩個人是天生一對吧？

「而且就算我用這種方式解開他的詛咒，也只會帶給他傷害。」傅妮妮看著何簫的眼神堅定。「因為他的世界裡，不能沒有我。」

何簫看向傅妮妮的雙眼，覺得眼前這女孩不斷在顛覆他的認知。

真有趣。

「韓聖臨曾經告訴我，只要我好好的就夠了，所以為了他，我一定會堅強地活著，然後幫助他解開詛咒。」

傅妮妮與何簫面對面站著，在空無一物的白色世界裡，忽有微風拂過，吹起她的髮絲。

♛　♛　♛

『然後幫助他解開詛咒。』

韓聖臨與李言修佇立在原地，側耳傾聽著那道聲音。

「這是……小姑娘的聲音？」李言修問。

「嗯。」韓聖臨應了聲表示認同。

「她剛剛是說你的世界不能沒有她嗎？」李言修沒想到傅妮妮居然會講出這麼肉麻的話。

韓聖臨忍不住笑了一下，抬起手背掩著嘴。

「這都什麼時候了，你還有心情偷笑？真的是讓人看得很不爽欸。」李言修看他那副得意的模樣，沒好氣道。

這時，韓聖臨看向自己手上的牛奶糖，想起傅妮妮說的話。

——詛咒不只一種解法。

「詛咒不只一種解法……」他盯著手中的牛奶糖喃喃自語。

「話說，為什麼會有小姑娘的聲音？她不會也在這裡吧？」李言修四處張望了一番。

韓聖臨轉頭看向李言修，突然伸出左手抓住他的肩膀。

李言修一愣。「幹嘛？」

就跟上次一樣，他可以碰到李言修，現在又能拿著牛奶糖。

「你剛剛說我的記憶會跑到你腦中？」韓聖臨問。

「對啊，那些又不是我的記憶。」李言修理所當然道。

剛才他確實想著傅妮妮的事。

也就是說，他在這個意識空間裡，仍能主導著部分的思想。

這裡是他的意識，那麼在這個意識空間發生的事，有可能照著他的想法而改變。

但這跟詛咒的關聯是什麼？

韓聖臨垂眸，思緒轉得飛快。

『想得到有關愛的答案，為對方而死絕對不是最佳解。』

『我希望對方好，同樣的，對方也會希望我好。』

霎時，他有如醍醐灌頂，倒抽一口氣，眸中掠過一絲光彩。

「怎麼了？」李言修對他的反應感到不解。

韓聖臨沒時間解釋，將牛奶糖胡亂塞進口袋，扔下李言修向前跑去。

「欸！你要去哪？」李言修朝著他的背影大喊著。

韓聖臨不確定他的推論是否正確，但現在只有這個方法了。

他在一片白光中奔跑著，不知何處是盡頭。

拜託，讓他回到那場惡夢裡。

這麼想的同時，白光逐漸淡去，眼前再度出現那條熟悉的馬路。

他停下腳步喘著氣，看見了站在馬路中央，被恐懼籠罩的七歲小男孩。

轉頭一看，母親正從便利商店走出來，一臉驚懼地看著七歲的他，隨後奮不顧身向前跑去。

韓聖臨毫不猶豫追了上去，先一步衝到小男孩面前，在最後一刻推開了欲撲上前保護他的母親。

——他做到了。他真的碰到母親了。

黑色轎車迎面疾馳而來，眼前霎時出現一道刺眼的光芒，韓聖臨反射性抬起手擋住光線，卻並未迎來預期的撞擊。

他緩緩張開眼，只見自己又置身在一片白光籠罩的世界中。

回頭望去，身後的七歲小男孩以及被他推開的母親都消失了。

驀然，他聽見一聲溫柔的呼喚：「聖臨。」

他轉頭看向前方，只見一頭茶色長髮披肩，穿著綠白格紋長裙，溫柔婉約的母親站在他面前，對他露出溫暖的笑容。

這一次，他不再需要抬頭仰望母親了。

梁曼姝徐徐朝他走去，抬起手摸了摸他的後腦勺。「你已經長得比媽媽高了，長得真好。」

韓聖臨愣站在原地，不確定這是不是夢。

但母親碰觸他的感受，相當真實。

他看著眼前那位和記憶中如出一轍的母親，好不容易才發出聲音：「……媽？」

梁曼姝看向他的眼神充滿疼惜，抿唇微笑。「傻孩子，你受了不少苦吧？媽媽對不起你，這麼早就離開你。」

韓聖臨注視著母親的笑容，輕擰著眉，一瞬間有好多話想說，卻遲遲無法開口，最後全化作覆在眼前的一層悲傷。「該說對不起的是我……都是我害妳的。」

梁曼姝搖了搖頭。「你是我的寶貝，媽媽保護你，是因為我愛你。」

她的手輕撫上他的臉。「媽媽知道，你一定也想保護媽媽，就像剛才那樣。但你是我的寶貝兒子，媽媽希望你能活得好好的，這怎麼會是你的錯呢？」

韓聖臨愣愣看著母親。

是啊，他因為活在罪惡之中，忽略了自己與母親之間最純粹的愛。

他其實也想保護母親。同樣的，母親也是因愛他而保護他。

「我……也希望妳能活著，活得好好的……」韓聖臨低下頭，有些哽咽。

「我知道，所以媽媽從來沒怪過你，你也不需要一直責怪自己。」梁曼姝輕輕摸了摸他的頭，眼眶有些紅。

她上前一步，將韓聖臨攬入懷中，柔聲道：「你只要記得，媽媽永遠是最愛你的。所以，以後要幸福地活下去。」

韓聖臨愣了愣，在眼中打轉的淚水終於潰堤。

他抽泣著，有些猶豫地伸出手，抱住母親，輕聲道：
「……媽，我也愛妳。」

♛ ♛ ♛

午後的斜陽穿透窗簾輕輕灑下，映照在圖書館角落的長桌上。金色微光輕柔拂過趴下熟睡的傅妮妮，旖旎光影落在她的臉龐。
她身邊的男孩單手撐頭，靜靜注視著她，時光凝聚成一幅靜謐。兩人放在桌上的手彼此交握著，不曾放開。
傅妮妮逐漸睜開眼，視線仍有些模糊，只見身旁有個逆著光的人影。
再看清些，是韓聖臨。
她睡著前一直想著的韓聖臨，真的出現了，還握著她的手？
她爬起身，差點脫口而出：「韓……」
不對，這人應該是李言修。
傅妮妮一瞬間明亮的眼神再度暗淡下來。
男孩注視著她的眼神相當溫柔，深邃的眸子裡似有萬千情緒在打轉。
只見他莞爾，對著她輕喚了聲：「矮怪。」
這聲呼喚很輕，卻直直撞進她的心扉。
傅妮妮驚愣地看著他。「你……叫我什麼？」
韓聖臨臉上笑意更深。「矮怪。要多聽幾次嗎？」

傅妮妮驀然眼眶一熱，眼淚又啪嗒啪嗒掉下來。

韓聖臨牽住她的手不動，伸出另一隻手替她拭去淚水。「好了，愛哭鬼。」

「我以為……再也聽不到你這樣叫我了……」傅妮妮抽抽噎噎地道。

「看來妳很喜歡，我以後天天叫妳。」

傅妮妮愣看向他。「韓聖臨，你真的回來了嗎？」

韓聖臨定睛注視著她半晌，眼裡泛著波光，輕聲道：「嗯，回來了。」

傅妮妮立刻傾身向前，抱住他。

韓聖臨愣了愣，也伸手擁抱她。

「我不會再被困在惡夢裡了。」他在她耳畔道。

傅妮妮還沒來得及問他這是什麼意思，就聽見幾聲響亮的拍手。

「沒想到詛咒會以這種方式被破解，確實顛覆了我的想像。」

只見何簫一面拍著手，一面悠哉地朝兩人走來。

傅妮妮看見他，心頭一緊，倏然站起身。「你……你怎麼會在這裡？難道這裡是夢嗎？」她邊說邊緊張地四處張望，這裡的景致和學校圖書館幾乎一模一樣。

何簫見她的反應，忍不住噗哧一笑。「別緊張，這裡確實是圖書館。」

「你也知道這裡是圖書館，還拍手那麼大聲？」跟在何簫身後的李言修忍不住吐槽。

「這你不必擔心，白淺已經在這裡設下屏障，我們的動靜不會被外界聽到。」何簫解釋完，末尾不忘補槍：「還真是不論到哪都守規矩的乖寶寶。」

仔細一看，座位區原本的其他學生此時都不見蹤影。

傅妮妮還在疑惑白淺是哪位，何簫又看向韓聖臨道：「不過，縱使破除詛咒，應付出的代價依舊存在。」

他用手比向一旁的李言修。「我的代理人離開了你的身體，就得執行任務，結果並沒有改變。這似乎也不能算是另一種解法。」

李言修聞言，立刻看向自己的手，深怕收割再次出現。

韓聖臨悠悠站起身，瞥了眼地面，不慌不忙道：「你的邏輯似乎不太好，童話說解開詛咒的方法是讓王子心愛的人死去，而既然已經解開詛咒，王子的愛人又何必死？」

「什麼？」何簫愣了愣，一時間沒反應過來。

「他說的沒錯。」一道聲音自遠方傳來，只見一名身著白西裝的男子自走道另一頭緩緩走來，在何簫面前站定，臉上掛著和煦的微笑。「這位小姐的名字已經自陰間名單上刪除，你的代理人契約也正式失效，我是來帶他走的。不然你以為我真的會為了你大老遠跑來設下屏障嗎？」

何簫皺眉，接過白淺遞給他的平板，陰間名單上果然沒了傅妮妮的名字，那筆未完成的任務也已被取消。

何簫扶額，吁了口氣。「明明是我下的詛咒，為什麼最後有種我被詛咒耍的感覺？」

「許是被停權太久，腦袋也跟著鈍了。不過你本來就不怎麼靈光。」白淺面帶笑容說出這句話，將平板抽了回去。「讓王子心愛的人為他死去，是死神所訂下的詛咒解法，而王子用自己的方式解開了詛咒，自然不須遵循死神制定的條件。」

傅妮妮驚訝地看向韓聖臨。「你解開詛咒了？怎麼做到的？」

「是妳讓我解開的。」

傅妮妮愣眨了眨眼。「我？」

「妳讓我明白，真正的愛，是會希望彼此都能好好的，我和我媽也是如此。」韓聖臨牽起傅妮妮的手，溫柔地注視著她。「到現在我才知道，她並沒有怪罪我，而是要我幸福地活下去。」

傅妮妮與他四目相對良久，揚起感動而喜悅的微笑。「太好了。」

白淺在此時朝他們走來，對著韓聖臨道：「解開詛咒很不容易，恭喜你。」

傅妮妮望著白淺。「你剛才說……會把李言修帶走是嗎？」

「是，我是陰間使者，負責將靈魂帶到陰間審判。」

「到了陰間後會怎麼樣？」傅妮妮眉宇輕蹙。

「會忘記今生的一切。運氣好的會投胎，要是生前做太多壞事，就得留在陰間受罰。」白淺說完，往旁邊讓開一步，李言修就站在他身後。「需要留時間給你們道別嗎？」

傅妮妮和李言修面對面站著。最後的道別，李言修倒顯得有些侷促，舔了舔嘴唇，視線不知該往哪擺，磨蹭了一會兒，最後仍鼓起勇氣上前一步，望著她的雙眼，微微一笑：「小姑娘。」

傅妮妮朝他一笑。「我從以前就想問，你為什麼老是叫我小姑娘？」

李言修張嘴踟躕了會兒，畢竟這稱呼的起源不是太好，但他其實壓根不記得這事。第一次只是下意識脫口而出，而之後的每一聲小姑娘，都是他發自內心地，看她可愛。

「就跟欠揍科學家叫妳矮怪一樣，叫著叫著就習慣了。我這聲小姑娘應該比那什麼矮怪強多了吧？」李言修說著，展露笑顏，意有所指地瞥了韓聖臨一眼。

傅妮妮笑了笑。「這倒是真的。」

韓聖臨不悅地瞧著傅妮妮。「原來妳更喜歡聽他叫妳小姑娘？」

「沒有，怎麼可能呢。」傅妮妮連忙朝韓聖臨堆起一個甜笑。

韓聖臨盯著她半晌，無奈地別過頭。

傅妮妮又看向李言修，兩個人都笑了笑，一時不知該說什麼。

李言修半敞開雙手，自嘲道：「現在這樣也沒辦法來個道別的擁抱，應該趁附身時多抱一下的。」

說完這句，立刻收到韓聖臨的一記瞪視。

「還是可以呀。」傅妮妮大方走上前，環抱住李言修的身軀。「想像一下。」

李言修一愣，此時傅妮妮近在咫尺，他卻感受不到她。縱使無法觸碰，他仍效仿傅妮妮環住雙手，嘗試擁抱她。

「小姑娘，妳記得我那時候說過，我這輩子非妳不可嗎？」李言修在她耳畔道。

「嗯。」

「我是認真的。」李言修退開一步，看著傅妮妮，忽然笑了起來，有些淒然，像是要把哀傷掩蓋掉。「但是我過完這輩子了。」

傅妮妮抿起唇，眼眶一陣熱。

「謝謝妳，陪我度過最後的時光。」他輕輕說出這句話，努力忍住悲傷的情緒，深吸了口氣繼續往下說：「下輩子我會再找到妳，和妳告白，到時候妳可要接受我。」

傅妮妮注視著他的眼眸，雖然說著玩笑話，那雙眼裡嵌著複雜的情緒，夾雜著無奈與不捨。縱使沒有真實的淚水，看起來也像是熱淚盈眶。

驀然，韓聖臨牽起傅妮妮的手，向前站了一步，看著李言修道：「她的下輩子，我預訂了。」

李言修笑了起來。「行，我們公平競爭。」

韓聖臨靜靜注視著他半晌，那兩個字於嘴邊打轉許久，特別難說出口：「再見。」

李言修看了傅妮妮一眼，又看向韓聖臨。「我說真的，你們要過得幸福。」

韓聖臨點頭。

「你也是。」傅妮妮上前一步。「你也一定會過得幸福的。」

李言修揚起一抹溫暖的微笑。「再見，小姑娘。」

傅妮妮忍著淚水，努力對他微笑。「再見，李言修。謝謝你。」

李言修轉身走向白淺，突然想到什麼，頓步回頭。「對了，你背包裡那三本書記得去續借。」

韓聖臨笑了笑。「知道了。」

李言修隨性地揮了揮手，就像是同儕放學後的道別那般，一如他告別老家那時的瀟灑，轉身離去。

他走後，何簫手插褲兜，來到韓聖臨及傅妮妮面前。

「不是為對方而死，而是為對方而活。」何簫說著，勾起嘴角。「這就是人類所謂的愛嗎？真有意思。」

說完，他轉身邁步，與白淺及李言修一同消失在走道轉角。

座位區的其他學生再度出現，這裡像是什麼也沒發生過一樣。

傅妮妮轉頭，望向仍在身旁的韓聖臨。

「好像一場夢一樣。」

韓聖臨摸了摸褲子口袋，從中拿出一樣物品。

「不是夢，是魔法。」

他將掌心攤開遞給傅妮妮看，是一條 W 牌的牛奶糖。

♚ ♚ ♚

「什麼？你說……我在夢裡和死神說的話，你都聽到了？」

傅妮妮和韓聖臨手牽手走在林蔭大道上，轉身驚訝地問。

「嗯，都聽到了。」韓聖臨看向她，唇邊噙著一抹笑意。「所以才能解開詛咒。」

傅妮妮努力回想著當時說了什麼。「我那時有沒有講什麼奇怪的話？我……」

「有啊。」韓聖臨停下腳步，轉身面對她。「妳說，我的世界不能沒有……」

「呃啊！」傅妮妮大喊一聲，伸出食指覆在韓聖臨的唇上，侷促道：「那只是為了表達立場才說的……」

傅妮妮別開眼，越說越小聲。

韓聖臨拿開她的手。「所以，妳不這麼認為嗎？」

「認為什麼？」傅妮妮愣望向他。

韓聖臨注視著她片刻，上前一步，雙手捧起她的臉，眸中是一抹難以化解的情緒。

他看著傅妮妮澄澈的雙眼，低聲道：「我的世界，不能沒有妳。」

砰咚、砰咚。

傅妮妮又聽見自己如雷的心跳聲，忍不住嚥了口口水。

韓聖臨這樣含情脈脈地注視著自己，又說出這種話，簡直像是在跟她告白一樣。

「這、這樣啊……」傅妮妮避開他熾熱的目光，頭腦一陣熱，都搞不清楚自己在說什麼了。

「現在妳知道我有多喜歡妳了嗎？」

聽見這話，傅妮妮驀然一愣。

啊，原來真的是告白。

傅妮妮緩緩迎上他略帶寵溺的目光，輕抿起一抹笑，雙手環住他的後頸，踮起腳尖輕吻了他一下。

「知道，就像我喜歡你那樣，好喜歡、好喜歡。」她望進他的雙眼，甜甜笑著。

韓聖臨猝不及防被吻了一下，愣在原地一會兒。

這隻動不動就撩人的矮怪，害他心跳差點停拍。

但這正是他喜歡她的地方。

半晌，他輕輕笑起來。「嗯，很喜歡。」

他再次捧起傅妮妮的臉，每當像這樣看著她，他總是情難自已。

韓聖臨傾身，溫柔地吻上她的唇。

這一次，他不必再想著如何把她推開，而是可以好好愛著她。

燦金的斜暉柔和灑在兩人身上，微風縈繞，一地落葉輕舞，織成一片微甜光景。

♚　♚　♚

韓聖臨走入書房，卸下後背包，拉開拉鍊，將續借的兩本書以及新借的一本拿出來，擺回書桌的架上。

忽然，他瞧見架上有一本沒看過的筆記本。

取出一看，封面上用豪放的字跡寫著「遇到欠揍科學家時要和他說的事」。

他翻開第一頁，內容是以日記的形式寫成，記錄了每天的日期。

一月二十一日。
今天韓食藥來找我。
他的態度跟之前完全不一樣，一定是小姑娘和他說了什麼。
那時候，我真的很希望科學家能醒來，因為這份親情是屬於他的，不是我。
而且我也不想和大叔吃飯。
晚上，雪碧打電話來。我什麼話都還沒說，他就知道我不是科學家，這人是會通靈嗎？

看到第一篇，韓聖臨就忍不住笑出來。
韓食藥？真有創意。

一月二十二日。
我無法忍受看著小姑娘抱有期待的模樣，所以把真相告訴了她。
不出所料，她非常難過。而看著她難過的我，特別心痛。
我把欠揍科學家說過的話告訴了她，在樓梯間陪她哭了好一會兒。
雪碧也聽見了我們的對話。我已經做好了被他痛毆的準備，他看起來也真的很想揍我，但最後忍住了。
我想是因為這是科學家的身體吧。

一月二十五日。
小姑娘和雪碧還是經常來醫院。

我原本以為，他們會不想見到占據科學家身體的我。
後來我才明白，他們是真的很希望科學家能醒來。

二月四日。
今天終於出院了。
原本以為之後還是能在夢裡見到科學家，但這兩個禮拜完全沒有。難道我和科學家要永遠失去聯繫了？
但我總有個直覺，還會再和科學家見面。
這些事還是要繼續記錄下去。

二月七日。
最近我腦中經常浮現出一些跟小姑娘有關的事，但我又對這些事毫無印象。像是小姑娘好像叫我……馬路自殺男？
還有，科學家，你要是不想要被當掉，就快點來見我。

韓聖臨一頁一頁地翻閱，將所有日記都看完了。過程中時常不自覺笑了出來，又覺心裡特別溫暖。有些日記旁邊還附上了素描的插畫，多半是他們昔日的一些回憶，是李言修根據腦中浮現的畫面所繪，每一幅都栩栩如生，與韓聖臨記憶中的景象如出一轍。
這些皆是李言修存在過的證明。
他將這本筆記輕放在桌上，拿起手機，坐下來打了通電話給薛弼成。

『喂？』

電話接通了，但韓聖臨沒說話。

『喂？有人嗎？』薛弼成又說了一次。

『搞什麼，電話壞了嗎？』電話那端的薛弼成皺眉，將手機拿到眼前看了看。

「不是有人說，接起來不說話的一定是我嗎？」韓聖臨終於開口。

薛弼成安靜了兩秒，接著傳來手機摔到地面的聲音。

韓聖臨輕勾嘴角。

薛弼成慌亂地撿起手機，聲音激動：『韓……韓韓韓韓哥？真的是你嗎？』

「是我。」

薛弼成緩緩張大嘴，就像中了樂透頭獎似地發出尖叫。

「啊——」

幸而韓聖臨早有準備，將手機開擴音放在桌上。

「韓哥！你、你現在在哪？我馬上去找你！」才剛尖叫完，薛弼成的聲音又帶著哭腔，彷彿快哭出來。

「我去找你吧。」韓聖臨說完，補充道：「我已經不會再斷線了。」

薛弼成愣了愣。『你說什麼？是詛咒解了嗎？』

「嗯。」

薛弼成倒抽一口氣，心中的大石頭終於放下，簡直就像一場美夢。

『我現在不是在做夢吧？』他捏了捏自己的臉，確定會痛後又拋出一連串問題：『怎麼辦到的？妮妮知道嗎？』

「知道。說來話長，等等見面再說。」

薛弼成知道韓聖臨要掛電話，連忙喊聲：『欸等等，我現在太興奮了，在家待不住，還是我去找你吧，我很快就到。』

韓聖臨無奈一哂。「好。」

掛了電話，韓聖臨正思忖著等薛弼成的時間能做什麼，忽然望見桌上的筆電。

他打開筆電，搜尋〈沉睡王子〉的童話。

這一次，在童話的最後，故事接續了下去：

……於是，王子受到了詛咒。他會毫無徵兆地陷入沉睡，而在沉睡之中，他總是做著皇后被大熊吃掉的惡夢。

後來，詛咒纏身的王子遇見了他的公主。

王子與公主相愛，但隨著日子一天天過去，王子沉睡的時間也逐漸增長。為了保護公主，不讓她死去，王子陷入了永遠的沉睡，被困在一場無限循環的惡夢中。

一天，死神找上了公主，問她願不願意為了王子而死。

「如果妳願意跟我走，我能讓王子立刻醒來。」

公主看著死神，告訴他，真正的愛，不是為對方而死，而是希望彼此都能好好的。為了王子，她要好好地活著，然後幫助他解開詛咒。

沉睡中的王子聽見了這些話。因為這些話，他理解了愛的本質，理解了皇后對他的愛，也不再被囚禁於害死皇后的罪惡感之中。

他找到了擺脫惡夢的方法，從沉睡中甦醒，解開了死神的詛咒。

而死神也得到了解答。

原來，愛的偉大之處，不在於為愛而死，而是為了所愛的人活著。

愛確實能成為王子活下去的理由。

愛，能成為任何人活下去的理由。

從今以後，解開詛咒的王子和公主，將會繼續相愛，幸福地活下去。

全文完

聖誕番外　交換禮物

升上大二後，蘇星然繼續以單身者的身分看著小倆口放閃。

「不知不覺要十二月了，時間過得真快。」趁著空堂來校園附近的咖啡廳坐坐，傅妮妮望著窗外的綿綿細雨與陰冷天色，感嘆道。

「今年不是還要去耶誕舞會嗎？」傅妮妮不假思索。

「妳跟妳家韓公子聖誕節有何規畫呀？」蘇星然一邊攪著焦糖瑪奇朵一邊問。

「那是禮拜五晚上。今年聖誕節在禮拜天，你們沒打算去哪逛逛嗎？」

傅妮妮仰頭想了想。「那時候我們都還有考試，應該會去咖啡廳唸書吧。」

蘇星然拋出一記鄙夷的眼神。「呵，妳果然被韓公子帶壞，要變成書呆子了。」

傅妮妮不以為然。「在咖啡廳約會也很棒好嗎！讀書讀累了，只要一抬頭看到那張臉，就能瞬間被治癒……」

傅妮妮想像那畫面，捂著胸口呵呵傻笑了起來，笑容周遭冒出朵朵小花。

「夠了，妳這小變態。」

蘇星然單手托腮，無精打采道：「唉，你們小倆口談戀愛，看得姐姐我一陣心酸。妳說你們交往都快一年了，我跟那塊木頭怎麼就沒進展呢？我這條件，還有什麼好挑的？」

蘇星然本就五官精緻，又懂得打扮，身材也比傅妮妮來的標緻，身邊有不少仰慕者，故而傅妮妮從未懷疑過她的自信。

「小姐，妳也不想想自己多矜持，這一年妳向人家表示過什麼？」傅妮妮捧起面前的巧克力歐蕾喝了一口。

蘇星然不平地拍了桌子。「我有！我年初就表示了！可他的反應，感覺就是對我沒意思。」

「年初？」

「跨年那天，我們不是去韓聖臨家嗎？」

傅妮妮興奮地湊近她。「妳那天告白了？」

「沒有。」

「那是怎樣？」

「妳走之後就剩我們兩個，我們就一邊喝剩下的酒一邊聊天，後來又一起看煙火……」

「然後呢？」傅妮妮一臉期待。

「沒有然後啊，除了氣氛挺不錯，什麼都沒發生。」

傅妮妮期待的臉瞬間垮了下來。

「不是啊，跨年倒數，孤男寡女共處，絕佳的好時機，難道都沒有發生點什麼嗎？」傅妮妮窮追不捨。

「發生點什麼？」蘇星然像是抓住了對方小尾巴，嘴角勾笑，興味盎然地傾身。「你們發生了什麼？」

傅妮妮一愣，腦中閃過倒數當時的情景，頓時刷紅了臉。

「咳咳，不是在講妳嗎，怎麼把話題扯到我身上了？妳也真是的，這樣哪叫有表示啊？」

蘇星然立刻澄清：「欸，我有問他有沒有喜歡的人，他說沒有，而且感覺對這話題一點興趣都沒有，我就知道他對我沒意思了。」

傅妮妮大致知曉薛弼成會有這種反應的原因。當時韓聖臨的斷線還沒好，他自然沒多餘的心思想這些事。

可現在不同。薛弼成自由了，不必在韓聖臨身邊瞻前顧後。現在再問一次，他的答案或許會不同。

「這不像我認識的蘇星然，看到喜歡的東西應該更積極爭取才對，什麼時候變得這麼被動？」

蘇星然用手指捲著頭髮，有些彆扭道：「……我就習慣被人追，不習慣追人嘛。」

……這習慣還真是奢侈。

「但薛弼成追著韓聖臨跑那麼多年了，這毛病一時半刻是改不了的，妳想讓他追妳得多下點工夫。」傅妮妮這話說得實際。

蘇星然撐著頭思忖半晌。「所以，妳覺得他有可能喜歡我？」

「不然妳見他交別的女朋友了嗎？」

「這倒沒有，也沒見他跟誰好上。」

「那就對啦，都說他是木頭了，妳還不積極點。現在的女生都很主動，妳不先發制人，到時候他就被別人搶走了。」

蘇星然喝了一口焦糖瑪奇朵，放下杯子嘆了口氣。「唉，沒想到我蘇星然也有這天，栽在一塊木頭裡。」

「不過我好奇，薛弼成到底哪一點吸引妳，讓妳喜歡他喜歡了一年？」以蘇星然的條件，追求者眾，大可不必這麼執著一個人。

蘇星然漾起一抹微笑：「祕密。等追到他我再告訴妳。」

♛　♛　♛

固定借討論室舉行的讀書會到了大二仍持續著。這天趁著大家收拾東西準備離開，傅妮妮精準地開啟話題：「今年耶誕舞會的報名表單出來了，你們去嗎？」

她率先看向韓聖臨，他的答案如她所料：「妳想去就去。」

視線又移向薛弼成，他很順口地回答：「韓哥去我就去。啊，不過你們倆是成對的，我一個單身狗去也只是瞎湊熱鬧。」

「你可以再和星然一起去啊！這次我記得也有慢舞環節吧？」傅妮妮說完，又望向蘇星然。

蘇星然哪能不知傅妮妮是替她做球，笑笑不說話。

薛弼成也朝蘇星然望去，不知怎地有些尷尬。「那就……看她的意思吧，我沒問題。」

傅妮妮再接再厲：「雪碧，你都不會想找個對象嗎？」

「找個對象也得先有人喜歡啊。」薛弼成幾乎是不假思索回答，令傅妮妮有些訝異。

「你有人喜歡，難道你看不出來嗎？」

薛弼成愣看向她。「妳怎麼知道？」

「我……我看就知道了，你在學校不是挺受女生歡迎的嗎？」

「喔，那些人我都不太熟，朋友而已。」

「那你跟誰熟？」

「最熟的就妳們兩個吧。」

「……」

感受到在場三人無言的目光，薛弼成有些摸不著頭緒。「幹嘛？你們幹嘛這樣看我？我說錯什麼了嗎？」

「沒事、沒事。」傅妮妮暗自拍了拍蘇星然的肩，要她堅強。

出了圖書館，識相的小倆口以要去買東西為藉口朝反方向離開，讓薛弼成和蘇星然兩人單獨走在路上。

涼風颼颼，兩人都被大衣裹得厚實，維持著不近也不遠的距離。

「最近天氣真的越來越冷了。」薛弼成呼出一口白煙。

「是啊。」

兩人不會為了避免尷尬而刻意找話題，有時就只是像現在這樣安靜地走在一塊兒，卻也不會不自在。

蘇星然開始回想起自己為什麼喜歡他。

一開始，她就只是對這人抱持著一點好感，真正喜歡上他是在剛認識不久後的某一天，她碰巧在公車站遇到薛弼成。

當時他獨自坐在長椅上，聽著有線耳機，手插外套口袋。蘇星然壓根沒有要搭公車，卻仍走向了他。

「嗨。」薛弼成看見她，舉起手打了招呼。

「真巧，你也來等公車？」

「嗯，我來處理社團的事剛要回去。妳呢？」

「跟人有約。」蘇星然在他旁邊坐下。

薛弼成點頭，兩人陷入一陣沈默。

蘇星然再度開口：「你在聽什麼？」

薛弼成說出一個樂團的名字，轉頭問：「妳要聽嗎？」

蘇星然有些受寵若驚，點了點頭。

薛弼成取下左耳耳機，遞給蘇星然。

她與他戴上同一副耳機，聽見輕快溫柔的旋律淌進耳畔。

樂團主唱的男聲乾淨清澈，輕易便能引領人進入歌曲的感情中。

正當她沈醉在旋律之中，忽然聽見一旁的薛弼成跟著低低哼唱起來。

蘇星然轉頭望向他，只見他輕微搖晃身子打著節拍，似乎很享受在音樂中。

過了一會兒，薛弼成注意到蘇星然的目光，不好意思地笑了笑。「啊，抱歉，我這樣吵到妳了吧？」

蘇星然注視著他略帶靦腆的笑容，也跟著笑了起來，搖了搖頭。

她的心就是在那一刻被擄走的。因為他讓她看見了自己最真實、自然的一面。

「妳在想什麼？」蘇星然回過神，發現薛弼成在對她說話。

「什麼？」

「我說妳想什麼，想得這麼入神？」

蘇星然頓了幾秒。「就……在想妮妮剛剛說的話。如果要找對象，你喜歡什麼的類型的？」

薛弼成看向前方。「哇……這個問題真難回答。我好像從來沒思考過。」

「你不會從小到大都沒喜歡過人吧？暗戀對象之類的？」

薛弼成想了想。「嗯……有，國小的時候是有個暗戀對象，那時候超多男生喜歡她。」

「那她是什麼樣的？」

「就是一般長得漂亮、功課好的那種類型吧，我現在印象有點模糊了。」薛弼成皺著眉努力回想約莫十年前的記憶。「啊，但我記得我當時蠻欠揍的，老是喜歡捉弄她，她每次都追著我打。」

「聽起來就跟所有小屁孩一樣。」

想起小時候的事，薛弼成自己也覺得好笑。「對啊，而且我好像特別喜歡她打我，啊……現在才發現原來我從小就有 M 屬性……」

叮叮——

話才剛說完，身後驀然響起腳踏車鈴聲，薛弼成立刻眼明手快將蘇星然往自己的方向拉。

蘇星然靠在薛弼成身上，如此近距離看著他，忽然感覺自己的心臟砰砰跳動。

薛弼成看著腳踏車騎過，鬆了口氣。「妳沒事吧？」

蘇星然對上薛弼成的眼，也不知哪來的勇氣，忽然就把薛弼成推向身後的圍牆。

薛弼成就這麼莫名其妙地靠上圍牆，還被眼前的人「壁咚」，嚇得一動也不動。

「妳……妳怎麼了？」

「所以，你喜歡這種類型的嗎？」

她也不知道自己到底在說什麼，只覺腦子暈乎乎的。

薛弼成愣眨了眨眼。「哪、哪種類型？妳是說像這樣把我……」

後面的話說不下去，因為蘇星然忽然踮起腳尖親了他一下。

這下薛弼成腦子也空白了。

蘇星然看著薛弼成愣然，才意識到自己做了什麼。

「啊！」

一聲大尖叫之後，蘇星然飛也似地逃走了。

薛弼成就這麼目送她拔腿狂奔，身影逐漸遠去。

他捂住自己的胸口，深吸了幾口氣。

「這是什麼情況？我是在做夢嗎？」

他碰了碰被吻上的地方，想起蘇星然剛剛落荒而逃的樣子，竟忍不住笑了起來。

♛　♛　♛

接下來兩個禮拜，蘇星然都躲著薛弼成，一見到他就迅速閃人，訊息也都未讀，連耶誕舞會也不去了。

耶誕舞會那天晚上，蘇星然又收到薛弼成的訊息。

【雪碧】：舞會都結束了，妳也不用一直躲著我吧？

【雪碧】：（哭哭貼圖）

蘇星然深吸一口氣，這人居然裝可憐？

【星】：我才不是因為你，只是單純不想去罷了。

【雪碧】：欸，妳不覺得我比較無辜嗎？我明明什麼也沒做，結果還是妳不理我。

蘇星然放下手機。

他是什麼意思？是在說他不計較那件事，而她卻在意得像個傻子嗎？真虧他能若無其事的樣子。難怪人家說不愛的人最大。

吁了口氣，她拿起手機繼續敲字。

【星】：那我應該感謝你的大恩大德，不跟我計較嗎？

結果過了兩分鐘，薛弼成還沒回覆。

難道生氣了？覺得她太無理取鬧？

蘇星然煩躁地頻頻拿起手機來看，終於看見跳出的訊息。

【雪碧】：那天的事，我能當作是提前的聖誕禮物嗎？

蘇星然盯著「聖誕禮物」四個字好一會兒，愣神。

聖誕禮物？

她驀然倒抽一口氣。

他說那個吻是聖誕禮物？

什麼意思啦！

蘇星然臉頰一陣熱，倒頭在床上翻滾，好不容易才冷靜下來打字。

【星】：誰要送你聖誕禮物。

【雪碧】：那不然來交換禮物？

交換禮物？

【星】：？

【雪碧】：聖誕節那天，妳可以來找我拿回禮。

時間回到蘇星然落荒而逃的那天。

蘇星然跑著跑著，就這麼跑到了傅妮妮家，直奔她的房間。

「都是妳對我說了那些話，害我超級丟臉的！」蘇星然將臉埋在傅妮妮的枕頭中，在她的床上打滾。

傅妮妮對這景象習以為常，從容不迫地拉開椅子坐下。「妳到底做了什麼？」

「我、我……啊太難以啟齒了！」蘇星然說完再度把自己埋進枕頭裡。

「蘇星然，妳到我家不會就是為了埋我的枕頭吧？」

蘇星然這才緩緩把臉抬起來，盤腿坐起，抱著枕頭心虛道：「我……我親了他。」

「妳親了他？！」傅妮妮音調拉高，雙眼綻光。「怎麼發生的？當時什麼情況？是怎麼個親法？」

蘇星然將枕頭抱得更緊。「妳問題也太多了吧！我也不知我哪根筋不對，就一時沒忍住偷襲人家……」

「然後呢然後呢？他什麼反應？」

「他還沒反應，我就跑了。」蘇星然面如死灰。

傅妮妮懵。「跑了？」

「我一路跑來這啊！」

傅妮妮神情了然，隨後露出一抹深不可測的微笑。「這才是我認識的蘇星然。」

「妳還敢說風涼話！要不是妳跟我說些恐嚇的話，我也不會發瘋做出這種事。」蘇星然倒在床上，一臉洩氣。「現在完了，我一定被當成瘋女人，形象回不去了。」

「不會啊，妳說妳親完就跑，我怎麼聽都覺得有點可愛？雪碧肯定也是這麼想的，沒事。」傅妮妮安慰道。

「妳那奇怪的審美標準一點也沒安慰到我。」

「而且妳也得看看他之後的反應吧？說不定你們就這麼在一起了，多好。」傅妮妮描繪著美好的願景，拍了下手。

蘇星然猛然從床上坐起。「不可能。我怎麼可能還有臉見他？」

傅妮妮一臉莫名看著她。「難道妳要躲著他一輩子？」

蘇星然看向傅妮妮，毅然決然地點頭。「就這麼辦。反正他肯定也想躲我，不如我先躲他，面子比較掛得住。」

「妳這是什麼觀念？」傅妮妮無奈地趴在椅背上。「那耶誕舞會呢？」

「不去，當然不去。」

傅妮妮還想開口說什麼，蘇星然便指著她道：「欸妳別想說服我，我決定好的事是不會改的。」

見蘇星然抱著枕頭一副受挫的模樣，彷彿被親的是她一樣，傅妮妮不禁開始有些同情薛弼成了。

她暗暗嘆了口氣。「看來接下來只能看雪碧的造化了。」

♚　♚　♚

韓聖臨看著對面的人磨磨蹭蹭，一副欲言又止的樣子，趁著耐心還沒耗盡前先開了口：「到底是什麼事找我？」

「韓哥，我最近遇到一件很奇怪的事，奇怪到我都懷疑自己是不是做夢。」

「嗯。」

「你不問我什麼事嗎？」

韓聖臨挑眉。「你不說嗎？不說我走了。」

「欸好好，就是……」薛弼成把當天的事發經過完整說了一遍。

韓聖臨聽完，神情悠然道：「你終於發現了啊。」

「發現？什麼意思？」

「蘇星然喜歡你，有眼睛的人都看得出來。」

薛弼成愣了幾秒，恍然大悟：「你早就知道了？你知道怎麼不跟我說？」

「這是別人的隱私。」

薛弼成呼了口氣。「你這不講道義的傢伙，見色忘友。」

「我怎麼知道你眼睛長哪去了？這都看不出來。」

「我……我是看不出來。」薛弼成說不過他，只得摸摸鼻子。

「所以，你打算怎麼做？」韓聖臨問。

「我就是不知道才來問你，昨天我也有傳訊息給她，但她都沒讀。」薛弼成說完又再次確認了一遍手機。

「不管怎麼樣，你一定得給她個答覆，接受或拒絕。」韓聖臨直接點出最核心的重點。

薛弼成嘆了口氣。「怎麼覺得這比流體力學的問題還難……」

韓聖臨盯著他半晌，將右手放上左胸。「問你的這裡。」

薛弼成抬眼，愣了愣。

「你當時有什麼感覺？」

薛弼成半信半疑地學著韓聖臨的動作，想起當時蘇星然突如其來的一吻。

——砰咚、砰咚。

來了，就是這種感覺。

「我覺得……心臟快爆炸了。」

韓聖臨輕笑。「這不就解決了嗎？」

薛弼成仔細感受了一番，這才恍然大悟，倒抽一口氣。「原來是這樣啊。韓哥，你真是我的救星、我的英雄……」

怪不得有時面對蘇星然，他會有點尷尬，或者該說緊張，就像那天提及一起去舞會的事情。因為他在不知不覺中，在意著她的想法。

「少說些廢話。你現在該好好想想怎麼給她答覆。」

薛弼成坐挺身子，湊近韓聖臨問：「韓哥，那你當時又是怎麼表白的，能不能傳授一下？」

只見韓聖臨悠然靠向椅背，勾起嘴角，怎麼看怎麼跩：「我的方法，你學不來。」

♚　♚　♚

蘇星然盯著薛弼成發送的時間和地址，心裡開始小鹿亂撞。

這根木頭從哪學來這麼曖昧的說話方式？他到底想幹嘛？

為了確定他究竟想做什麼，這個約她是不得不赴了。

沒錯，是不得已才去的。

她打開日曆，只見距離聖誕節還有兩天。

怎麼那麼久？

坐不住的她起身打開衣櫃，開始挑起後天要穿的衣服。

終於讓她熬到了聖誕節當天。

蘇星然走出車站，前方的廣場中央擺著一顆高大的水藍色耶誕樹，冰晶一般的燈光在夜色下顯得璀璨奪目。

薛弼成穿著深藍色毛呢大衣，圍著一條白色圍巾，站在聖誕樹前特別顯眼好認的位置。

蘇星然遠遠見到他，忽然就緊張起來，連忙深吸一口氣，故作鎮定地走上前。

薛弼成和往常一樣率先揮手打招呼，看見蘇星然的大衣便笑道：「我們真有默契，穿了一樣的顏色。」

蘇星然只是笑了笑。薛弼成果然和平常一樣自然，絲毫不見緊張，說不定這一切又是她自作多情了。

薛弼成指著遠方的長椅。「我們去旁邊吧？這裡人太多了，站在這只是方便認人。」

蘇星然點頭，適逢聖誕節，這裡到處都陳設著相關的造景，也有一些長椅供人休憩。

兩人並排坐在長椅上，薛弼成又率先開口：「幸好妳來了，我很怕妳會繼續躲著我。」

蘇星然不想再提及那件尷尬的事，便道：「你說交換禮物，是要送我禮物嗎？」

「喔，對啊。」薛弼成從手提袋裡拿出一個包裝精緻的盒子遞給她。「打開看看。」

蘇星然接過，打開一看，是一條白色的羊毛圍巾。

她轉頭看向薛弼成，這條圍巾在他脖子上也有一條。

「這樣我們不只大衣顏色一樣，連圍巾也一樣了，妳喜歡嗎？」薛弼成笑著說。

「喔……這樣啊。」蘇星然低頭看著圍巾。

她絕不會說剛看見薛弼成拿出盒子時，心情忽然一沉，完全開心不起來。

果然是在告訴她，她想多了吧？

「蘇星然。」薛弼成又喚了她一聲。

蘇星然轉頭，而薛弼成在此時忽然湊了上來，猝不及防吻上了她。

蘇星然睜大眼，頓時反應不過來。

不知過了多久，待她回神，只見薛弼成望著她微笑：「差點忘了，還有這個要補給妳。」

蘇星然愣愣看著他，眨了眨眼，僵硬地轉向前方。

衝擊太大了，她不知道該說什麼。

薛弼成歪頭瞧她。「妳好歹說句話吧？這反應我看不懂。」

蘇星然頓時刷紅了臉，雙手還緊捏著放在腿上的圍巾。「你、你這奸詐的傢伙，竟然趁我不備……」

薛弼成好笑。「妳不也這樣對我的嗎？」

看著蘇星然臉紅到快冒煙的模樣，薛弼成默默按住胸口，暗自想著這狂跳的心臟什麼時候才能消停些。

還真是可愛得緊。

後來，兩人戴著同樣的圍巾，手牽手走在佈滿聖誕燈飾的道路。

起先薛弼成朝蘇星然伸出手，她還矜持道：「誰准你牽我的手了……」

薛弼成二話不說直接牽起她，心想，原來蘇星然談起戀愛是個傲嬌。

沒關係，他最擅長察言觀色了。

「有件事我很好奇，妳為什麼會喜歡我？」薛弼成忽然問。

蘇星然停下腳步。「你是想聽我稱讚你嗎？」

「不是，就是單純好奇。妳也知道我對這種事特別遲鈍。」薛弼成望向她，眼神真摯。

蘇星然偏頭想了想。

「我喜歡……你的溫柔、你的率真，還有……」

她踮起腳尖，在他耳邊悄聲道：

「你的存在。」

（完）

※同場加映

事發當時，躲在草叢後的傅妮妮倒抽一口長氣：「雪、雪碧他、他、他……」

韓聖臨立馬把傅妮妮壓回草叢裡，免得這隻兔子一個激動就跳起來，行跡敗露。

傅妮妮也知道自己差點叫出聲，刻意壓低聲音道：「雪碧也太會了吧！」

韓聖臨笑而不語。

傅妮妮朝他投以疑惑的眼神。「該不會是你教他的？」

「我看起來像會做這種事的人嗎？」

「像。」傅妮妮不假思索。

韓聖臨裝沒聽到，繼續觀察著兩人。

「他們好像要走了！」過了一會兒，見兩人站起身，傅妮妮蹲得腿也麻了，暗自鬆了口氣。

等到兩人逐漸消失在視線範圍，韓聖臨率先起身，再伸手將腿麻的傅妮妮拉起來。

「呼，幸好有來看，才能目睹這麼精彩的一幕。」

「看夠了？要回去了？」

傅妮妮挑眉猶豫著，難得都在聖誕節出來了，就這麼回去好像不太划算。

驀然，一股力道將她往前拉，韓聖臨在她額頭輕輕落下一吻。

抬眼，看見他臉上笑意清淺：「聖誕快樂。」

傅妮妮嚇了一跳，雙手按著被突襲的地方，不甘心地紅了臉。

……他絕對是雪碧的師父。

後記　我們的童話

各位好，謝謝你們閱讀我至今為止最喜歡的故事 ٩(๑´ᴗ`๑)۶♡

這個故事在寫的時候還有不斷在更動內容，有些設定和一開始的構想很不一樣，不過最後總算是走到了這裡，我自己還挺滿意的。

會產生這個故事其實沒有什麼具體的理由，最初的構想就是一個會隨時斷線的主角，後來加入了一個會在斷線時附身的幽靈，故事主要就是圍繞著這兩人和女主角展開。

應該也是我寫過最虐（？）的故事，感覺每個角色都有被我虐到，尤其是哭戲超密集的那一段 XD，不過最後還是甜甜地收尾，裡面最虐的大概是李言修 QQ。從一開始回台南老家到最後他的結局，我感覺自己都在裡面偷放洋蔥（×，但我認為這對他而言也是最好的結局了。

說到那則童話故事，並不是最初就想好的，是在書名取為沉睡王子後，就覺得可以以一則童話作為開頭，於是童話才這麼誕生（挺突然的）。後來甚至還延伸出童話小棧，有讀者說可以出一個童話系列，老實說我很心動。童話小棧的老闆在我心目中有個形象，何簫和白淺也是早就想好充滿 CP 感（誤）的一對，如果想再次看他們出現請讓我知道，我會讓老闆繼續寫新的童話故事 ☺（聽起來不太妙）。

這也是我第一本寫大學校園的故事，取景完全來自我們學校，寫起來還蠻有趣的，很有畫面。

再來聊聊角色，最讓人意外的，大概就是連載初期雪碧的人氣居高不下！以大家的回應來看，幾乎每個人都是雪碧的粉絲，大家對他的喜愛直接完勝主角，真不知道該開心還難過（？

但其實我也很喜歡雪碧，他可能有種渾然天成的魅力。不過王子雪碧CP還是先不要，每次我的故事大家都會把主CP歪成兩個男的，是我的問題嗎？（看向隔壁棚佘遠 & 向海）

有趣的是，後來完結的時候，收到更多喜歡李言修的心得。這個角色我也真的、真的非常喜歡。讀者把他形容得太好了，「幼稚愛鬥嘴，略帶蠢蠢的痞氣，卻又不乏鄉下少年的質樸善良」，他的喜歡很簡單，就是想竭盡所能對她好，把世間所有美好都獻給她。即使是幽靈，喜歡就是喜歡。他的心是那麼純粹透明，關鍵時刻又充滿霸氣，有讀者說好想抱抱他、帶他回家。我也很捨不得他離開，他真的太讓人心疼了。甚至有讀者為他寫詩。（看到大家對言修的喜愛，讓我有種他可以獨立出一本番外的錯覺？）

其實李言修和韓聖臨的想法都一樣，愛就是希望對方好好的。而妮妮則是點出本書的核心，那就是因為相愛就會希望彼此都能好好活著。

正文一直沒有交代雪碧和星然的故事，正好去年聖誕節就寫了他們甜甜的番外，讓這對也有個好結果。至於王子矮怪，我目前想到的番外是，到底誰先告白的？（笑）

推薦大家的歌是任然的〈涼城〉，適用於本書幾乎所有場景，尤其是圖書館。另外舞會的慢舞音樂是尹美萊的〈Always〉（我真的有去查慢舞影片參考動作！）大家在閱讀的時候可以搭配著聽。

（小小題外話，我沒參加過這種舞會，已經變成一種夢想了？）

最後，謝謝大家陪我走完這一段童話。

小櫻　2023.10

要青春110　PG2921

要有光
FIAT LUX

我的沉睡王子

作　　者	陌櫻晴
責任編輯	劉芮瑜、陳彥妏
圖文排版	許絜瑀
封面設計	白桃松容
封面完稿	魏振庭

出版策劃	要有光
發 行 人	宋政坤
法律顧問	毛國樑　律師
印製發行	秀威資訊科技股份有限公司 114台北市內湖區瑞光路76巷65號1樓 電話：+886-2-2796-3638　傳真：+886-2-2796-1377 http://www.showwe.com.tw
劃撥帳號	19563868　戶名：秀威資訊科技股份有限公司 讀者服務信箱：service@showwe.com.tw
展售門市	國家書店（松江門市） 104台北市中山區松江路209號1樓 電話：+886-2-2518-0207　傳真：+886-2-2518-0778
網路訂購	秀威網路書店：https://store.showwe.tw 國家網路書店：https://www.govbooks.com.tw
總 經 銷	聯合發行股份有限公司 231新北市新店區寶橋路235巷6弄6號4F 電話：+886-2-2917-8022　傳真：+886-2-2915-6275

出版日期	2024年1月　BOD一版
定　　價	380元

讀者回函卡

Printed in Taiwan

國家圖書館出版品預行編目

我的沉睡王子 / 陌櫻晴著. -- 一版. -- 臺北市 : 要有光, 2024.01
面； 公分. -- (要青春 ; 110)
BOD版
ISBN 978-626-7358-14-6(平裝)

863.57 112019844